U0462466

青蓝绿梦书系

精品阅读

也傍桑阴书华年

范墩子乡野生态美文集

范墩子◎著

西安出版社

图书在版编目（CIP）数据

也傍桑阴书华年 / 范墩子著. -- 西安：西安出版社，2023.10
ISBN 978-7-5541-7152-3

Ⅰ. ①也… Ⅱ. ①范… Ⅲ. ①散文集—中国—当代 Ⅳ. ①I267

中国国家版本馆 CIP 数据核字（2023）第 194065 号

也傍桑阴书华年
YE BANG SANGYIN SHU HUANIAN

著　　者：范墩子

出 版 人：屈炳耀
组织统筹：贺勇华
责任编辑：李亚利
责任印制：尹　苗
出版发行：西安出版社
社　　址：西安市曲江新区雁南五路 1868 号影视演艺大厦 11 层
电　　话：（029）85253740
邮政编码：710061
印　　刷：陕西金和印务有限公司
开　　本：787mm×1092mm　1/16
印　　张：17
字　　数：226 千
版　　次：2023 年 10 月第 1 版
印　　次：2023 年 11 月第 1 次印刷
书　　号：ISBN 978-7-5541-7152-3
定　　价：58.00 元

目录

CONTENTS

第一辑

自然日历

第二辑

童年拾忆

精品閲讀

第三辑

沟野札记

第四辑

寻迹游历

第五辑

思想微光

第一辑

自然日历

河岸的风景

连着下了一个礼拜的小雨后，天气渐渐凉寒起来，赶到原野上来，阳光果真不再像几日前那般热烈，照得人身上暖酥酥的，不时会有鸟雀从头顶飞过。远处的漆水河被日光映得亮晶晶的，像在风中飘舞的玉带，两岸的白杨直直地耸入蓝天，树枝静止不动，薄云在晴空里悠悠荡漾。我从公路上下来，顺着旁边陡峭的窄路走向河流的下游，这个时令，大地已显出萧瑟之态，树叶凋零，草色变暗，唯有周边的灌木丛里，偶尔会传来蟋蟀不知疲倦的歌声。

在距好畤河村不远的山岗上，灌木繁茂，烟霭从草叶上滚过，北边的低洼地里，蒿草约有半人高，一个身着深黑色夹克的牧羊人正躺在草丛间睡觉，阳光把他的脸照得红堂堂的，看得出来，他很享受这样的时刻，羊鞭子和播放秦腔的收音机就放在旁边的土堆上，羊群正在河边吃草。从满地碎石的土路走过时，牧羊人未被惊醒，依然在熟睡，他那沉重的鼾声混杂着浑厚的秦腔一同在荒野升腾，倒是河滩上的羊群见我走过，都齐齐停住咀嚼，抬头望我。

天气和暖，阳光明媚，不时会有野鸡从面前惊飞，留下几声长长的尖

叫，这里没有路，只能看到满地的羊粪。河滩地上，草丛厚实，斑鸠和麻雀常常会将巢筑在隐蔽的灌木丛间，极少有人能够发现，这甚至要比将巢筑在树杈上安全。要知道，乡下的孩子，都喜欢掏鸟蛋。在草丛间筑巢，需要提防的是蛇，蛇最喜欢这些美味。我曾亲眼见过蛇活吞麻雀和老鼠的情景，不过河流两岸的草丛要安全得多，蛇多在树林里的背阴地活动，极少去河流附近觅食。

沿着河岸往下走，草越来越厚，好几次踩进泥水里，鞋子已湿透，不过在村庄西北方的石桥下面，我发现了两个废弃的鸟巢。一个是麻雀巢，它藏在厚厚的蒿草里，四围长满了酸枣树，攀着一旁的石头，我才发现了它。这个麻雀巢比我以前见过的麻雀巢都要精巧，它用芦苇、狗尾巴草、鸡毛和一些细软草叶作为材料，边缘光滑规则，内里又铺了层鸟羽，看起来温暖舒适。它架在一堆树枝上，我猜测那些树枝可能是以前的牧羊人无意间留在这里的。

另外一个是燕子巢，筑在石桥下边的石头上，我本想攀着石头上去看看，无奈四周的酸枣树实在太密，加上坡面极陡，只好作罢。这个时候，多数燕子已经往南方迁徙，尚未飞走的估计也没剩几只，沟里毕竟风大，气温较低。在鸟类的巢穴里，燕子巢算是比较漂亮的，所用材料不仅有细软的草叶，还用到了湿泥。筑巢时，燕子会飞到湿地里，用灵巧的喙将泥和匀，再一粒一粒地衔到筑巢的地方，因而，相比其他鸟类的巢穴，燕子巢要牢固许多。

麻雀和燕子将巢筑在石桥下面，是有一定道理的，这里光照充足，河水清澈，少有人迹，比较隐蔽，况且又距离村庄不远。这两种鸟，都不怕人，喜欢在村庄四周活动，尤其是燕子，总会将巢筑在屋檐下，我想，燕子应该是喜欢热闹的鸟类，喜欢听人们说话的声音。

穿过石桥，是一处深潭，水色发绿，两岸极其陡峭，满是奇石。再过一半个月，寒风呼啸，大雪纷飞，等气温降到零下，石桥下面就会形成冰窟，待到开春暖和后，冰块才会渐渐消融。

在一片向阳的斜坡地上，我见到了几株小雏菊。尽管现在还算和暖，但大多数的花早已化为泥土，唯有这不起眼的小雏菊还在高唱深秋的情歌。小雏菊很少长在草丛密集的地方，看来它极不愿意同其他植物争夺阳光，它深知自己的卑微和渺小，于是默默地在荒野里盛开、枯萎。就我发现的几株而言，它长在没有荒草的塄坎上或路边。连日的寒风并没有吓到它，秋阳下，小雏菊花团锦簇，美不胜收，在风中微微摇曳。快到中午时，太阳躲进云层背后，冷风四起，天色渐暗，远处的山峦上涌起雾霭，遥遥望去，一片青紫。

平坦的浅滩处，水流湍急，一眼可望到河底。我在一旁的青石上坐下来，山谷静谧，只能听到水流声和偶然传来的鸟鸣。过了一会儿，竟然有一只长尾巴鸟落在距我十米左右的小石头上，我屏住呼吸，生怕将它吓走。那是一只红嘴蓝鹊，长长的尾巴后面长有一撮白毛，观其脖颈和头部，有点像乌鸦，它停在那里，不时将红嘴伸到水里，可能是在啄食浮在水面上的昆虫。最终它还是被我的动静给吓走了，飞离时，它那黑白相间的尾羽格外动人。

我不知道红嘴蓝鹊会将巢筑在什么地方，但我敢肯定它不会筑在村庄四周的树上，只有喜鹊、麻雀和斑鸠才会那么干。正当我这样想的时候，两只喜鹊落在了河的对岸，它们往前一蹦一蹦，在草丛间啄食昆虫。河岸上头的桐树和洋槐树上，站着一群麻雀。我并不喜欢喜鹊这种鸟，和其他鸟类相比，我总觉得它有点华而不实，尤其是在筑巢这件事上，极其粗糙，不像别的鸟那般做工精细，甚至连斑鸠都不如，斑鸠的巢都不至于像喜鹊那般寒酸。

河岸的树梢上，随处能见到喜鹊巢，这当然与喜鹊不善于筑巢有关。别的鸟会衔来细软的干草，将巢筑在树杈上或别的比较隐蔽的地方。喜鹊却喜欢将巢筑在特别高的树梢上，它特别能忍受寒冷，但它却没有足够多的耐心，相比麻雀的巢，喜鹊的巢格外简单，它衔来相对比较粗大的枝条，胡乱地搭在树杈上，因为没有规律，才让喜鹊的巢摊得比较大。等摞了厚

厚的一堆树枝后，再在上面衔来一些羽毛和草叶，巢就算成了。所以，喜鹊的巢很容易找。

甚至在高压线塔上，都可以见到喜鹊的巢，当然这也不能完全怪喜鹊。喜鹊极少在巢里生活，除了哺育幼鹊外，大多时候，它们生活在林木繁茂且少风的树丛间，平日在田间地头，也总能看到它们的身影。

少年时代，为探知喜鹊巢里面的情况，我爬上过一棵很高的桐树，不过那巢里什么都没有，只留有许多的鸟毛和枯叶。喜鹊和乌鸦的巢比较相似，都筑在高高的树梢上，比较简陋，不过乌鸦更喜欢柿子树，烟囱或者屋顶上也能见到乌鸦的巢穴。

乡人总说乌鸦不吉祥，但我并不这样认为，每次躺在草丛里，望着在蓝天里翱翔的乌鸦，心里就会感到踏实，就会有种深深的寂寥感。乌鸦的鸣叫预示着深秋已至,它在为大地上所有的植物和动物丈量着季节的宽度。去年下大雪时，我在白雪覆盖的沟里见过许多觅食的乌鸦，若半天找不到冻晕的昆虫，乌鸦就会落在柿子树的枝头上，啄食挂在树顶的柿子。在一棵大梧桐树上，我曾见过七个乌鸦巢，这确实有点不可思议，不过这也能说明乌鸦的群居特点。

漆水河从樊家河村西侧缓缓流过，河流冲刷出来的平地都种了麦子，也栽了不少的苹果树和桃树。河岸附近的麦苗长势不是太好，看得出来，这片沙地并不肥沃，村人告诉我，在这里种麦风险很大，开春后，冰雪消融，涨上来的河水淹了麦田是常有的事情。没想到，看似优雅的漆水河原来也有发脾气的时候，经过樊家河村后，漆水河流入了羊毛湾水库。由于原来的小路被水淹没，我不得不绕到村庄上面的大路，半个钟头，就能走到羊毛湾跟前。

路两边的洋槐树、梧桐树和柳树上，我又见到了一些喜鹊巢，还有母喜鹊在公喜鹊的协助下正一同筑巢，看来近期就要有一次强降温了，预报上说月底有雨夹雪。路的中途，树木稀少，低矮的灌木倒是很多，视野逐渐开阔起来，可以一览羊毛湾的全貌。为什么会叫羊毛湾呢？它和羊毛有什么关系呢？真是令人不解。太阳依然在云层里藏着，天色昏暗，空中浮有薄薄的雾霭。没多久，阳光从云缝间露出来，羊毛湾被映得熠熠生辉，碧波荡漾。

真没有想到水会涨得这般厉害，公园里的大部分树木被淹没在水里，暗黑的树影在水面上来回摇晃，有几个少年正趴在浅水处观察着什么，附近传来鸭子嘎嘎的叫声。尚未被淹掉的地方积满了淤泥，很难往前走去，尽管面前的水里有许多树木和树枝遮挡了视线，但依然能够清晰地看到水库对岸的群山。我的正面有四棵碗口粗的杨树，部分树枝折断在水里，但又从水里发出了许许多多的树枝，这些树木和树枝倒映在水面上，真就像一幅抽象的山水画。

傍晚时分，太阳沉到山后，天边依然残留着些许红云，暗紫色的雾霭在水库上方弥漫开来，我静静地伫立在视野开阔的高处，眺望微微荡漾的水面，我感觉自己同河流、群山已完全融为一体，就像一只站在树枝上发呆的麻雀，心灵受到了洗礼，心里涌上一种荒凉感和肃穆感，恐怕这种力量只有在大自然的怀抱里才能感受得到。我离开时，对岸山上的屋顶冒起了炊烟，白烟在青灰色的天边弥漫，更凸显出周围的寂静。南岸却传来一声长长的汽笛音。

刊发于《雪莲》2021 年第 3 期

获第三届长安散文奖一等奖

春潮

我在河畔的石头上铺草而坐，太阳刚刚升起，荒草和树木尽披了一层薄薄的金光，下游处的河床尚未解冻，冰面被映得白光闪闪。而我面前，流水淙淙，冰面已消融过半，只有河岸处还盖着一尺厚的冰层，冰层宽阔，上头满是弯弯的裂缝，踩在上面，就会传来咯吱咯吱的刺耳声响，部分冰层已经融化，露出了下面的青苔和草根。真没想到，几日不到，冰雪竟消得这般厉害，上个礼拜来时，河面还完全被冰层封锁，村人为避免绕路，就在冰面上来回穿行。

暖阳连晒了几日，立春已过，漆水河似乎更宽阔了些，青黄色的河水朝着羊毛湾急急涌去，立在河岸，河底的草鱼和青石，依稀可辨，哗哗的水声中似乎正在酝酿着一场春天的圆舞曲。枯草铺满了对面的河岸，不知什么原因，不少灌木倒在斜坡上，树根裸露在外，多数树枝尽刺向清澄的寒空，树皮或褐或白，在风中微微摇曳。向远处望去，鸦群飞来，山野晕染在浓厚的黄褐色中，已从雪层中露出来的土地正在暖阳里大口呼吸着初春的新鲜空气。

芒草、小蓬草、芦苇、狗尾巴草、香附子和蒿草被雪压了一个冬上，

漆水河畔

现在全都无精打采地盘在一起，沐浴着清晨柔润的朝阳，草丛深处，晨露瀼瀼，依稀留着残雪。河岸两侧，白杨林立，也有洋槐、柿树等别的杂木，树杈上点缀着不少喜鹊巢，远处土原蜿蜒，像游蛇在盘绕，原顶上的树木和窑洞清晰可见。近处有块土原盖满黑灰，显然是燃烧的痕迹，但周边的几棵杨树均未被烧死，草木也不甘愿就这般向命运低头呀。阳光下，暗青色的雾霭渐渐散去。

令我感动的是那些露出冰面的枯草，像沙柳、酸枣树这些灌木，枝干本就坚硬，露出冰面也在常理之中，但我发现不少蒿草、狼尾巴草竟也冲出了冰面，窥探着冰层外面的寒冬。它们东倒西歪地长在冰面上，却都没有被冻死，都扛过了冬日凛冽的寒风，暖阳下，它们正摆出一副胜利者的面容，看着严冬节节败退。随着冰层的融化，越来越多的杂草挤出了冰面，

尽管现在的它们满身尘垢，色泽暗淡，但在原野上，没有谁会轻视它们顽强的生命力。

在这阒无一人的清晨，草木萧萧，漆水湍急，下游被晨光笼罩的河面上，金光闪闪，涟漪层层，映得人睁不开眼睛，河岸上边的平原上，不时传来羊群咩咩的叫声。谁能想得到，这般荒凉的原野，再和暖上一些日子，枯黄的草木就会抽出绿芽来，尤其是崖头或者荒冢上垂吊着的野迎春，会先开出金黄的花朵来，那花瓣娇嫩得很，似乎一夜之间就开放了，让正在缓慢苏醒的大地充满了趣味和生机。同柳条相比，野迎春的枝条更为繁密，更有韧性，它的叶子小且少，枝条上嫩黄的小花簇成一团，向原野散发着春天来临的消息。

水边的樱树也在暖阳里舒展开了腰肢，繁密的枝条上挂满了晶莹的露珠，见我走近，枝头上的两只喜鹊落到了旁边的草地上，它们的眼睛圆溜溜的，盯着我的一举一动，并不走远。立春后的第一股风果真就吹醒了樱树，尽管樱花还得些时日才会盛开，但从树枝上粉红而又饱满的花蕾，就能真切地感受到春天的气息。透过那微微发红的枝条，似乎能看到春潮正在树身里涌动，所有的花蕾都在等待着，谁也不知道哪一夜的春风会率先吹开这些花蕾。

这片樱园是前些年移栽过来的，花开时节，四面八方的人都会涌到水边来赏花景。去年春上，我来过两次，一次是花开得最盛的时候，一次是花瓣凋落的时候。樱花盛开时，满树繁密的或粉或红的小花，几乎看不见樱树的叶子，地上也落满了花瓣，蜂声嗡嗡，香气扑鼻，枝上的樱花就像一串串的糖葫芦，红得有些发腻。朝着远处望去，水面碧绿清澈，白鹭飞上青天，对岸山岭上的樱花也尽已开放，粉色的花瓣将褐黄的土原装扮得生机勃勃，有几位垂钓者正坐在水边钓鱼，这时，树木尚未长出嫩叶，柿子树还穿着暗褐色的冬装。

只有被水淹没的柳树刚刚抽出绿芽，枝条在风中微微摇摆，鸭群朝着对岸游去，嘎嘎的叫声引来了更多的水鸟，被我看见的就有七八只白鹭。

樱园里的樱花全是鲜红色，山岭上散落着的大多是些白色或粉色的樱花，猛然看去，还以为是红霞落在了原野上。相比樱园的樱花，我更喜欢山岭上的樱花，不那般浓烈，不那般繁密，零零散散地开在初春的荒原上，尽管少有人来欣赏，但它们并不感到孤寂，鸟雀和尚未发绿的草木在注视并守护着它们。

桃花和杏花纷纷开放时，原野上的草木也渐渐发绿了。一进入三月，河岸两侧的冰层已完全消融，草木纷纷昂起疲惫的脑袋，饱吸春天柔润之气，春雨也多了起来，春风却止息了，似乎已完成了唤醒大地和草木的使命。到夜里，小雨疏疏，雾气浮动。拂晓到原野上来，山谷幽静，晨露滴滴，原上的桃花和杏花灿若晚霞，被春雨浸润过的花瓣更加洁净妩媚，春风拂过，暗香飘散。桃花和杏花开放的时间并不长，当枝头的树叶舒展开来时，花朵也就要凋落了。

我喜欢那些灌木丛里的桃树和杏树，和那些野草杂木相比，它们有着灿烂骄傲的花朵，但它们却表现得极其平易近人，没有一点架子，毕竟它们的生命大多来自一次偶然。放羊的少年将吃剩的桃核乱丢进草丛中，到来年的春天，那颗不起眼的桃核竟发出了嫩芽，抽出五六片的叶片，数年过去，当初被丢下的那颗桃核早已长成一棵粗壮的桃树。放羊的青年人斜靠在坡上，不时从旁边的桃树上摘下毛桃吃，他困惑不解，这里怎么就会长出一棵桃树呢？

莎草还未完全变绿，枯黄的长叶依稀在回忆着冬日的故事，麦苗已经长得很高了，许多野兔就藏在麦田深处。一个暖得有点烦躁的午后，在一块向阳的山地上，我见到了许多金黄的蒲公英花，那可真叫我感到惊喜，我趴在地上仔细观察起来。眼前的这株蒲公英长得有点像荠菜，拢共有十四个锯齿状的叶片，最中间的叶柄可能是被羊吃掉了，只留下短短的一小截，花葶朝四围展开，三根上面开出了黄色的小花，一根未开，顶部呈红紫色，估计也快要开放了。

这株蒲公英就长在一块土层裸露的地方，周围没有一株植物。它那条

状的花瓣黄得发亮，似乎要将吸收了一整个冬天的阳光一股脑儿地释放出来，它的香气并不浓郁，也不像樱花那般娇嫩，它经得起风雨的折腾，就算来上一场倒春寒，也未必能够击倒那圆圆的小黄花。蒲公英生命力强，随处都能见到它的身影。蒲公英开花时，预示着更多的野草就要进入花期了，这个时候，摘些蒲公英叶子泡成茶喝，舌尖上便会涌满春天新鲜而又苦涩的味道。

紫花地丁也是苏醒较早的一种野花，四月以后，到处就能见到这种野花了，不过在三月，部分紫花地丁就会提前开放。有时想专门去找这种野花，走了一个上午也没有发现，可就在你失望时，忽然在旁边的石缝里见到了它的身影。紫花地丁的叶片像茶叶，不过要比茶叶更宽更长一些，两侧呈椭圆状，它的花像扁豆的花，中部深紫，周围泛白。羊比较喜欢吃紫花地丁的嫩叶，不过我观察过，羊极少吃紫花地丁的花朵，想必那野花的味道并不怎么样。

将紫花地丁凉拌着吃，也是非常可口的。不过在初春时节，我最爱吃的野菜是荠菜、曲曲菜和面条菜，这几种野菜在原野上有很多，但原野上的树木和杂草太密，很难发现，对我而言，采摘这几种野菜的最佳地方是在平坦的麦田里。站在山岭的高处往下看，四处辽阔的麦田如海浪般涌动着，青青麦苗，淡淡野花，天空碧蓝，羊群如同一团团的白棉点缀在山坡上，风声阵阵，唯能听见羊叫和牧羊人的歌声，那舒缓绵长的歌声，衬得天地更加旷远。

太阳升起后，就能看到许多少年的身影了，他们或背着布袋或提着粪筐，正蹲在浓绿的麦田里剜野菜。清晨时分，春阳尚未晒干夜里的露水，空气洁净，草叶肥嫩，正是剜野菜的好时候。一般而言，麦苗都是一溜一溜生长的，像荠菜、曲曲菜和面条菜就生长在麦苗中间的空隙处，初春时，麦苗尚不密厚，顺着空隙走，很容易就能发现这些野菜，这时的麦苗也是经得起踩踏的。麦田里还常能见到马齿苋，不过这时的马齿苋刚刚长出，尚不能食用。

野菜是春天赐给乡人的第一道美味。荠菜抗寒，冬雪天气，将覆盖在麦苗上面的雪拨开，依然能见到荠菜的身影，不过雪天的荠菜没有春上的荠菜新鲜。单个看荠菜的叶片，就像挺拔的松树，叶片贴着地面，向四围生长，整体去看，如同牡丹。最鲜嫩的荠菜，叶片并不繁密，中部尚未长出叶柄，等时日久了，叶柄顶部就会开出很小的白花，开过花的荠菜依然可以食用。将采摘的荠菜晒干，熬成汤喝，健胃消食，止血明目，可医治某些疑难杂症。

乡人们最喜欢将荠菜蒸成菜疙瘩吃。先将剜回来的荠菜洗干净，将根和黄叶切掉，再将荠菜剁碎，和着面粉揉成团状，然后将菜团擀平展，做成花卷状。小火蒸半个钟头，菜疙瘩就出锅了。还需和好蘸汁，放点香油，油泼辣子要多。这时，就可以蘸着辣子汁饱餐一顿了。荠菜之所以受到乡人的欢迎，主要原因在于它没有苦味和别的怪味，清爽可口，容易消化。当然，荠菜也不止这一种吃法，还可以做饺子馅，可同鸡蛋一块炒着吃，也可凉调着吃。

面条菜学名叫麦瓶草，之所以被乡人叫面条菜，有两方面的原因：一来它的叶片厚软，略长，形似面条；二来将它和面条煮在一起，味道鲜美，芳香四溢。春季吃面条菜，可润肺止咳，提高免疫力。同面条菜、荠菜不同的是，曲曲菜味道略苦，很多人会将它认成苦菜，毕竟它们的叶片周围有点锯齿，但区别二者最好的办法就是折断它们的叶片，曲曲菜的叶片会往外流乳状汁液，且距根部较近的叶片微微发紫。曲曲菜会开黄花，样貌与野菊相似。

除了上面提到的野菜以外，仅我吃过的，还有灰菜、香椿芽、白蒿、刺苋、野葱、苜蓿、花椒叶和洋槐花等，刺苋俗名人旱菜，野葱又叫小蒜。四月前后，采摘一些略发红的香椿芽，同鸡蛋炒在一起吃，香嫩可口，令人难忘。但还有一种椿树，散发着难闻的臭味，极少有人食用其嫩芽。家里若摊了煎饼，就少不了野葱，将其切碎，和成辣子汁，蘸着吃，味道极佳。四月中旬，洋槐花盛开，几乎家家户户都会蒸着菜疙瘩吃。

灰菜的味道不亚于荠菜，但也仅限于晚春和初夏时节的灰菜，到了夏末，灰菜就会结籽，茎干坚硬发干，难以下咽。三年前在杨凌工作时，我常吃蘸水面，蘸水面是杨凌的特色面食，颇有名气，比面和蘸汁更重要的是面里的野菜，很多人吃面都是为了能吃到一口原汁原味的野菜。灰菜的茎干较粗，枝条和叶片繁密，顶部叶片上常有白色粉末，灰菜味道略苦，吃前需用沸水焯一下除掉苦味。和荠菜不同的是，麦田里很少能见到灰菜的身影，苹果园里倒有很多。

春天自然是从立春开始萌动的，但实际上，立春过后，天气依然很冷，只不过立春过后，日光就暖了，亮得晃眼睛，被拧紧了一个冬天的发条总算松动了一点。立春是春天的序曲，是简洁朴素的开幕式，草木依然保持着寒冬时的样貌，原野萧瑟，天地昏暗，万物都处于懵懂的状态。草木虽枯黄颓败，但其根茎却感知到了春的一丝气息，在逐渐解冻的土壤里积攒起力量和希望，宋人张栻有诗云："律回岁晚冰霜少，春到人间草木知。"说的就是这个意思。

但这个时段的草木尚不能抽出嫩芽来，毕竟气温很低，夜间往往还会迎来雨雪，落霜更是常有的事，因而说，这个时期的草木正是蛰伏蓄力的阶段。雨水是一个重要的分水岭，在农历中，雨水多出现在正月十五前后，雨水的出现，意味着雨露的降临，意味着解冻的土地将得到雨水的滋润。这个时段的雨水往往会在夜间降落，雨丝轻转飘洒，细密无声，如纱如棉，清晨起来，见褐黄色的叶片上落满晶莹的水滴，颓靡许久的精神也会重新振作起来。

有时也会有一些意外出现，雨水过后，接连多日都不见春雨到来，反而迎来了霜雪。对庄稼和果树而言，这个时段的雨水是极为重要的，根茎得到滋润，方能在暖阳下发出嫩芽来。油菜、小麦等作物渐渐返青，乡人开始忙碌起来，修剪果树，松耪农田，不敢停歇。尽管人们都感受到了春意，但这时若言说春已来临的话，还为时过早，等惊蛰过后，春天才真真切切地坐实了。这时，若站在原野上向四处望去，已能看到连成一片的青青草色，可朝着近处的草丛望去，枯草仍占领了大半个山野，刚抽出不久的嫩芽和草叶，依旧稀疏零星。

春潮已经在大地上涌动起来，山谷间不时传来黄鹂那优雅的啼鸣，田野里随处可见乡人们的身影，天气是一天比一天暖和起来，暖得人身上痒酥酥的。乡下的午后，人们总会聚集在村口，斜靠在墙根处，晒着暖阳，杂七杂八地闲聊着。果树已修剪完毕，麦苗长势良好，乡人们只需耐心等上几场春雨，将干了一个冬上的农田下透。这个时段的春雨可决定着一年的收成，若遇上春旱，可就得采取人工灌溉等措施，春旱和夏旱是两码事情，可马虎不得。

惊蛰一过，草木全部吐绿，就到了桃花、杏花登场的时间。但秦岭的桃花要开得早一些，大概在雨水前后就已纷纷开放了，渭北的桃花要等到惊蛰过后。多数低矮的灌木均已返绿，山坡上和石缝间，都有了绿意。惊蛰意味着春雷，意味着苏醒，多数在地下越冬的蛰虫均被春雷震醒，正挣扎着从地里爬出来，春雷不像夏雷那般猛烈，而只是老远听到远处低沉的响动。春雷是春天在惊蛰敲响的锣鼓。苇岸写过：“到了惊蛰，春天总算坐稳了它的江山。”

我每年都会到原野上去看野桃花和杏花，它们就夹杂在茂密的灌木丛间，其时灌木尚未被绿叶覆盖，老远就能看到密匝匝的粉红色花瓣，沿着弯弯绕绕的沟路走到跟前，蜂蝶飞舞，清香四溢，肥嫩的花瓣落了一地，如同落了一层斑斓飘香的雪片。在渐浓的春色里，野桃花和杏花独自守着清幽的原野，没有游人前来践踏，也不用担心羊会啃掉花蕾。它们的灿烂只有这块苍老的原野欣赏，开了，败了，完全是它们自己的事儿，它们并不感到寂寥和落寞。

雨水到惊蛰这个时段的春色，春雷滚滚，万物萌动，是最令我欢喜的。这个时段的草木及时地捕捉到了春的讯息，并将其四处扩散开来，几乎所有的植物和动物都做好了登上春之舞台的准备。几场春雨过后，大地濡湿，空气潮润，草木在暖阳下舒展着筋骨，弹落一身的水滴。牧羊人甩了一连

串的响鞭后，吆着羊群朝着山谷深处走去，天空澄澈，白云稀疏，已能看到许多归来的候鸟。躺在开始吐绿的杂草丛间，能够清晰地感知到春天那平稳的心跳。

刊发于《飞天》2022 年第 4 期

入选《2022 年散文随笔选粹》

油菜花开

柳树上的绿芽儿刚刚抽出来，地上的草也尚未绿透，崖上的黄土裸露在白灿灿的日头下面，沟里还荒着呢，油菜花却先开了。现在我是沿着赵家塬村边的沟路往下走，沟底是平坦肥沃的原野，茂盛的杂草间，漆水河缓缓淌入西南角的羊毛湾水库里。这里的沟路很难走，到处都是扎手的酸枣树，不时还要从塄坎上跳下去，我被草藤绊倒好几次，羊可能都很少走这条路。

走到半坡上，视野开阔，可以俯瞰整个苍茫的沟野，羊毛湾在阳光下熠熠发光，亮晶晶的，沟也因此显得灵动起来。而朝南走百余米，是一块极有曲线感的斜坡地，地里种着的油菜均已开花，分外惹眼。老远就能闻到油菜花的香味，也能听见蜜蜂嗡嗡的声响。难以想象在这满目萧瑟的沟野里，竟然藏着这样一块油菜田。站在这鹅黄色的花海跟前，我感动得直想落泪。

油菜田上边是高高的塄坎，边上长着一棵粗壮的柿子树，树身漆黑，连一片绿叶都没有，四周的荒草在风中微微摇曳，虚土往下落，好几只黑色的甲虫停在蒿草的根部，旁边挂在藤蔓上的蜘蛛网，早已被风刮烂，蜘

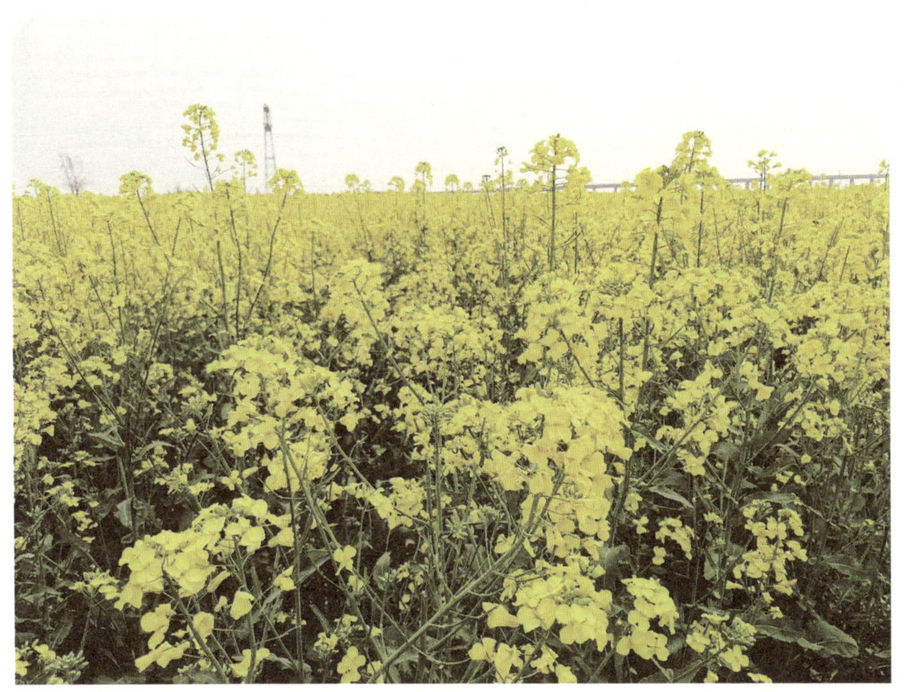

油菜田

蛛也不知去哪里了。所以说，油菜花的出现，缓解了这个早春的尴尬。我蹲坐地头，仔细观察鹅黄的油菜花，冷风阵阵，我突然觉得油菜花正在向我诉说着什么。

许是沉睡了一个寒冬的秘密，许是沟野投影在羊毛湾深处的梦境。我难以理解油菜花的话语，但就在那个阳光明媚的上午，我的确是听到了什么，我确信我与油菜花之间产生了某种神秘的联系。油菜花的话不仅被我和蜜蜂听见了，也被从羊毛湾刮过来的风听见了，就像生命深处的呓语，刚飘向空中，就被迎面而来的野风给卷到远处去了，没多久，声音又从对岸回荡过来。

在这个依然能感到寒意的早春时节，我躺在地头的草丛间，被这片隐蔽在山沟深处的油菜花，深深地打动着。这里的油菜花开得显然不如陕南地区的那般盛大、热烈，更不如青海油菜花的那般辽阔、浩瀚，但在寂寞的沟野里，这块小小的油菜地，却让我感到生命自身的力量，让我对这片荒凉的沟野重生爱意和敬意。原来沟里每天都在上演着难以计数的精彩故事。

坡面下方的野地里，也长着几株油菜，杂草间也总能见到它们的身影。风把油菜的种子撒向沟里每一块空阔的地方。这个时候，我发现，一片油菜就像一群当地的农人，它们似乎象征着农人们身上所背负着的苦难。油菜就是农人们在这贫瘠的沟里所播种下的希望。油菜花如果年年在沟里盛开，也就年年向大地倾诉着那些沉重的故事、饥饿的故事、缺水的故事、命运的故事……

对岸的沟梁下面是梯田，斜坡上面的田里种着油菜，下面平缓的田里种着小麦，麦苗绿得发黑，油菜焦黄焦黄的，衬得沟壑满眼生机。我见过各种各样的鲜花和野花，但最叫我感到亲切的唯有这沟里的油菜花，它守着贫瘠的土地，守着叫外人看来了无生机的荒沟，它是野花，更是庄稼。它那朴素而又娇艳的花朵，是给大地上的植物和动物看的，是给乡下的农人看的。

晌午时，我沿着来时的小路往回走，边走我还边回头看，甚至当我刚爬上前面的塄坎，又忍不住再次跑回，重又在刚才躺过的地方躺下。原来最叫我心潮澎湃的是沟里的油菜花。当我真的面对油菜花放声大哭时，我才意识到，对油菜花的热爱和眷恋，注定了我永远都是一个乡下人，一位乡土作家。很多人瞧不上乡下人和乡土作家这样的称呼，但我对这个身份，却爱得要命。

2020 年 1 月 4 日写于永寿

豹榆树

我沿着那条窄路往田野里走时，太阳刚刚露出地平线一点，两边的草叶上挂满了亮晶晶的露珠，狗尾巴草不时撩拨我的裤腿，空气清新，虫声唧唧，不远处的树丛间不时传来布谷鸟的啼鸣，田野上空弥漫着一层青芒色的亮光。身旁密匝匝的玉米秆遮住了太阳，草丛湿漉漉的，有许多黑色的甲虫正在草叶下面活动，透过缝隙，能够看见五星村的四周有薄薄的白雾在涌动。

刚走过那片玉米地，就看到了田野里的大树。远远望去，在灿灿阳光的照耀下，整个树身闪烁着晶莹的金光，繁茂高大的树冠令我无比吃惊。我此行的目的就是来看这棵名叫豹榆的古树，在关中一带，这棵树颇有点名声。我跳下一旁的塄坎，沿着刚犁不久的田野，一路小跑到了树跟前。

站在树身一侧，我被惊得心跳加快，激动不已。毫不夸张地说，与我在黄帝陵里见到的轩辕柏相比，这棵长在农田里的豹榆树更让我感到震撼。站在正面去看，树身宽阔，如同石墙，部分根部裸露在外，疙疙瘩瘩形若顽石。树皮却光滑新鲜，长有许许多多的橙色斑纹，突显着旺盛的生命力。

无论从哪个方向来看，豹榆树的树冠都极其相似，呈半球形，如一把

永寿豹榆树

巨伞撑开在枯黄的玉米田里。正西侧不远处，是一条宽阔的沟，对岸的庄稼和树丛清晰可见。这时，太阳已完全升上地平线，光线柔润，并不炙热，使人心情舒畅，精神抖擞，整个田野都沐浴在初秋明朗透彻的光影里。

豹榆树树身粗壮，七人方可围抱，像这般粗壮的古树，陕西境内恐怕也找不出几棵来。况且榆树长势本就缓慢，不像桐树和柳树。正在锄地的一位老者告诉我，豹榆树距今已有近一千七百年的光阴。榆树的树叶很小，呈半椭圆状，叶梢偏尖，叶片在枝上对称排开，走近去看，就像挂了密密麻麻的绿色铜钱，风吹来时，满树的叶子哗哗作响，声音清脆悦耳，如同风铃在摇。

太阳升高后，向阳面的树叶被映得亮灿灿的，人们绑在树枝上的红带

已经褪色，在风中微微摇曳。我伫立在树荫下，目不转睛地盯着树身看，树根的两侧竟也抽出了不少树枝，繁密的树叶将树根遮盖。树身西面光滑若石，色泽鲜艳多变；东侧则根茎凸起，如同沟壑，颜色偏灰；北面有一个大窟窿，有燃烧过后的黑迹。一棵树，竟有多种颜色，不由得令人感到惊奇。

透过树枝间的缝隙，可以望见清澈蔚蓝的天空，一只灰喜鹊从田野里飞到树梢，展示起自己甜润的歌喉。在我绕着树身行走时，从沟边飞来的一群麻雀落在我头顶的树枝上，距我很近，它们并不怕我。这片田野几乎都种了庄稼，附近并没有几棵树，但站在豹榆树跟前，竟有种独木成林之感。

这棵树肯定是成了精，有着神灵的护佑，不然怎能活到现在。那位老者放下锄头，将布鞋里的土在锄把上弹掉，对我说，豹榆树的树身中部原本往出滴水，水味甘甜，自古人们便将此树敬为神树。后来有人携斧头来砍，却发现所砍之处竟往外渗血，便收起斧头走了；雷还击过数次，但树均未死；再后来，有人放火烧树，但燃到一半，火竟自动熄灭了，水就枯了。

听了老者的话，再次走到豹榆树跟前，抚摸起斑驳光滑的树皮，我心里又多了几分敬意。仔细观察此树的结构，发现树身极粗，而上面分散的树杈却细小单薄，叶子繁密，恐怕这也是此树长命的重要缘由。我在别处见过许多古树，由于树身干枯，枝杈过于庞大，不得不借助外力进行牵引。而这棵长在荒郊野外的豹榆树，没有任何的刻意保护，却长得枝繁叶茂，郁郁葱葱。

因而可以说，这棵长在五星村西南角农田里的豹榆树，就是一棵平民树，看着作物一茬一茬地成熟和收割，观沟边花开花落，望天上云卷云舒，吸收着旷野间的自然精华，洗涤着农人朴素的心。而令我感到最欣慰的是附近的农田并未因为这棵神树的存在，而被开发成公园和什么古街。

踩着凸起的树根，靠在厚实的树身上，阳光像无数根细细的绒毛一样落在我的脸上，斑驳的树影在我面前摇摇晃晃，让我想起许多童年的往事。尽管我现在生活在城市里，但我对田野里的一草一木却充满了爱恋，每次

香樟树树冠遮天

看到贫瘠的塄坎上却长着许多开着花的小雏菊，我的心里都会涌出无限的感动。

我喜欢躺在茂密的草丛间，听那悦耳的虫叫声，将心灵和身体融进大自然甜蜜的怀抱里，有时候，鸟儿会落在我的身上，它完全把我当成田野间的一截木头了呢。我更喜欢将脊背紧紧地贴在树身上，那样会让我觉得自己就是林丛间的一棵树。现在靠着这棵豹榆树，我心神宁静，面前摇曳的枝叶如同一群舞姿优雅的妙龄少女，阳光妩媚，在地面上荡开一层层的波纹。

坐在树影下，远处不时会有鸟雀飞来，或落在豹榆树那巨大的树冠上，或落在不远处的农田里，啄食地里的虫子。鸟声啁啾，大地安详，田野上空渐渐升腾起金黄色的秋光。走到地头，有两位乡人正在摘红小豆，藤蔓已被晒干，豆荚呈褐色，轻轻一碰，便炸裂成两半，豆子就掉落出来。

顺着地头的土路，来到沟边，对岸的羊群如同散落在山上的白云，地边上的野草已经半枯，沟风很硬，细土飞舞，耳边不时传来昆虫的嗡鸣声。这时，回身去看长在农田里的豹榆树，只见树冠高大平整，树身优美，分外壮观，却毫不突兀。大地接纳了它，它装扮了大地，护佑着庄稼。或许对于大地而言，它只是这里的一棵树，甚至也可以说，它只是这里的一株庄稼。

刊发于《辽河》2021 年第 4 期

春天的歌声

大地总算把攒了一冬的悄悄话，朝着山谷深处喊了出来，当山谷对岸传来黄鹂鸟那悠扬的歌声时，沟野就在不知不觉中绿了起来，连花儿都在夜间偷偷地开放了。我顺着小路走在沟里，阳光温柔，满目青翠，鸟声填满了大地的每一处缝隙，树木也都抽出了嫩绿的芽儿。牧羊人就坐在柿子树旁边的大石头上，循环收听着手机里的秦腔戏，羊像孩子一样躺在春天的怀里。

春风朝绵长的沟道间呼呼地吹起来，把那些还在冬月里熟睡的莎草都给吹醒了，小溪更是铆足了劲朝着落日的地方流去。羊也在辽阔的草地上撒起欢儿来，在沟原上头朝着蓝晶晶的天空咩咩叫上一阵，又跑到沟底的小溪边咕嘟咕嘟饮上一肚子的清水。野兔、黄鼠狼和鼹鼠从洞穴里伸出脑袋，大口大口地吸着青草的香气，昆虫们也藏在草丛深处，跟着羊群一块儿叫。

沟里响起了春天的交响乐。春风听见了，就躲在树背后咯咯地笑起来，笑上一阵后，春风就把这些声音带到了远方，给山神去听，给那些还尚未苏醒过来的土地听。蝴蝶和蜜蜂飞来了，跟在它们后面走呀走呀，只见它们飞了不久后，就落在了半坡的油菜田里，原来它们是嗅到油菜花的清香味儿了。鹅黄的油菜花很快就占领了沟野。不得不说，油菜花的开放点亮了春天的土地。

跟着羊群往林丛深处走，不时会被掩埋在雪白的杏花里，不仔细看的话，还以为是树上落了雪团呢。伸长脖颈去看，发现密匝匝的杏花就如同洁白的棉花，那些挂在枝头尚未开放的花骨朵，还带着淡淡的粉色，煞是可爱。有三五个姑娘就围在几棵杏树跟前，她们不时会将摘在手里的杏花撒上半空，姑娘们的笑声就混着棉团似的杏花落了一地，碰得地面都发出叮叮当当的脆响声。

傍晚，暮色四起，西天的红云还尚未完全消散，牧羊人就对着半空打上几声响鞭，羊群就从沟底上来了。接着，他就吼起粗犷的秦腔戏，吆着羊群顺着弯曲的小道回家去了。那个时候，山沟里尚未黑透，春风还在吹拂着，吹呀吹呀，草木的嫩芽儿就从地缝里冒出来了；吹呀吹呀，吹得大地的脸就皱起来了，直到后半夜下起第一场春雨时，大地才朝着山影再次露出了笑脸。

春雨把天上的事儿可全都告诉给大地了，大地抖抖僵硬了一个冬天的肩膀，躺在夜晚的怀里听春雨的故事。沟风像布条一样在空旷地带飘扬着，那些白天唱累了的鸟儿就睡在高高的树杈上，春雨淋湿了翅膀，它们就在梦里抖抖翅膀。猫头鹰依然在深沟的林丛里啼叫着，叫声回响在幽深的沟野里，衬得夜晚格外宁静，侧着耳朵去听，就能听到春雨唰唰的声响呢。

到后半夜时，春雨就停住了，但大地可都被润透了呢，草木和小虫子都喝得饱饱的。清晨时分，连夜里的雾气都消散了。渐渐的，青褐色的云层下面就露出了朝霞，没过多长时间，太阳便高高地挂在空中了，春天的大地终于展露在了太阳面前。草叶上的露珠晶莹剔透，风从对岸吹过来时，就抖落在了草木的根部。经过了春雨的洗礼，鸟儿们这次也都卖命地啼叫起来。

朝远处望去，只见群山都盖上了一层淡淡的雾霭，雀鸟急匆匆地朝山

那头飞去。草木就更青翠了，整条沟道也明净了许多，柳条儿尽管还没有完全绿透，但抽出的嫩芽却在阳光下像碧玉一样闪闪发光。羊在吃草前，甚至还要闻闻青草的香气，羊羔们则慢慢地咀嚼着草叶，生怕这扑鼻的草香被春风带走了。山崖上，沟道间，处处可见嫩嫩的枝芽，迎春花也早早地开放了。

春风把寒意都赶跑了，田里的麦苗更绿了，鸟声也清脆了，连背阴地里的枯枝也都露出嫩绿的芽儿，春天是实实在在地到了，空气中弥漫着土地的泥腥味，但这种味道可不叫人生厌。乡人们早早地下到地里，准备起一年的农事来。春天的歌声是真真切切地奏响了，人们的脸上都洋溢着微笑，只有懒汉才躺在家里睡大觉呢。人们可都知道，春天是播种希望的季节呀。

刊发于《中国青年报》2020 年 3 月 26 日

屋顶观鸟

现在我就在我家的屋顶上坐着，头顶盘着很多树枝，那群鸟就卧在里面为我唱歌。我追了它们很久呢，从沟野里追到对面的梁上，又打对面的梁上撵到我们村子里。它们落在我家屋顶上方的树枝上，叽叽喳喳就唱开啦。它们似乎已唱了几百年了，唱得村上的人跑了一波又一波，唱得墙上的土都往下掉呢。

夕阳下的村子太落寞冷清了，很多院落都已被荒草和小动物给占领，墙也快倒了。村头的哑巴老人把那些快倒了的土墙都用木棍给顶住了。但我看是撑不了多久啦，只要鸟儿再这样唱上几年，或许是几个月，它们就全倒啦。它们从废墟中来，又以废墟告别这个世界。这便是它们的宿命么?

我甚至产生疑问，那些老院真的就住过人吗？那里真的就曾有过热腾腾的生活吗？我不相信。那群鸟儿也不信，你听听它们的歌声，多么忧伤，多么欢乐，多么干净，多么叫人心碎呀。仿佛这个村子跟它们就没有一点的关系，它们是从天上飞下来的，是打另一个世界赶过来的。它们到我们村子里，只是来为这里唱上一首悲伤的哀歌。我真恨这些鸟儿，但我又舍不得赶它们走。

鸟儿来了，又走了。鸟儿走了，鸟儿的歌声却没走。鸟儿的歌声就盘在村子的上空，随着炊烟和大地上的风物，一同生生死死，飘荡着，哭泣着。风都吹不散呢。在村子里，每逢见到一群鸟儿从头顶飞过，我总会倍感亲切，总会感到我的村子还没有消亡，它还活着呢。一个村子如果连鸟儿都没有了，恐怕早已成为一片废墟。废墟会成为鸟儿的王国，而并非只有生动的一群鸟儿。

我多次逮过鸟儿，并把它们关在我的铁笼子里，希望它们日日夜夜在里面为我唱歌，不再飞走。我受不了那漫长的冬夜，我希望它们在笼子里永远陪着我，听我的梦话，听我倾诉埋在心里的故事。被我逮进笼子里的鸟儿，却不像家鸽那般好伺候，它们不吃不喝，连歌也不再为我唱了。两日后，有只鸟儿就死在了笼子里，余下的鸟依旧如被囚的犯人样，呆呆地蹲在里面，眼里充满着绝望。

它们在向我抗议，向关押它们的铁笼子抗议。笼中的它们就如同卡夫卡笔下的饥饿艺术家。那时候，我感到罪恶，感到自己干了一件蠢事，当我将那几只还未饿死的鸟儿放出来的时候，它们的腿都僵了。站在笼口，它们看了我好一会儿，然后才扑棱棱飞走了。它们那仇恨、绝望的眼睛令我永生难忘。也是在那时候，我发誓我今后再也不会逮鸟儿，现在我向它们忏悔、道歉。

那只死去的鸟儿被我埋在了家门口的桐树旁边，它原本属于天空，是神灵派到人间来的自由使者，现在却因我的过错，永远失去了自由。也是在那天以后，我爱上了鸟儿。我突然发现我的心里就住着一只鸟儿，于是，我就常常跟在一群鸟儿的后面，追着它们飞，然后坐在树杈上，静静地听它们唱那忧伤的情歌。再往后，我跟村子里所有的鸟儿都成了朋友，它们不再害怕我。

有时当我还在屋里睡觉的时候，它们就已飞到庭院的竹丛中，叽叽喳喳地叫我起床了。渐渐地，我成了鸟儿中的鸟王，每当我走到门前的沟野里，成群的鸟儿就会跟着我，在我的头顶上飞来飞去。它们在沟野上空飞

翔时，我就躺在荒草里睡大觉。有它们和它们的歌声在，我便不再感到孤单。鸟儿是能认得人的，尤其是那群常常飞到我家庭院上空的鸟儿，跟我亲近得很。

在沟野里，我认识了更多的鸟儿，很多鸟儿我是叫不上名字的。每当我躺在寂静的荒草丛里，鸟儿就会坐在附近的柿子树上为我唱歌。风从坡上扬起时，鸟儿唱得就更欢了。干硬的冷风中，牧羊人瑟缩着身子，把羊群往回赶。风把荒草吹得呜呜响，哭着把那些小动物往地里吸呢，发怒着的沟野让人感到恐惧。但鸟儿的歌声却让整片沟野活泛了起来，牧羊人不再感到孤寂，躲在洞里的小动物也都感到温暖。那时候，我就坐在沟边，吸溜着嘴，学鸟儿唱歌。

一群鸟儿，就是一堆神秘的故事；每一只鸟儿，都是沟野里独一无二的音符。躺在屋顶的青瓦上，听着鸟儿那悠扬婉转的啁啾，我感到昏昏欲睡。现在我想说的是，在这个偏远的北方小镇上，我就是一只从深山里飞来的鸟儿，我把欢乐唱了出来，也把心中的悲伤唱了出来。于是，我便从屋顶爬上了树杈，树上的鸟儿就带上我一块唱开了，我们唱啊唱啊，唱得月亮都在一旁鼓掌呢。

2019 年 12 月 1 日写于永寿

沟里有草香

早晨从一地青翠的荒草中醒来时，阳光打乱了所有沾着露水的梦。昨夜里那热热闹闹的虫声全部消失，连一点的风声都没有。寂静掩盖了整个沟野。远处已经有羊群在吃青草了，若不细看，还以为是白云落在了地上。

我躺在半坡上往下滚，感觉天空就在我的头顶，伸手就能抓到白云，晨光并不刺眼，一旁的崖上落了很多鸟，并不叫唤。滚到下面的平缓处，我平躺在地，遥遥地看天，仍能看到一些星星，我在脑袋里想着它们落下来的情景。

像雨滴一样纷纷掉落在沟里，孩子们抢着将星星捡回去，放在院落里的窗台上，给家中的小猫小狗看。我想想，也笑笑。没想到这一笑，竟把一地的草香吸进了肚子里。我真切地感觉，青草的香味湿漉漉的，挂着月影，这可真叫自在。

我爬起身来，学羊在地上跑，这里闻闻，那边闻闻，不时再抬起头，看看头顶的云。当风微微吹拂时，这片寂寞的沟，似乎到处都能闻到青草的香味了。我没去过草原，但我想，沟里的草香和草原的草香肯定是不同的。

沟里的草多是杂草，野草，各种没名没姓没有来路的草，但这片沟却

是我的天堂。我爱这沟里的每一株草。沟里的草香，不那么热烈，也不那么浓郁，而是一种极为清淡的香味，只有你把心交给大地，方才能闻见青草的味道。

羊是最熟悉草味的，它们每天都在嚼呀嚼呀，把飞鸟的梦咽下去，把村人的疲惫咽下去，把生活的苦涩咽下去，也把一地的草香咽进肚里。所以，羊是这片沟里最干净的动物，也是最有人味、沟味和草味的动物。

沟里的小河

这扑鼻的草香里，一定埋藏着什么密码，也许是大地的记忆，也许是几千年前的影像，人是无法知晓的，而羊把草香咽下去的时候，羊可能就知道了。不然羊在吃上几口青草后，为何要抬头对着苍天咩咩叫上几声呢？

草香在沟里是可以看见的。阳光下，露珠在草叶上闪烁着清亮亮的光，滴落在地时，像绿色的墨滴被抖落，连空气都被染成青草的颜色。花朵在朝着云笑，风从沟里走过时，草香里就能听见一地悦耳的笑声，像娃娃们在玩耍嬉闹。

那只蚂蚁从草叶下走过时，正好有闪光的露珠落在背上，蚂蚁就停住脚步，闻露珠里携带的草香。蚂蚁好久都不走，它似乎也闻醉在半路上。虫子们也开始出来活动了，蝈蝈从草根下面蹦出来，蜗牛停在草叶上继续伸展腰肢。

这是沟里最美的季节，阳光灿灿，坡地青翠如毯，鸟雀在天上欢叫，怒放的花儿正铆足了劲，在风中抖落身上的尘土。远方的风是透明的，可风一旦将远方的梦携到这里来，就被无垠的沟野染上颜色，而显得生机盎然了。

在这偏远的地方，草香叫人安宁，很快就会忘了昨日的不快。朝四处望去，每一株不起眼的小草，都意气风发，如同士兵在风中唱歌。花儿的脸上永远挂着笑容，它们似乎从来都没有烦恼，太阳升高时，它们就笑得更欢了。

刊发于《美文》下半月刊 2021 年第 12 期

雪野

都说雪落无声，但半夜时分，我却闻得雪声，连忙下炕穿鞋，跑至庭院，果真见雪花霏霏乱舞，寒风阵阵，地上早已铺成银毯。竹叶上的厚雪，将竹子压弯了腰，不时沉落下来，发出轻微的响声。回到屋内，我再无睡意，守在炉边，静静地等待着。天刚微明，借着麻麻的晨光，我一路小跑，来到辽阔的原野上。小路上，积雪很厚，村巷寂静如初，尚无一人踏足雪地。

寒风虽劲，但却无法熄灭我内心的欢悦。立在原上，放眼望去，沟野尽闪白光，万物都已披上雪衣，那些成片的柿子树，像晚归的少年，为这原野平添了几分浪漫。飞鸟不见了，动物们也不见了，连脚印都寻不到呢。远处的山峦，隐入云中。寒风不时将地上的雪卷上半空，随风乱舞，打得脸生疼。风雪是突然停住的，天色也渐渐澄澈，甚至能看到青色的云在涌动。

依然很冷，我只好在路边学着野兔跳，跳了好久的时间，身体才热了，人也有了精神。就在这个时候，只见红日忽地跃出地面，四围红云映衬，连照在人脸上的阳光都呈现出红晕，雪野显得浪漫而富有诗意。不久后，太阳升上半空，抖落一身的疲倦，阳光铺在地上，若玉石般晶莹剔透。低头探看，尚无杂声，整个沟野都被白雪覆盖着，而白雪中的沟野，又成为阳光的海洋。

昨日来时，沟里草木枯黄，大地萧瑟，满目荒凉，坐在那些荒草里，心里充满孤寂，甚至想着哭上一场。但一夜过去，风雪给沟野染白了头，万物似乎又苏醒了过来，阳光下的雪野，银光闪闪，好不活泛。下到沟里时，路上还跌倒好几次，但我依然感到快乐。大地是在以另外的方式拥抱我，亲吻我，接受我，并用最温柔的方式，给我讲述那些被埋在雪野深处的忧伤故事。

有一棵小洋槐树，被雪压得歪倒在地，我走上前去，轻蹬几脚，树枝上的雪就全被抖落在地，小洋槐树又重新挺直起腰杆。我对着它，咯咯笑了几声，它应该在这洁净的雪野里，寻到童趣了吧。继续往深沟里走时，

雪落槐林

忽见一只体型肥硕的野兔从一旁跃过，心生激动，不由上前撵去，却不料脚下一滑，顺着一旁的塄坎，滑栽下去。衣服里灌满了雪，竟未有痛感。看来这洁白的雪，化作了棉团，融化了所有坚硬的东西。那只野兔早已没影了，我却在那里立了很久。7

槐树林下面是块平缓的斜坡，大雪覆盖了上面的野草，只能零星看到一些干草刺出雪层。白雪如玉，闪闪发光。我情不自禁地走上前去，躺在雪地里，听着身下的雪咔嚓作响，心里好不舒坦呢。我丝毫没有了冷意，甚至心生温暖，感觉自己现在就是大地的宠儿，是天下最幸福的人。茫茫雪野，就是我心灵的家；飞禽走兽，就是我的同伴。于是，我半蹲在地，用雪洗净了脸。

十时左右，原上头有了吵闹声，大概是孩子们开始在那条缓坡的沟道里滑雪了。阳面的雪，部分已开始消融，草叶也渐渐露出头来，但雪依然很厚。我抓起一把雪，放在掌心，观察融化的过程。似乎雪化得越快，掌心便越温暖。我拍掉身上的雪，开始沿着沟路往回走，不时还转过身，看上几眼。我甚至还哼上了小曲儿，边走边哼，任灿灿阳光在我脸上跳舞。就在我快要攀到原顶时，听到了枪响，连着两声。大概有人在雪野里捕猎野兔了吧。

刊发于《雪莲》2020 年第 3 期

夜晚的眼睛

半夜时分，我推门而出，庭院月光皎皎，地面亮若银光。出门后，顺着巷道往沟里走去，路上虫鸣阵阵，冷风入怀，想起昨日与朋友在镇上喝酒时的情景，不禁哑然失笑。尽管月色很亮，可向沟里望去，依然什么都看不清，尤其是沟下面的槐树林里，有猫头鹰在叫，真叫我害怕。我本想下到沟里，但现在我是没有这个胆量了，于是我踏过荒草路，爬到一旁的柿子树上。深夜坐在树杈上，我的脊背上很快就会长出翅膀来，而成为一只真正的夜鸟了。

山沟的夜，并不安宁，猫头鹰的叫声，为夜晚平添了几分寂寥。夜色很深，显得星斗水清水清的，地上的枯草泛起一层银光，落叶上露珠盈盈，那月亮就跑到了露珠里。放眼望去，还以为地上生出了无数个月亮呢。在树杈上坐久后，发现夜不再像之前那般黑，露珠映得月色更加明亮，也是在这个时候，山沟竟显现出另一番韵味来。能看见小动物那明晃晃的眼睛，如果我现在走在荒野里，肯定要被吓一跳的。有些动物，并没有睡去，仍在觅食呢。

我甚至还听到流水的声音，但我知道这沟里是没有河水的，那水声又

来自哪儿呢？天河吗？夜晚在山沟里投下了幻影？原来荒野的夜晚，到处都充满声音，飞沙的声音，梦的声音，时间流逝的声音，所有的声音都在沟里跳舞，最后全被吸入大地深处。真正的夜晚，平躺在每个人的梦里。身处在夜晚里的人，都是心灵有伤的人，幸福的人会拒绝黑夜的抚摸。城市里从来没有夜晚，真正的夜晚，属于大地上寂寞的族群。文明早已戳瞎了夜晚的眼睛。

星月愈发明灿，半眯着眼看，夜空里就像有群萤火虫在飞舞。我过去以为，一到夜间，大地和大地上的一切事物，都会闭上眼睛，沉沉睡去。现在看来，恰恰相反，夜深人静的时候，夜晚才缓缓睁开了它的眼睛。露水是夜晚的眼睛，星斗是夜晚的眼睛，猫头鹰和那些正在沟里觅食的小动物，都是夜晚的眼睛。它们在守着这片沟。沟里的风吹草动，夜晚都看在

月光皎皎

眼里。夜晚什么都听到了，看到了，但它什么都不说。平静的夜晚，实则正在酝酿着更多的秘密。

当我几乎忘记猫头鹰的叫声时，我就已成为柿子树的枝杈，也可以说，是一块石头，一株蒿草，一只麻雀，一只蝎子，我融进了山沟的夜晚里，而成为其中的一部分。我不再感到害怕，亦不再寒冷。月光在露珠里跳舞，星子在夜空中翻跟斗。整个山沟如同一块不规则的布，在凉风中，不断变化着形状。闭上眼睛，就会听到大地那微微的鼾声，连一地的荒草，都无法叫醒正在熟睡的大地。今夜，独坐树杈，我在想，那只啼叫的猫头鹰，未来又将飞往哪里？

我想为这寂寞的荒野流泪，也想为这灿烂的夜晚而流泪。我轻轻地呼吸着夜晚的空气，生怕吵醒了沉在梦中的沟野。或许多年以后，我会亲密接触更多的夜晚，南方的，北方的，但面前的这个叫人心醉的夜晚，我相信我永远也无法忘记。学一声羊叫，把心里的感动抛在浪潮般的荒草里，让远方的溪水带走，让四处流浪的野风带走。在明晃晃的夜晚里，山沟晶莹，夜鸟的身影难辨，但夜晚不会忘记我的这份感动，因为它长着无数只黑色的眼睛。

刊发于《美文》下半月刊 2021 年第 3 期

第二辑

童年拾忆

树杈上的少年

我出生在渭北高原西南端一个偏远落后的县区。那里遍地是贫瘠的沟壑，少有河水，沟里到处都是柿子树和一望无垠的荒草。我家就住在沟边，我的童年就是在门前的沟里度过的，除过和伙伴们放火、捉迷藏、逮鸟等活动以外，我将大多数的时间都消磨在了柿子树或者桐树的树杈上。树杈是我童年的第二个家，也是我成年后常常怀念的另一个故乡。我现在能成为作家，并能将那些活跃在脑袋里的古怪想法表达出来，与我童年的这些经历不无关系。

那是中国经济发展最迅猛、人口迁徙最密集的几年，但这些意义重大的事件在我们那个小村落，表现得却极为惨淡。我只知道隔三岔五就会有人南下打工去了，我根本不清楚整个中国社会正在经历着一场空前的变革。年轻人怀着美好的梦想，坐着绿皮火车纷纷南下，这种背景下，我越发喜欢躺在沟里的山坡上。村里没人的时候，风一刮来，就能够听见大地的心跳声，那声音让我恐惧。老人们说，沟里有狼和其他野兽。于是，我又将我的窝重安在了树杈上。这一上去，我似乎一把就能抓住天上的白云和闪

烁的星辰。我不愿再下来。

就这样，我成了一个树杈小孩，变得沉默寡言，性格也跟着阴柔起来。我突然发现，当我躺在荒草里的时候，我想的只是些脚下的事，或者是那些司空见惯的物，但当我坐在树杈上的时候，我的思绪就会飞上星空，开始去想象另一个世界和另一个我，以及那些虚无缥缈的事物。似乎就在这样一个简单的变化当中，我完成了对自己的解放。甚至我开始去空想那个令人们神魂颠倒的南方，那个据说遍地埋着黄金的地方。树杈上的我，真的长出了一双健硕的翅膀。

我将自己想象成飞鸟、狐狸、蝈蝈、猫头鹰，将自己想象成白云、远山、老树、光斑，有时我也会将自己想象成孙悟空和玉皇大帝。尽管我的话越来越少，但我的肚子里却渐渐地装满了故事，我将人们脸上的忧伤装了进去，也将人们美好的梦境装了进去。但我可不愿变成那些沉默的石头，于是，我又将我肚子里的故事全部倒出来，讲给正在荒草中跳舞的狐狸听，讲给寂寞的嫦娥听，讲给村里那个逢人便笑的傻子听，我在用我的故事编织着我的梦。我的梦是轻飘飘的，但却沾着清晨的露水，花草树木，飞禽走兽，都竖起耳朵听着呢。

好长时间里，我就是那沟里的国王。我在沟野里，既倾听着，也讲述着。但好景不长，在县城读高中后，我就感到不适应，再也没有那样一片空旷寂静的沟，再也没有一棵可供我坐上去的树。我便尝试着去多说话，把我的故事讲给同学听，但一段时间下来，我就感到失望、受伤。这时我才意识到，这个世界上，尽管人们每日每夜地倾听着、讲述着，但没有人能彼此真正理解对方的心。人性是自私的，是内敛的，亦是排外的。人热闹着，其实也寂寞着。

2011 年，我写下了我的第一首诗，从那以后，我就不再将我的故事讲给旁人听。在城市里定居后，我再也找不到一个能让我产生幻想的树杈，更找不见童年里的忧伤。与其让那些童年的故事烂在肚子里，不如把它们拎出来，写给我自己看，写给那些和我有着相似感受的读者看，也写给那

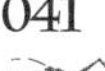

些寂寞的星星看。老实说，我完全可以在老家的沟里寻找到那些树杈，但我担心会击碎自己的美梦，那么就让那承载着我的快乐与悲伤的树杈，永远生长在我的记忆里吧。

2019 年 11 月 23 日写于咸阳

马蹄石

此地偏僻，四周尽是半人高的灌木和杂草，且没有路。顺着极难走的沟道走了一个多钟头，三里不止，才到达这里，脚腕还被划了几道口子。但当见到那块马蹄石时，顿时便忘却了途中的艰险。此处也并非只有这一块石头，两岸的崖上，低处的渠里，甚至旁边的平缓地带，均长满青蓝色的大石头，或因长期风化的缘故，有些已泛青，有些泛白，还有些则泛灰。从北岸的矮崖上跳下来时，摔了一跤，所幸是掉落在了草丛间。马蹄石就位于矮崖的正南侧。

十多年前，还在村上读小学时，我和同伴们就常常到这里来，此处是我们村通往羊毛湾水库的必经之地。来的次数多了，便将这里的野地风光深深地记在了脑海里，但我想起最多的还是那块马蹄石。说来那也不过是一块平常的石头，但和别的石头相比，它的中间位置偏偏就多了一只马蹄印子，因而它又显得极不寻常。究竟是什么马在这块石头上留下了脚印？是在大雨滂沱的白日，还是在星光灿烂的深夜？为何单单只留下一只马蹄印子？至今无人考证。

细观蹄印，竟看不出任何的人为凿痕，想来或是天然形成。蹄印深约

一拃，内壁光滑，纹理清晰可辨，尚无一处破损。没有千年，少说也有数百年的光阴。它未能被人盗走，未遭破坏，恐怕也与所在的位置有关，埋在野地荒草间，少闻人声，不问历史，方才保全了性命。这么多年，马蹄石一直隐藏在村里少年的梦境里，藏在村人童年时代那绵长的记忆里，星月和荒草认得它，荒沟里逮蝎子的乡人认得它，狐狸和野猪认得它。它孤寂，但不寂寞。

前年仲夏，在西安坐地铁，中途打盹，忽然梦见石头沟里的马蹄石。见一老者正盘腿坐在大石头上，同一位面容清秀的后生下棋，旁边立有一匹毛色光亮的白马，冷风嗖嗖，霞光染天，西边的水面闪烁着金色的光芒，时有银鱼飞出。醒后，很快就忘却了，不想一连数日，竟做了同样的梦。前后思量，还是决定再去看一回马蹄石，便搭乘班车回了老家，重走了一回沟道。野草更加茂密，脚下尽是虚土和灌木，到石头沟时，暮色四合，鸟鸣悲壮，已是傍晚。

可到天黑前我都没有找到马蹄石。我分明清楚地记着它的位置呀，为何现在就找不见了？莫非它被山沟里的月亮藏了起来？坐在大石头上，望着昏暗的山野和不远处的三棵皂角树，我万分疑惑。再晚些时，月亮悬上崖头，山谷深处传来猫头鹰的啼叫，只见一白胡子老人牵着白马正从沟道间走来，吓得我汗毛竖起，以为是在梦境，掐掐胳膊，却分明感受到了疼痛。我连忙打开手电筒，沿平缓地带跑上了西南角的大路。到现在，我都没有再去过那里。

2020 年 12 月 10 日写于咸阳

逮蝎子

天刚擦黑，我背上矿灯就往巷道里跑，伙伴们早已在村口等我，见了我，他们总要责骂上几句的。父亲不让我夜间到沟里去，因而就只能趁他不注意时溜出家门。同大家会合后，沿着两边长满荒草的窄路，哼哼唱唱着便下到了沟里。头顶繁星满天，田间不时能听到野兔跑过的声响，整个山野都淹没在昆虫们的合鸣声中。刚到沟里，我们便分散开来，但并不走得太远，各自占上一处长长的小坡。若半天听不到伙伴们的动静，便将矿灯照向天空，这个时候，就能看到伙伴们在天上晃动的灯光，这才知晓他们早都跑到前头去了。

逮蝎子是个耐心活儿，急不得的。有时盯着小坡走了很久，也发现不了一只蝎子，这时可不能泄气，山沟绵长，再走上一段，说不定就会有收获的。夏季炎热，蝎子大多都爬出了洞穴，在坡头或崖壁上乘凉，但那个时候，蝎子贵，逮的人又实在太多，常常正睁大了眼睛盯着小坡走，抬头却见有人正提着矿灯走在前头，这时不禁心头郁闷，暗暗叫骂，只好另寻一处地方。空手而归也就成了常有的事情。但我们逮不到更多的蝎子并不是这个原因，而是矿灯的问题，矿灯光过亮，和蝎子又差不多一个色，蝎子近在眼前，常常都难以发现的。

换灯就成了我们渴盼的事情，但市面上的矿灯，多数都大同小异。我上初中二年级的时候，一款名叫紫光棒的矿灯风靡我们小镇。这款矿灯，无须再将灯头戴在前额，此灯长约一尺，通体散发出深紫色的光芒，而这款矿灯之所以被人们称之为神灯，其原因就在于它的灯光。紫光棒所照之处，地面一团漆黑，唯有蝎子被映出金灿灿的亮光。这样一来，逮蝎子就很容易，不论是在什么地方，只需亮出紫光棒，就能照出蝎子的藏身之处，没有蝎子可以轻易逃脱掉的。有了紫光棒后，我一晚上可以逮上二三两，运气好时，甚至可达半斤。

找个闲置的盆子，将逮回来的蝎子放在里面，任其如何折腾也是跑不掉的，再喂上些昆虫，隔几日，收蝎子的人到村上来时，再将喂肥的蝎子卖掉。但有一回，也不知是刮风还是别的什么缘故，早晨起来，只见盆子半扣在院落里的台阶上，蝎子均跑得不见了踪迹。找遍院内的角角落落也没有找回几只，甚至连后院都找了一遍，母亲专门将鸡从鸡圈里放了出来，鸡确实啄了不少蝎子，但总不能吃净的。我心里暗暗害怕。果不其然，数日后，我就在炕围和屋内屋外的墙根处发现了不少蝎子，幸运的是，蝎子并未蜇到我和家人。

现在想来，逮蝎子确实是一件趣事儿，但以前可不那么想。那个时候，蝎子一斤近二百元，一两就是二十元，二十元可是我一周的生活费呢，因而冒着夜晚的种种危险，踏草丛，走荒路，完全是为了给自己挣点零花钱。我记得很清楚，用卖蝎子的钱，我先后买了《朝花夕拾》《围城》《随想录》等书。逮蝎子尽管可以挣点闲钱，但也险情四伏，我的一位家住在上邱村的同学就是在逮蝎子时失足滚沟，失去了生命。我曾为逮到更多的蝎子，提着矿灯爬上高高的土台，等逮到蝎子，才发觉自己是站在坟头上，现在想来，依然有些后怕。

刊发于《牡丹》2021 年第 2 期

撵野兔

在我家盖上房以前，我养过两三年的白兔。白兔是父亲从亲戚家给我逮回来的，还顺便带回了一个铁笼。我非常喜欢那只小白兔，给它喂草时，还不忘将手伸进铁笼里抚摸它那微微泛红的长耳朵。一摸它的耳朵，它就瑟缩起身体，微微闭上眼睛，但我并不觉得它怕我。白兔胆小温和，吃食杂，比较好养。它本来在铁笼里活得好好的，直到那天晚上被黄鼠狼咬走了半个耳朵之后，我才决定在后院的空地上挖一口两米深的地窖，将它圈养在下面。

那是在冬季后半夜发生的事情，当时我和父母都听见了尖厉的叫声，迷迷糊糊中，我分辨不出是什么动物的叫声，也就没有在意。但父亲还是披上大衣去庭院里看了一趟，他咳嗽几声后，院落便重新寂静下来了。清晨起床后，我们才发现白兔少了半个耳朵，它瑟缩在铁笼的角落里，浑身发抖，地面上和白兔耳朵上的血迹已干。在父亲的协助下，我为白兔包扎好了耳朵上的伤口，并将铁笼挪到了屋内，白兔的眼睛湿漉漉的，依然留有昨夜的恐惧。

父亲帮我在后院挖好了地窖，那地窖本来就有，以前冬上在里面贮藏

白菜、萝卜和红薯，只是许久不用，塌得厉害。重新修好后，我把那只少了半个耳朵的白兔放了进去，窖口用木板盖着，上面还压了砖头。父亲告诉我，咬伤白兔耳朵的是黄鼠狼，黄鼠狼身体灵活，步子轻盈，常来村子里偷鸡偷兔。我的脑海里浮现出黄鼠狼在笼外撕咬白兔耳朵的场景，若不是白兔惨烈的叫声惊扰起父亲，若不是父亲的几声咳嗽，恐怕它早已成了黄鼠狼的盘中餐。

但白兔毕竟是家兔，不是野兔。只有撵过野兔的人才懂得撵野兔的乐趣儿。但我说的撵野兔，是人撵，而非狗撵。在沟里和许多村边的田野里，常有带狗撵兔的人。他们将摩托车停在路上，自己蹲在边上聊天抽烟，他们带的是细腰狗，跑得非常快，是专门捕猎的狗，几乎所有被细腰狗发现的野兔，都会被追上并咬死。我讨厌细腰狗，更讨厌专门带细腰狗撵野兔的人。童年时代，我和伙伴们常常在沟里下网撵兔，但被捉住的也无非两三只。

我们那里野兔很多，在沟里玩耍时，总会碰上受惊的野兔从一旁跃走，这时我们就撵着野兔跑起来，但沟里荒草极厚，撵着撵着，野兔便消失了踪迹。有时也会有所收获，我记着在我家果园旁的苜蓿地里，我和伙伴撵过一只肥硕的野兔，它很快就逃出了我们的视线，不过我和伙伴记住了发现它的位置。上前一看，吃了一惊，厚厚的苜蓿下面，竟有四只小兔子蜷缩在一块，小兔子鼻子一吸一吸的，有的还在闻旁边的苜蓿叶，它们似乎并不怕我们。

本想着带一只小兔子回去的，但思来想去，带回去也难以养活，便在傍晚时分和伙伴离开了苜蓿地。那只肥硕的野兔肯定没有跑远，就在附近的草丛间藏着，等我们消失在田野间时，它自然还要回去的。四只小兔子还在等它回来呢。我本来想着将小兔子们带回家，让家里的那只白兔来抚养，但我又听别的伙伴说过，兔子的性格其实是很暴躁的，尤其是母兔对待非亲生的小兔，甚至会咬死或者压死，他们经过这样的事，所以我也就断了那念头。

若真要捕到野兔，在沟里或者田野里是有些难度的，因为野兔逃窜的地方实在太多，不易抓到。而在果园里，就要相对容易些。那些年，小偷很多，所以每家的果园都用栅栏围了起来，如果没有栅栏，四围肯定也栽了椒树。这样也便给我们捕猎野兔创造了条件。野兔爱啃苹果，秋季时，苹果园里的野兔很多，而正面去撵野兔是撵不上的，野兔机敏灵活，稍微有个空隙，便溜了出去。所以在果园里捕猎野兔的最好办法，就是在栅栏的空隙处下网。

此网用细铁丝制成，一端编出黄豆大小的小环，另一端从小环里引出，形成一个碗口大的铁圈。当野兔从铁圈中跑过时，便会拉动铁丝，野兔跑得越快，铁丝便勒得越紧，直至野兔毙命。因而，这也算不上什么铁丝网，顶多算是个铁丝圈，但我们那里都将此法叫作下网套兔，而不叫下圈套兔，说来也令人费解。我家的果园四围就下了好几个网，但那都不是我和家人下的，也从来没见套住过野兔，果园里却常常见到被野兔啃剩下的苹果。

和堂哥筹划了半天后，我们决定在他家果园里下网套兔，因为他家果园四围的栅栏是新栽的，尚未有人下网。我们在栅栏的空隙处下了网，一共七个，我们想，就这样在地里干等下去，或许等上一个礼拜，也不会有所收获的，就算有了收获，也怕有人晚上时将套到的野兔偷偷拿回去。于是，我们决定主动出击，堂哥从家里找来了一个薄铁盆和一个哨子，第二天大清早，地面和草丛还湿漉漉的时候，我和堂哥便悄悄地溜进了他家的果园。

堂哥家里的果园有六亩地，地里长满了各种杂草，我们猜想肯定有野兔就在草丛间藏着，便一边敲动着铁盆，一边吹着哨子，绕着果园走起来。果然，没过多久，就听到了动静，就看到了野兔的踪影。堂哥的铁盆就敲得越发响亮了，我的哨子也吹得更加卖力了。野兔就在果园里乱窜，它刚停下藏好，我们上前又闹出动静，野兔就往别处逃窜了。我和堂哥把果园的角角落落都走了一遍，铁盆子的背面甚至都被堂哥用树枝敲出了很多的小坑。

查看我们下好的网时，果然见套住了野兔，尽管只有一只，却也让我们感到兴奋。肯定就是那会见到的那只，它已经被铁丝勒死，但皮毛还是热的。堂哥小心翼翼地将野兔从网上卸下来，又重新将铁丝恢复到原状，堂哥还在铁丝圈四周塞了不少的干草。但后来常常在铁丝圈跟前发现野兔的粪便和脚印，却再也没有套到野兔。堂哥说，野兔识破了我们的计谋，不会再轻易上当了。

忘了是哪年，铁忽然很贵，沟里和果园里套兔的铁丝圈，被我和堂哥齐齐搜罗了一遍，全卖了。往后我再也没有套过一回野兔。

刊发于《椰城》2021 年第 3 期

捕知了

到暑期时，林子绿得发黑，天空蓝盈盈的，到处都开满了不知名的野花，大地苍翠，虫声聒噪。沿着被杂草覆盖的小道走，两边低矮茂密的灌木丛间，有许多鸟雀在树枝上蹦蹦跳跳，我和伙伴们走近时，它们便飞走了，而当我们刚一走开，它们又重返枝头，叽叽喳喳地叫唤起来。气温实在太高，所有的植物都失去了生机，在太阳下耷拉起往日里那高傲的脑袋。只有我和伙伴们还不知疲倦地拿着工具在林子里穿梭，对我们而言，这正是捕捉知了的好时节。

这片林地并不大，主要由洋槐树、桐树和杨树组成，周边的空地上零零星星地点缀着臭椿树和柿子树。置身林中腹地，能够感受到一种凉意，整片林地都淹没在知了此起彼伏的鸣叫声中，很难再听得到鸟鸣声。相比村子周边的树木而言，这里的树木枝繁叶茂，树身笔直，且间隙较大，地上杂草也不厚，很容易就能发现知了的所在位置。另外还有一个好处，在这片林地里，就算没有捕到这一只知了，很快又能够发现下一只，这也是林地的便利所在。

林地里的知了主要有黑蚱蝉、蛁蟟、鸣蜩三种。黑蚱蝉的声音洪亮，个头较大，眼睛向外凸出，黑亮黑亮的，前面有两根短须，尖长的翅膀上面有着清晰的纹路，背部宽阔厚实，如同披着盔甲一般，这也是它身上最为特别的地方。黑蚱蝉一般停在树身较高的地方，不易发现，但它的叫声别具一格，连续不断，且没有起伏，数里之外，都可以听到。我们捕捉知了的装备是在竹竿的顶端绑上一个开口的透明果袋，竹竿也就七八米长，很难够得到树梢的黑蚱蝉。

我们那里把黑蚱蝉唤作铁牛，想来或许与它的身型有关，铁字则说明了它身体的坚硬程度。这一点，我是亲眼验证过的。记得有次放学归来，我骑着自行车穿过乡间小路时，迎面飞来的一只昆虫撞在了自行车的铁手把上，虫子应声掉落在地，我停下车子，返身前去查看，就发现了躺在柏油路中间的黑蚱蝉。黑蚱蝉已被撞死，但全身竟完好无损，这可真令我惊奇。若是鸣蜩或者别的昆虫，想来恐怕早已被撞得粉身碎骨了，这便让我对黑蚱蝉充满了敬意。

对我们而言，最渴望捕到的知了是蛁蟟。蛁蟟俗称纺线虫，少年时，并未觉察出这个俗名的高明所在，现在想来，对乡人们用词的准确，真是佩服得五体投地。纺线一词，多么形象温暖的比喻。蛁蟟全身呈暗绿色，背部微微凸起，为深绿色，尾部间或有褐色斑纹，腹部为一种颜色，暗绿中微微泛白。它向外凸出的眼睛极为发达，若有什么动静，便停止鸣叫，再靠近时，就会立即飞走。蛁蟟一般栖息在树身的中下位置，它的颜色显眼，容易被捕到。

鸣蜩是树林里最常见的知了，个头小，凸出的眼睛和背部均为褐色，腹部泛白，它不像黑蚱蝉和蛁蟟那样挑剔，灌木丛间，果树上，甚至草丛间均能发现它的身影。和蛁蟟相比，它的叫声更为响亮，甚至有点刺耳，但若在午休前听到它的歌声，是能够起到催眠作用的，仔细去听，就能听到“呜嘤呜嘤”的音调。蛁蟟的叫声就更有抒情意味，一起一伏，仿佛海浪在奔涌。因而在我看来，蛁蟟是林中的抒情歌手，鸣蜩是流浪汉，黑蚱蝉则是边塞诗人。

晌午和傍晚是捕捉知了的最佳时间，这个时候，知了叫声最密，易被发现，每天下来，我们总会捕上十来只的，但以鸣蜩居多，偶尔会有蛁蟟。捕知了时，不能心急，须瞅准目标，放轻步子，走到树跟前时，缓缓将撑在竹竿上头的果袋放在知了的附近，时机成熟时，猛地将果袋捂上去，知了就算要飞走，也只能飞进果袋里。再迅速将果袋放下来，取出不断试图挣脱的知了。通常我们会在知了的腿上牵引一根细线，知了无论如何也就逃不掉了。

当我们每个人手中都有了一只知了时，听知了的歌声就成了我们最重要的一项工作。傍晚时，牵着手中的细线，平躺在林地边缘地带的荒草里，知了的鸣叫声混杂在一起，成为一首声势浩大的山野交响乐，有时会听出声音里的忧伤，有时又会听出声音里的快乐，但无论是忧伤还是快乐，所有的知了都沉醉在自己的歌声中，沉醉在黄昏的肃穆和树林的幽深当中。这时，遥遥地望着远方的山影和落日，我们都感受到了一种久违的幸福，心灵也受到了自然的洗礼。

刊发于《椰城》2021 年第 3 期

挖药记

想起在沟里挖药的往事，就会想起那个斜挎布袋的瘦弱少年。他是个十足的闷葫芦，不爱说话，鬼点子少，自尊心强，加上父母又看管得严，伙伴们都不喜欢他，但他却死心塌地地跟在伙伴们的屁股后面。漫长的假期里，当大家都纷纷在沟里挖药时，他也缠着父亲给自己制作了一把小镢头，有模有样地做起采药师来了。只要一下到沟里，他就满心激动，有时坐在柿子树上看云看鸟，有时又在草地里追蝴蝶和野兔，所以他挖到的药材就总比别人少。

沟里的药材以防风、柴胡、白蒿居多，而大家还是主要挖防风和柴胡，白蒿太过便宜，根本挣不到几个钱儿。运气好时，还能碰上黄芩、远志等，那就可以向其他伙伴炫耀上一阵子了。柴胡叶子细小，又多和莎草长在一起，所以半晌下来，也挖不到多少，相比而言，挖防风就要容易得多。沟里多崖和坎，黄土裸露在外，防风大多就长在这些崖或者坎上，且防风叶子大而繁密，根须粗长，容易辨认，因而少年每次下到沟里挖药，总能挖到很多的防风。

去沟里挖药时，少年总会换上一身行装，衣裤是穿烂了的童版军装，鞋子是那双鞋底磨了个洞的布鞋，沟里多刺的灌木很多，这身衣服要是被

挂烂的话，母亲也不至于责骂。挖累了的时候，少年就躺在长满莎草的缓坡上看对岸的山崖和西山，就去想象山那边的世界。少年知道那山叫娄敬山，但从未去过。伙伴们口里常传对岸的山岭上有只神牛，就卧在石牛山上。传说让少年感到好奇，有时他会望着西山想，会不会在沟里撞见刚刚睡醒的神牛呢？

没有撞上神牛，却常常挖出蝼蛄、蝎子、蜈蚣和其他一些不知名的虫子。一镢头抡下去，崖上的土块掉落在地，只见有很多虫子迅速跑开，只有蝎子停在原处，伸开了形似钳子的螯，并高高举起尾部的刺。那里的人把蝼蛄叫地蝼蝼，但少年极少捉那虫子。观察土块下面的昆虫是少年挖药的重要乐趣。但一周下来，少年便不满足只在沟里的平缓处挖药。于是，在一个阳光灿灿的午后，少年便和伙伴们沿着弯弯绕绕的小路，去了对岸的山坡。

谁也没有想到，对岸的山坡上会有那么多的柴胡，少年和伙伴们没有挪地方，在那块坡上整整挖了两个下午。坡上长满了芦苇和狼尾巴草，风一吹，整个山坡就开始涌动，云就在头顶，伸手就能抓住似的。少年挖得很快，连额上流下的汗水都不去擦，生怕更多的柴胡被伙伴们挖走，镢头的铁刃亮闪闪的，在阳光下映出银白色的亮光。黄昏时，少年和伙伴们躺在草丛里看悬在娄敬山上的红日，那时候，红日给少年提供了无比美妙的想象。少年差点落泪。

挖回来的药材就放在院里晾晒，直到完全晒干后，再到镇上的中医堂里卖给那位身穿中山装的老先生。老先生面善，每次收药时，总要叮嘱少年在挖药时千万要小心之类的话。少年记得有一回，老先生言说在沟底的东南拐角处，有一块低洼地，长满药材，且下面有泉眼。老先生说他在小的时候曾挖到过的。少年听后，异常兴奋，便立即和几个伙伴前去验证。在那里，他们果然挖到了不少柴胡和黄芩，但直到天黑时，他们都没有挖出泉水来。

那个少年，是我。

刊发于《牡丹》2021 年第 2 期

掏鸟蛋

乡下树多，鸟雀也多。上树掏鸟蛋是我们经常干的事情。我们村位于永寿县西南角的沟边，四周的小树林很多。北方常见的树种，我们村上基本都有，尤其以桐树、柿树和槐树居多，鸟窝就很多。那时候，一到寒暑假，我和几个伙伴就成了村上无所事事的少年，大人们在地里干活的时候，我们就背着铁环在村子周边四处游荡。在我们的心中，村子就是我们的天堂，我们的游乐园。

起初是山羊调动起了我们掏鸟蛋的兴趣，他身体灵活，反应敏捷，常有奇思妙想，爬树更是他的拿手绝活，就是那种长得笔直又少有树杈的树，他也噌噌几下子就蹿上了树顶。因而我们都服他，心甘情愿被他领着，做他的小弟。那些年，就是山羊带着我们偷草莓、灌黄鼠、撵兔子、捕知了的，他是我们的娃娃头，他叫我们往东走，我们坚决不敢往西。我们只听他的话。

见到树顶有鸟窝且树身又很高的桐树时，山羊就命令我们站在树下观望，他抬头望望树梢，扭扭腰身，搓搓双手，眼睛里放出一股亮光，然后就像猎豹一样抱住树身蹿上去，他抓着树枝，站在树梢上，朝着我们打了

一个响亮的口哨。他在鸟窝跟前逗留了许久。他在上面做了什么，我们看不见，树太高，只能看到他的背影。山羊从树下溜下来后，一脸骄傲的神色，他把手心里的两颗鸟蛋向大家展示时，我想着自己以后无论如何也要学会这项本领。

但学了很长时间，我还是爬不上去那种又直又高的树，还跌了几跤，差点磕掉了门牙。我掏来的第一颗鸟蛋是在自家果园的苹果树上，当时正是傍晚，夕阳染红了半边天，许多鸟雀站在地头的梧桐树上。我也是无意中发现了果树上的鸟窝，果树低矮，树枝多，很好爬，我很轻松地从鸟窝里拿出了一颗鸟蛋，但我并不知道那是什么鸟儿的窝。那是一颗透着浅绿色的鸟蛋，四周带有淡淡的麻点。拿在手心，我激动万分，甚至有点发抖，生怕鸟蛋掉在地上。

我拿着鸟蛋端详，这时，梧桐树上的鸟群开始骚动起来，有两只鸟甚至都飞到了我的面前，支棱起翅膀，朝着我叫。太阳已完全沉下地平线，眼看那两只鸟就要朝我攻击过来，我连忙挪到苹果树跟前，那两只鸟便飞开了，却没飞太远，就站在附近苹果树的树梢上。我小心翼翼地爬上果树，一边看着旁边的两只鸟，一边将鸟蛋放回了鸟窝中原来的位置。等从苹果树上下来时，我已是满头大汗了。刚一走开，那两只鸟便飞回了鸟窝，叽叽喳喳叫开来。

以后，每次看见伙伴们笑着将鸟蛋从鸟窝里丢在地上时，我的心里就会感到惊慌，我就会想起那两只支棱起翅膀的鸟雀。在伙伴们迷上掏鸟蛋的那段时间，我却迷上了树洞。村西南角的一棵大桐树上，有个很深的树洞，洞口有一拃长，每次路过那里，我都会站上很长时间。我在想，这树洞里究竟藏着什么东西呢？鸟蛋，青蛇，刺猬，黄鼠狼，老鼠，还是常挂在奶奶嘴边的猫豹子？我想不出来，便和大我几岁的堂哥一起抬来梯子，决定窥探一番。

堂哥说他不敢去树洞跟前，他怕里面钻了蛇。他怕蛇怕得要死。我站上梯子刚一小会，下面很快便围了很多伙伴，他们刚从沟里挖药上来。我屏住呼吸，拿着手电筒往树洞里面照，但树洞实在太深了，什么也看不清。下面的伙伴问我看见什么没有，我失望地对他们说，里面什么都没有。有两三个伙伴背着药材往回走了，这时，我也不知道我是哪里来的勇气，竟将整个手臂顺着树洞塞了进去，我确定我触摸到了柔软的羽毛，吓得连忙将手臂撤回来。

一只大鸟从树洞里飞了出去。回头一看，原来是只猫头鹰。

刊发于《椰城》2021 年第 3 期

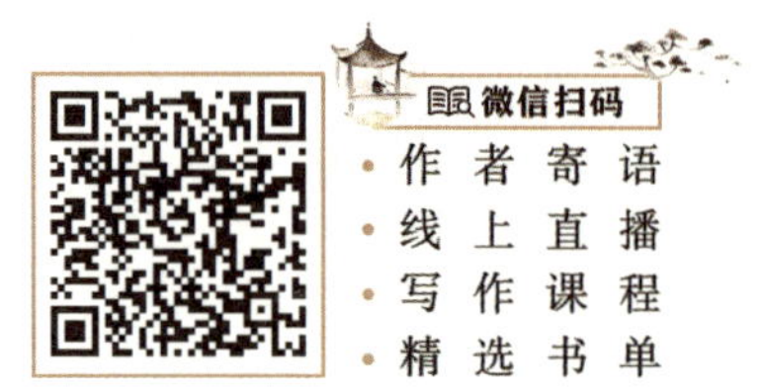

滚铁环

铁环就在课桌抽屉里放着，还未下课，我们便摩挲着铁环，等待下课的铃声了。正在讲台上朗读课文的先生，见我们个个都伸长着脖子，盯着窗外，明白了其中的缘由，便合了书本，重重地将书摔在讲桌上。见状，我们吓得立即缩回双手，坐直了身板，并装出认真聆听的样子。可我们的心思其实早都跑到操场外面去啦。先生拿起书本，继续朗读起来，不想刚读两句，窗外却传来熟悉而又清脆的铃声，我们抓起铁环就往外跑，教室里顿时乱成了一锅粥。

桌凳碰撞的响声不绝于耳，先生气愤不已，却拿我们没有办法，只好摇晃着瘦小的脑袋，暗暗叫骂。冲出教室，我们直奔操场。很快，整个村小学就淹没在我们的吵闹声和滚动铁环时发出的脆响声里了。我们一圈接一圈地绕着操场跑，久未下雨，操场上积了层厚厚的黄土，加上风的助威，几圈下来，操场上空黄土飞扬，连伙伴在哪里都看不见了。唯有四周传来的脆响声在不断激荡着我们狂热的血液，在震撼着我们尚且年幼的心灵。

上课铃声响起时，我们依然不愿离开，但当操场上就剩下我们几个时，就不得不乖乖往教室走去了。就像有人在拧着我们耳朵似的。我们提着铁环，低垂着脑袋，一副无精打采的模样。刚进教室，却发现还是那位先生。在先生愠怒的目光中，我们各自回到座位上。一打问，才得知原来数学老师家的两只羊丢了，请假回去找羊，临时让语文老师代课。先生讲起数学，依然声音洪亮，激情饱满，但恍惚中，我将他写在黑板上的诸多数字都看成了铁环。

那时候，我们是在邻村的王家咀小学上学，从村上到学校还要走一段坑坑洼洼的小路，就是那条路，却记录了我童年许多美好的记忆。那是我们滚铁环的主要跑道，多数时候，我们都是一边滚着铁环，一边小跑到学校去的。我记得很清楚，在那条小路上，我把父亲在乾县给我买的铁环滚丢了，因铁环太快，又因我跑了太长的时间，以至于追不上了铁环，铁环哗啦一声，滚进了旁边的荒草地里，不见了。找了半天都没有找见。坐在地头，我伤心地哭了大半天。

接连好些天，在去村小学的路上，我都要在那片荒草地里找上一阵的，但均无果，我气愤，伤心，却什么用都不顶，只好在家里或地里缠着父亲再给我买上一个新的。父亲痛骂了我一顿，言说等年末杀了猪后再说。但我可等不及，看着别的伙伴都在滚铁环，我心里难受得很，就整日跟在父亲后面哭鼻子。父亲拿我没办法，却也没有给我买新的，而是在镇上一家修摩托车的店里，将家里的一条细钢筋箍成了铁环模样，并用电焊焊住了接口。

总算有了新的铁环，但因我的铁环并不圆，而是扁的，滚起来就如同鸭子在路上跳，所有的伙伴就都在笑我。笑了好几年。

刊发于《牡丹》2021 年第 2 期

贺年卡

家里盖了上房后，厢房就成了名副其实的杂货间，堆满了果蔬、农具、木头和许多废旧的书刊。20 世纪 80 年代，父亲、舅舅和外公一起盖了这间土房，砌墙、盘炕均用的是土坯，青砖极少，那时我尚未出生。厢房被杂物占据后，家里人很少再进去，门常年锁着。前段时日，闲来无事，便推开了红漆已在掉落的木门，穿过窗户的阳光在屋内摇摇晃晃，空中尘埃乱舞，看到贴在炕围上的贺年卡，我深感亲切，不由得想起了许多熟悉的往事。

在村上读小学时，我就见过姐姐收到的贺年卡，但我们同学之间，并未互相赠送。这也不难理解，村上念书的我们，手上哪里会有零花钱。在镇上读五年级的寒假前夕，我才等到了同学赠送的第一张贺年卡。我将它夹在语文书里，隔一小会就拿出来看上几眼。很快，又有同学递给了我新的一张，不到两天，我竟收到厚厚的一沓了。看着写在卡片背面的祝福语，我心里溢满了幸福。在没有写祝福语的卡片上，我写上自己的祝福语，又转赠给了别的同学。

相互赠送贺年卡，渐渐在年级间流行开来，我专门在校门口的商店里买了两盒，以回赠给送我贺年卡的同学。两盒中，一盒印着《情深深雨濛濛》的剧照，一盒印着《笑傲江湖》的剧照。过年清扫房间时，由于家里的报纸不够，母亲便用我收到的贺年卡糊了炕围，之后每到年前，我总会将收到的贺年卡按次序贴在墙上，上中学后，贺年卡几乎贴满了整面墙壁。我时常会坐在炕上去观望那些卡片，它们背后凝聚着学生时代朴素纯真的友谊。

现在站在昏暗的房间里，借着斜射进来的阳光，看着那些落满灰尘的贺年卡，我仿佛看见了一张张青涩年少的笑脸，看见了那群每天骑自行车回家的乡村少年，看见了正在操场上互相追逐的同学们，他们灿烂的笑容都定格在墙面上一张张的贺年卡里。我还记得某日的黄昏时分，我和村里的伙伴坐在麦田里相互欣赏各自的贺年卡的情景。今日想来，那些记忆历历在目，如在眼前。而贴在墙上的贺年卡，均已泛黄，有的边角已经卷起，有的则已被撕烂。

在我收到的所有贺年卡中，最让我难以忘记的是从上海寄来的三张动漫贺年卡。初二那年，上海浦东区的一个中学和我们学校结对子，帮扶我们这些贫困地区的乡村学生，我们学校有近百名学生与上海那边的学生通信来往。与我通信的是一位女生，我先后给她写了三封信，她均回了信，并且给我邮寄了一些学习用品和她自己的一张个人照，每次复信，她都会在信封里夹一张贺年卡。我一共收到了三张，三张贺年卡上勾勒了上海不同的城区风景。

和那位上海女生的通信，只有一年的时间，初三后，学业太忙，也就断了联系。三张贺年卡却被我一直珍藏在柜子里。高中和大学期间，贺年卡不再流行，同学们也就不再互赠。智能手机普及后，过年期间，就完全成了群发短信问候。通信便捷的同时，某些传统的仪式感也正在消失。人们都在感慨人情味儿是越来越淡了，恐怕也与此有关。尽管现在很少再使用贺年卡，但不得不说，小小的一张卡片，的确见证了时代的变迁，见证了一代人的真情。

刊发于《中国青年作家报》2021 年 2 月 2 日

耍故事

在这里，故事并非文学类别，而指的是社火。表面上看，故事和社火八竿子打不着，竟能被联系在一起，这的确有些不可思议，但我们那里的人，都将耍社火称作耍故事。细细想来，社火本就是乡间的戏，既然是戏，就有情节和人物，戏装和舞台表演，且戏中人物均出自神话传说或话本小说，三五个人物组在一块，便成为一台戏，这样一来，将社火称为故事，也就合情合理。况且相比耍社火一词，耍故事更接地气，更活泛热闹，留有想象的空间。

正月走完亲戚后，就有些村子陆陆续续地组织起来，准备耍故事。这些都是乡镇里人口较多且比较富裕的村子，从我记事起到现在，我们村子就从来没有搞过一次。耍故事时，选的多是些少年，这与他们的体重轻有关。一般情况，会有十多辆车的车队，车多为蹦蹦车、拖拉机和手扶车，在每辆车的车厢里，搭上高台，高台上固定一根粗壮的约两米长的钢筋，戏中的场景不同，钢筋的形状也就不同，再将少年固定在钢筋顶端，或卧，或站，或坐，姿态各不相同。

耍故事前，组织方会给扮演的少年点额描眉，画脸挂须，穿戴好颜色

不同的戏服。最重要的是，须在车厢四周坐上一些大人，一来是敲锣打鼓，烘托气氛；二来是应对一些突发情况，毕竟是在寒冬时节正月里，天气冷时，寒风凛冽，时常可以看见被冻哭的少年。我记着就有一个扮演关公的少年，他手持青龙偃月刀，却在半空中被冻得放声大哭，“小关公”啜泣的样子，逗得围观的乡人哈哈大笑，坐在车厢里的大人只好将提前备好的糖果塞到少年嘴里。

一般而言，车队先在本村表演，每个巷道都要一遍后，才会去往邻近的村子和乡镇街道。那时，只要一听到敲锣打鼓的声音，便知道耍故事的来了，我和伙伴们就立即前去观看，看着那些戴盔披甲、穿红着绿站在半空中的少年，我们只有羡慕的份儿。追着车队，走街串巷，我们一直跟到镇上，运气好时，车厢里的大人还会让我们坐上去。有一回，我们尾随车队去镇街上耍故事，街上的门市送了不少礼品，我们也分了点，可真让我们高兴了许久。

正月十五那天，镇街上热闹非凡，常常会有好几列耍故事的车队。若两列车队在路途间或镇街上相遇，一方会先让到一侧，但并不代表他们是在示弱，待双方准备妥当，立即鼓声大震，锣鼓喧天，都憋足了劲头，力图压过对方。许久时间过去，若还辨不出个高低，那双方就会使出撒手锏：舞狮子或长龙。这两样可都是技术活儿，舞动起来，能吸引很多围观的人。尽管是在竞赛，但并不为争个输赢，只图要个尽兴，舞个痛快，优胜自在人们心中。

四年前的正月，在杨凌石家村，我见过别样的耍故事。当地村民在村口用篷布搭建一个简易房，然后在篷下表演，那样子更像一个自乐班。他们并不需要踩高跷或被固定在半空的少年，而是需要一堆化装好的木偶，木偶穿戴戏服，身长不过一米，戏服下面有两根细竹牵引，表演时，唱戏人将木偶举起，自己藏在木偶身后，木偶的举动均由唱戏人控制。既能听秦腔，又能观赏木偶表演，嗓音悲怆动人，表演灵活自然，堪称绝品。这就是木偶戏。

而在我看来，无论是木偶戏，还是我家乡的耍故事车队表演，其实都重在于一个耍字。耍是耍故事的灵魂。像孩子般痛痛快快地耍，耍出了童心，耍出了年味，耍出了快乐和对未来的向往，更耍出了关中人的性情。

2021 年 1 月 21 日写于永寿

跳山羊

为跳山羊，我多次扭伤脚腕，可等脚腕恢复好后，又立即加入到跳山羊的队伍里去了。只有参与跳山羊游戏的少年才懂得跳山羊的乐趣。不过起初时，我是不敢玩跳山羊的，每次看到村里大我几岁的少年在巷道里玩，我只能像只鸟雀一样站在树杈上，静静地观望他们精彩而又刺激的表演。他们玩得很开心，脸上洋溢着快乐的得意感。树上的我，却觉得自己是永远也没有机会玩跳山羊的，跳山羊确实有一定的风险，我害怕摔跟头，便只能坐在树上叹息难过。

等他们玩累时，就一边抱着树身摇晃，一边嘲笑我是个胆小鬼。直等到他们全部消失在巷道时，我才灰溜溜地下了树，看着自己那留在地面上长长的身影，我怅然若失，心情十分低落。那会儿，我紧紧地攥着拳头，想着无论如何也要学会跳山羊，可我心里依然害怕，再三犹豫之后，我在村南头的麦场找到了一块破旧的碌碡，那碌碡并不大，也不长，上面尽是坑坑洼洼。我一边回想他们玩跳山羊的要领，一边在那块碌碡上认真操练，直练到天黑时，才回家。

就这样，我背着众人在没人的麦场里操练了几天，方才有了跳山羊的胆量，但我还是不敢言说现在就会跳山羊了。碌碡毕竟不是少年扮演的“山

羊”。于是，我便约了几个同龄少年在麦场上来玩。久未下雨，麦场上的土四分五裂，一踩就成虚土，地皮软，也就不怕摔跟头。一位伙伴弯着腰身，站在众人面前，充当我们的“山羊”，然后我们几个人排成一列，按先后次序进行跳山羊。我没有想到我会跳得那般流畅，有了这次的成功经验，我就跳得更为起劲了。

我再也不怕那些大我几岁的少年的挑衅了。他们把我从树上摇下来，我就跟着他们一起跳，甚至要比他们跳得还高，还富有观赏性。他们尽管嘴上没有表示甘拜下风，却很少再嘲弄我了。从此，村里凡有跳山羊的队伍，便能看到我的身影。总的来说，最难的要数那种连环跳，几个少年隔开一定的距离，弯腰扮成“山羊”模样，站成一溜，依然是按次序跳，但不同的是，跳过了一个，还得接着跳下一个，很考验臂力，对我们而言，这是最富有挑战性的一项游戏。

我喜欢且甘愿当大家的山羊。我的几次扭伤脚腕，都与“山羊”的作怪有关，就在我跑起要跳过“山羊”时，“山羊”却忽然蹲下，令我原本要撑住“山羊”脊背的双手扑空，见我摔倒在地，又吃了一嘴的土，大家便咧嘴大笑。甘当“山羊”的少年，需要有奉献精神，需站得很稳，不能过分摇晃，更不能忽然下蹲，地面较软的麦场，可以那样戏弄，若是在砖地或者水泥地上摔上一跟头，可不得了。就有伙伴曾因此磕破了嘴唇，更有甚者，在家里休养数月仍不能下炕。

还有件趣事，值得记录下来。还是在村小学的时候，当时正是冬天，天干冷干冷的，铃声已响，同学们纷纷回到教室，我们几个人拐过操场时，见一人正半蹲着身子系鞋带，那人穿着厚厚的羽绒服，脸用围巾包得很严，看不清是谁，就在我跨上台阶时，只见身旁的时姓少年冲上前去，直接按住那半蹲之人的脊背跳了过去。那人忽地站起，撩开头发，我们才看清是新来的女语文老师，她左右张望，脸面通红。我们怔在原地，不知所措，连忙溜进教室。时姓少年早已不见影踪。

刊发于《牡丹》2021 年第 2 期

链子枪

别拿链子枪不当枪。当堂哥站在柿树弯弯的树杈上，拿着链子枪朝树顶上的鸟群开了一枪时，短暂的炸裂声和枪头上冒出的蓝烟令我心花怒放。我站在树影里，又蹦又跳，对堂哥羡慕至极。堂哥的链子枪是他舅舅送他的，他舅舅我见过几回，人长得俊，手也灵巧，以前曾用废弃的输液器给堂哥编过鹿和兔子，堂哥把鹿送给了我，现在还在我家的墙上挂着。但和链子枪比起来，它们就只能算是些小玩意儿。几乎所有的乡村少年都渴望拥有一把链子枪。

那个时候，受武侠电视剧和动画片的影响，我们都渴望成为伙伴们心中的英雄人物，都渴望能在村子里干出一番惊天动地的事业来，但我们没有倚天剑和屠龙刀，不会风神腿，更不会凌波微步和降龙十八掌，于是，我们就只能窝在村子里干些连我们自己都看不上眼的勾当，偷这家的葡萄，挖那家的红薯，隔三岔五被家人和左邻右舍训斥。我们也不知道该干点什么，在我们眼里好像就没有什么正经事。链子枪一出现，便点燃了我们心中埋藏已久的英雄梦。

就有许多伙伴一同坐在沟边，为自己制作平生第一把链子枪，模板当

然是我堂哥的那一把，像铁丝、自行车链条、火柴、皮筋、钳子等材料和工具，都是从家里偷偷拿出来的。大多伙伴都是拿的废弃的自行车链条，但也有伙伴冒着风险，将自家新自行车的链条卸了下来，回家后他自然是要被家人责骂的，遇上脾气不好的家人，甚至还避免不了挨一顿打。但为了链子枪，伙伴们都不在乎后果了，就算挨一顿打，也不能眼巴巴看着别人都有链子枪而自己没有。

黄昏时分，伙伴们拿着制好的链子枪，冲上露出豁口的墙垣，面朝落日，举起手中的链子枪，当我们的娃娃头山羊朝着远方大喊一声时，大家纷纷引响链子枪，蓝烟弥漫在我们头顶，那一刻，每一个伙伴都觉得自己是村子里的英雄。然后我们跳入荒草遍地的院落，轰轰烈烈地开展起我们的拔草运动。荒草是拔不净的，过段时间，又会长满院落的角角落落。天色昏暗时，我们再次爬上墙垣，站成一排，在田间归来的村人的笑骂声中，我们引响手中的链子枪。

前面虽说别拿链子枪不当枪，但那只是为了说明链子枪在我们心中的地位。链子枪的确不是枪，打不了鸟雀、黄鼠狼和野兔，只能借助火柴头的瞬间引爆，听个响声。堂哥在玩他那把链子枪时，不慎被烫了手，他便将链子枪送给了我。我玩了一段时间后，也失却了兴趣。我记着我把链子枪放在了我家的窗台上，但没过多久，就找不见了。堂哥在我面前还拐弯抹角着打听过几回，他肯定是后悔了，想要回链子枪。可链子枪究竟被谁拿走了，我也不知道。

刊发于《牡丹》2021 年第 2 期

滚沟记

那一年，我八岁，还在村上读小学。我家距学校有很长的一段土路，要经过一片苹果园和麦田，晌午时，家人是不放我出去的。村人都说，晌午一到，妖魔鬼怪都在麦浪下面躲着，一旦被上身，人就会无缘无故地害一场大病。我那时没有午休的习惯，这漫长的中午总得找点事干呀，于是我就往沟里跑。沟里没有起伏的麦浪，只有无尽的荒草，躺在密匝匝的荒草间，太阳悬在头顶，再将洋槐树叶遮挡在脸上，耳边传来各类昆虫此起彼伏的叫声，很快就会昏昏睡去。

天确实很热，热得狗都卧在原地不敢叫唤，天上的云成疙瘩状，就在头顶悬着。人不敢睁眼，睁开眼就看见太阳，天离地太近了。我却逍遥自在，躺在荒草里呼呼大睡，直到我的一个堂哥把我叫醒。我这位堂哥平时话少，大我几岁，人很内敛。他很少找我，因而他的出现惊了我一跳，他撂下一句：走，到下面转转走。我本想拒绝他的，但在那个晌午，我也不知道自己怎么了，就像鬼魂附体，身体根本不听我的使唤。我乖乖地站起来，跟着堂哥下到沟里去了。他走在前头，我跟在后头，沿着蜿蜒的小道，朝深沟里去了。

在此之前，我从未到过沟路东滩的背阴地，上头是很高的悬崖，羊都

很少去那里吃草的。堂哥告诉我，有一条路可以通往那里，他还说那里正因少有人去，所以有很多的野果子可以吃。他将我带到崖边时，我脊背上都冒出了冷汗。那根本就不是路，只是悬崖在此裂开一道缝隙，缝隙两边有不规则的脚窝，两臂扶着悬崖上头的蒿草，踩着脚窝，可以下到沟底。整个过程，我大气不出，没敢往下看一眼，只觉得双腿在发抖，脊背在冒冷汗，等站在悬崖下面时，我的全身早已瘫软，靠在柿子树上好久，方才渐渐恢复过来。堂哥苦笑几声。

那块地没有名字，是块野地，但里面槐树丛生，枝杈盘绕，遍地是青翠的绿草，行走在里面，竟感到一丝冷意。总之，那天晌午的我，是有些不正常，总觉得身体不听使唤。顺着逼仄的沟道往里走，树丛就更加茂密了，鸟声不断，有些鸟声是我以前从未听过的。沟道不好走，遍地是大块的泥石头，那些小洋槐树就在里头杂乱地生长着。有些泥石头太大，我爬不上去，堂哥就拉我一把，就这样，一路走得可真不容易，我额上热汗直流，背上却冷汗不断，走了很长的路，堂哥才停在前面，指着上方的斜坡说：看见满树的野果了吗？

是楮桃树。花果在阳光下娇滴滴的，像一个个红红的小火球，令人垂涎欲滴。堂哥率先爬上去摘，他边摘边说：这里的楮桃比别处的红，比别处的大，吃起来很有味，上来吧。楮桃树长在半崖上，地势很陡，我心里有些胆怯，但那天的我着实魂不在身，便硬着头皮爬了上去。抱住树干，我才放下心来，就开始吞咽起鲜美的楮桃了，一颗接着一颗吃，堂哥吃得慢，见我那般模样，不时发笑。我很快就吃完了周围的一圈，树上头的楮桃在阳光下闪烁着红光，这就更激起我的欲望。于是我顺着树干，爬了上去，顶上的楮桃已近在咫尺了。

就在我伸手去够时，脚下一打滑，整个人就抱着树干滑了下去，落地却未落稳，栽倒在地，顺着斜坡滚了下去。那一刻，我大脑里一片混沌，只觉得天正往地面上压，四周杂乱的树枝，将我身上挂了很多伤口，耳朵里也被挂了一下，往外不住流血。我吓得失了魂，大口喘息，躺在沟间的深渠里，一动不动。堂哥被吓得更厉害，只见他脸色发青，说话都颤抖起来，他很害怕。堂哥不住问：好着吗？好着吗？我答：好着呢，就是耳朵有点疼。他这才看见我耳朵正往外流血，就扶起我，往耳朵里撒了点面面土，没过多久，血就不再流了。

堂哥说要背我回去，我坚决不让。他虽大我几岁，但高不了我多少，况且沟道下面还需要踩着脚窝爬上危崖。太阳很大，但我丝毫没有感觉到热，一路上我脑子里尽是些奇奇怪怪的念头。堂哥搀着我走，我昏昏沉沉地跟着他的脚步走。他不时还问我好着吗？他显然很害怕，就有意给我讲一些好笑的事情，但那天晌午，他说的话，我一句话都没有听进去。我感觉全身轻得很，有种要飞起来的感觉。回到家里，我一连睡了三天。高烧反复，耳中嗡声不断，父亲骑摩托带我去看大夫，但一路上，我也不知道我是在哪里。

母亲见我这样，觉也睡不好，总担心我的状况。奶奶走出院门，看着远处的山影说：娃的魂丢在沟里了，必须把娃的魂给叫回来！母亲听了奶奶的话后，第二天一早，天刚麻麻亮，母亲和奶奶就带着我下到沟里，沿着小路我们走到半坡的开阔地带，站定后，奶奶和母亲一声接一声地喊：回来喽！回来喽！回来喽！沟对岸也就传来回声：回来喽！回来喽！回来喽！她们在沟里叫了很长的时间，奶奶边叫还边将碗里的水洒在荒野里。喊声在沟里久久地回荡。

我只觉得全身冒汗。风不断从沟对面刮过来，我感到大脑开始慢慢清晰，全身觉得很轻松。快晌午时，我随母亲和奶奶一同回了家。我很快就恢复了元气。正如奶奶所说：娃的魂被叫回来了。从那之后，堂哥很少再找我，他似乎有意躲起我来。我好几次都想去找他，告诉他我并无大碍，但我总归还是没有去。我痛恨我的怯弱。我还会常常躺在沟里的荒草间，还会常常想起那个梦游般的晌午。直到现在，我依然无法忘记堂哥脸上的恐惧和奶奶为我叫魂时的诸多情景……

刊发于《椰城》2021 年第 3 期

第三辑

沟野札记

羊是北方的眼

羊在旷野上吃草的时候，沟间的风会吹散所有夜晚的梦。牧羊人就坐在那块比光阴的脸还要沧桑的石头上，向远方的姑娘哼唱酸溜溜的情歌。羊抬起脑袋定定地看向南方，那时它就是大地上最后的乡野哲学家，它在无穷无尽的风声中，咀嚼着覆盖在雪地深处的记忆，当它重新低头去吃草的时候，它将刚才所有的念头又忘得一干二净了。羊以为是神灵在用眼泪抚慰它的心。

在北方到处都能见到羊的踪迹，羊是北方的眼。羊在奔跑的时候，北方的山川河流都会跟着一同奔跑。阳光拉着羊的黑影在湖面上跳舞。那时候，羊就是一道白色的闪电，就像白光闪闪的龙在天上飞。所有的飞禽走兽都静静地看着羊的表演，那是一年当中最令旷野上的动物们感到幸福的演出。羊是在用响亮的蹄音唱歌，它那忧伤沙哑的歌声，听哭了所有感到寂寞的人们。

羊是北方的抒情歌手，也是匍匐在地面上的大雁。羊从苍茫的北方而来，又带着一身的梦幻朝着古老的北方走去。被北方的寂静洗礼过的羊，受得住风雪，顶得住寂寞，羊从土路上跑过的时候，比风还快，比狐狸还

在沟里偶遇羊群

快，比天上的雀鸟还快，羊蹄带起的尘沙淹没了身后的原野。别的羊依旧站在山坡上，慢悠悠地吃着草，仿佛什么都没有发生过。羊记得深，也忘得快。

早年间，我就在沟里陪着村里的几位老人放羊，听他们讲过去的故事，羊也立在远处听呢。羊听一听，又嚼一嚼，把那些陈旧的故事连草带根都咽了下去。那时候，我真希望自己也能变成一只羊，静静地立在荒凉的原野上，回忆着，也忘却着。我希望自己能像羊那样，偶尔咩咩叫上几声，这简短有力的几声，乍看简单平常，却足够了，那比你说上半天的话都要丰厚且有味呢。

沟里埋藏着太多的故事，旷野里缠绕着太多的声音。人们以为，多年后这些故事和声音都会被野风给刮散，然而它们却被羊捡拾进了肚子里。

羊不会忘记人们的泪水、笑声和呼喊声，羊更不会忘记人们曾经的绝望、快乐和希望。羊是北方的眼，它把所有的一切都看在眼里，记在心上。那春风吹又生的野草，是羊蘸着泪水写成的作品；那随处可见的柿子树，就是羊为历史雕刻的铜像。

多数时候，羊都沉默着。我以前常常将自己想象成那只特立独行的羊，它喜欢走最曲折泥泞的小路，站在令人丧胆的危崖上，吃那最鲜嫩的草叶。那是一只最不合群也最沉默的羊，它很少咩咩叫，多数时候，它默默地跟在羊群后头，但只要到了沟间，它立即就变了个羊样，野性的血重新在身体里涌动起来。我以为那只羊就是前世里的我。羊和人其实有着同样的记忆和宿命。

羊是流浪在北方的诗人，它那清澈的眼睛里，闪烁着希望的光和忧伤的光。它似乎洞穿了万物，似乎又懵懂若婴儿。在北方的沟野里，你总能碰上一群羊正在缓慢走过，它们踏着青草的芳香，携着最美的夕阳，朝天地相接的地方走去。羊把古老的智慧都融在了每日的风轻云淡里，把希望和落寞都埋在了原野上。风打山口刮来的时候，羊卧在草堆里，安宁地笑，幸福地笑。

在北方，无论你走到哪里，也无论是在白天或者夜晚，你总会听到羊的咩咩叫声，那像诗歌一样动人的叫声，令人感到踏实、温暖。能听到羊叫的人，都是有福的人。能同羊一起过夜的人，都是大地的宠儿。羊不是走马，也非圣灵，但它却是北方的眼睛，它守着那轮孤寂的落日，时时刻刻盯着北方的天空和大地。有羊的北方，北方才显得温柔、水灵。有羊的北方，才是真正的北方。

刊发于《美文》下半月刊 2021 年 12 期

风在范家沟里跑

那天，我刚一下到范家沟，就被迎面而来的野风给包围了。我抱住一旁的柿子树，生怕给野风卷走。我听见沟的深处传来呜呜咽咽的怪声，草木在野风中瑟瑟发抖，犹如海浪在涌。我吓得一步也不敢走，紧紧地抱住柿子树。天色昏暗，黄土乱扬，就在那时，我看见近处的一棵洋槐树，咔嚓一声，断倒在地，树枝很快就被野风带到沟的深处，没过多久，便消失了踪迹。

也是那时，我亲眼看到野风就在范家沟里跑，像野人一样跑，像鸵鸟一样跑，跑得威风凛凛，势不可挡。我亲眼看见风在空中张牙舞爪，它的爪子锋利若刀，闪闪发光，它把地上的荒草抓走，把那悬在崖边上的土块抓走，也把那些躲在巢穴里的鸟雀抓走。风长着一对叫草木发抖的剪刀脚，它一会儿朝东边跑，一会儿又往西边跑，它一跑，那些枯黄的草木就在野风里放声哭开了。

野风是发怒了么？沟坡上的芦苇被刮得吱哇乱叫，蒿草乖乖地跪在地上向野风求饶，但野风什么都听不进去，拼命般疯狂地在沟里横冲直撞，动物们哪敢在这个时候出来，都藏在洞穴深处，闭着耳朵向大地祈祷呢。野风跑起来时，大地就奏响悲凄凄的音乐来，那音乐苍凉空旷，音色沙哑

低沉，令沟里所有的飞禽走兽都感到难过，听到这歌声，它们似乎就想起了那些早年的故事。

树杈断裂的声音不时传过来，太阳在远山上头眯起眼睛，装作什么也没有看见，那些没有家的柴草，那些常年在沟里流浪的枯枝败叶，那些被丢在荒滩上的碎石头，全都被野风卷走。它们本来就是范家沟里的孤儿，它们被卷到别的地方时，依旧是沟里的孤儿。但无论它们被野风卷到哪里，它们永远都是沟里的孩子，是大地的孩子。它们被野风卷走时，你听啊，范家沟也在暗暗地啜泣呢。

沟下边的槐树林，恶狼般在风中吼叫，吼声震耳欲聋，吼得沙土遮天，莎草若浪。野风先从原上头冲进槐树林里，在槐树林里肆虐一阵后，又从林中涌向沟底，接着再爬到对面的梁上，野风跑啊跑啊，从范家沟跑到远处的石头沟，又打石头沟里折回到范家沟里。沟坡上到处留下野风那巨大的脚印。约莫四十分钟后，我看到野风再次朝石头沟的方向跑去了。然后，它再没回来。

我这才松开柿子树，走到范家沟深处的荒野里，其时，莎草依旧若海浪般在缓缓地涌动着，槐树林复归寂静，仿佛刚才什么都没有发生一样。鸟雀开始纷纷飞出丛林，重新散落在范家沟的各个地方，我也看见牧羊人吆着羊群，顺着沟路走了下来。野风在沟里跑的时候，他肯定和羊群就躲在原上头的窑洞里。正是初冬，沟里萧瑟荒凉，烟云缭绕，鸟声动人，荒野寂静若初。

不久后，荒草里的昆虫便叫了起来，对面的梁和这边的沟，汇成一片音乐的海洋。一只黑色的甲虫大摇大摆地打我面前而来，快到我跟前时，它突然停下，一动不动，然后它张开背上那对黑亮的翅膀，奏起美妙的音乐来。我不知道它叫什么名字，但在野风离开范家沟的这个时段，它的出现让我感到快乐。于是，我学着它，也趴在地上，张开四肢，嘴里也发出怪叫来。

刊发于《雪莲》2020 年第 3 期

原上

坐在落了层薄雪的原上，遥望荒野。初冬的沟野在暖阳下摇摇晃晃，云层如浪，被冷风卷着往下坠呢。野兔躲在柿子树背后，朝远处探看，原上和沟里的雪很薄，并未完全覆盖地面。有些树上也积了不少的雪，现在就能听见树枝被沉雪压断的声响。原上原下，沟里沟外，草木凋零，飞鸟远去，好不萧条。远处有羊群在坡上吃荒草，若不细看的话，还以为它们睡着了呢。

沿着小路往下走，总能踩到很多新鲜的羊粪，牧羊人就坐在那块危崖边上，唱着情歌，偶尔他也会站起身来，对着那走到远处的羊，甩上几个响鞭，羊闻声后，也就乖乖地回到羊群里了。往远处看，但见阳光在雪野里跳舞，闪烁着白花花的亮光，而那尚未被人摘掉的红柿子，就高悬在树顶上，昏昏欲睡。螳螂将卵鞘筑在蒿草和酸枣枝上，它们大概也还在做着什么美梦吧。

到中段的草滩上，视野立即开阔起来，竟能看到远处的娄敬山。白光腾腾，宛若雪海。头顶的日光，顺着轻风袅袅而上，好似仙人洒水，梦幻如影。几只麻雀就在不远处的雪地里啄食，它们时而静立做沉思态，时而

将脑袋埋在柔软的羽毛间，时而又蹦跳到前面的草丛里，如果没有人的追逐，恐怕它们是不愿落上枝头的。大地不仅为它们提供了食物，更提供了童年般的快乐。

野鸡从蒿草间惊叫几声飞走后，天色渐暗，风雪忽至。地上的莎草紧跟着哗啦啦响动起来，朝上头看，只见雪花漫天飞舞，纷纷扬扬，犹如白色的精灵在天上飞动。旷野迷蒙，白雪茫茫，万物在飘扬的雪花里，渐渐安宁，再也看不到一只野兔和麻雀，它们都藏到什么地方去了。也有可能，在风雪来临之前，它们就已闻得某些神秘的讯息，而被大地搂进了温暖的怀里。

雪越下越大，不久后，原上就被封锁，连原来的小路都被白雪覆盖了。一地的荒草，就跟着风雪摇摆，直到被掩埋。虽见不到了那些小动物，但

雪野茫茫

往原顶上走时，在银白的雪地里，仍能不时见到它们的脚印。看来在这白雪茫茫的沟野里，不仅是我一人在赏着美好的风光了，野兔、刺猬、狐狸和别的动物们，或许也正蹲坐在那些无人踏足的雪地里，铆足了劲地蹦跶呢。

树木又重新披上了银衣，朦朦胧胧里，远山逐渐淡出视野，寒空中，白雾弥漫，万木萧瑟，竟别有一番韵味，恐怕这也是少有的景象了。过去的时候，老人告诫：落大雪时，万不可去原上，雪厚过脚面时，常有豺狼出没。但现在，立在原上，我却被这雪中的沟野深深打动，想来这原下的沟里也不会再有人了吧？风雪中的大地，已经熟睡了。迷失方向的灰鸽，也沉入了梦乡。

四野风声又起，山影婆娑，浮云低垂，大雪彻底盖住了原野。仍能听见沟间传来的响动声，但不知是何物。再往后，风雪愈加变得狂野，沟间就传来各种鬼哭狼嚎般的声响，那些柿子树、桃树、槐树和桐树，还有那些已经倒在地上的枯木，现在竟然变成了一群吹奏唢呐的乐师，声乐不断，交融一起，久久在山沟里回响。我在原上大概坐了四个时辰，直到暮色罩住了沟野，方才离开。

2019 年 12 月 6 日写于永寿

草滩

不知不觉，就走到了这片草滩。

昨日刚落过小雪，寒气渐浓，但今日还未到晌午，雪便完全融掉了。褐色的蒿草不时撩动我衣裳，没多久，我的布鞋和裤腿就已半湿，又沾满泥水，但并不令人生厌，反倒觉得那些撩动我衣裳的蒿草，有种可爱之态，如同顽劣的孩子。我过去很少来这里，大概是因为太远的缘故，不仅要穿行很长的沟道，还要走一段艰险的石头路，若遇上大雨，又得躲进那些常有长虫出没的窑穴里。今日得空，漫步草滩，但见鸟雀飞舞，天净地阔，突然就为以前的想法感到后悔，常在沟野里寻景养心，却不知就在这寻觅当中，错过了多少的景致啊。

放眼望去，对面的石牛山清晰可见，羊毛湾水库犹如明镜，在阳光下，亮光熠熠。每株枯草叶上都带着水，仔细看时，还能见到很多蜗牛粘在上头。总能听到野鸡飞跑时的尖叫声，连忙转身去看，它很快又落在别处的荒草里，不见影儿了。草滩就又寂静下来，只能听到冷风在耳旁轻轻地吹。但没过多久，我便听到了水流的声音。这儿距水库可还有一段路程呢，哪里传来的水声？我激动起来，四下寻找了很久，最后是在一片碎石头附近，

见到了一条透亮的小溪，这可真叫我感到意外。想不到在这荒沟里的草滩上，竟然藏着这样一股清水。

水流很快，旁边尽是荒草和碎石，能看到很多的水蜘蛛浮在水面上，似游非游，好不生动。继续往前走，见到一处很小的池塘，里头水并不清，略显浑浊，但却能见到鱼影，多是草鱼。我在池塘边蹲了很久，太羡慕鱼儿的自在，于是就捡起一块小石子，猛地丢入塘内，只见鱼儿一惊，四处游去，藏在水草里，但没过多久，它们就又游出来了，仿佛刚才什么都没有发生过。水草已枯，但依然精神抖擞，在风中微微摇曳着，也能看到很多叫不上名的小虫。让人不禁感慨，这热腾腾的又充满着生机的景致，竟就埋在这偏僻的荒草里。

接着顺溪水走，大概是在溪水拐弯的地方，见到了野鸡窝。那里荒草茂盛，约莫有半人之高，水边长着很多芦苇。野鸡窝就在荒草堆里，地上的野鸡毛就是证据。遗憾的是，我并没有见到野鸡，它可能是觅食去了，也或许是被我惊跑到别处去了。它还会回这个窝吗？还是会重新造一个新窝？草滩这么大，到处都可以做窝的，总比人强。就在我这样想的时候，一只白鸟忽地飞过头顶，朝羊毛湾方向飞去了，莫非这里也有白鹭？遥遥相看，喜不自胜，不禁朝天空喊了一声，谁知嗓音刚落，却见好几只野鸡忽被惊起，朝远处飞走了。

经过雪水的清洗，天空碧澄，草滩明净，阳光愈加透亮温柔。本想着继续往前走，但又不忍现在就离开。站在溪水旁边，闭目养神，时间就此永恒，再也没有这样更加鲜活的冬日了。溪水定是汇入了羊毛湾，前头肯定也有更多的故事，但那只能留待日后去发现了。

今日是草滩最美的一日，一群麻雀就站在旁边的枝头上，与我一道观赏。远处芦苇如浪，阳光跳跃，所有狂野的风声都在这里止息。晌午时分，蒿草上的雪水开始往下流淌，甚至可以听见水滴滴落的声响。前面的沟谷间，不时传来鸟鸣，朗朗之声，久久地回荡。

刊发于《雪莲》2020 年第 3 期

荒野

野风从对面的梁上刮过来，一地的荒草就在寂寥中哭开了，似女人躲在角落暗暗啜泣。那时候，沟里的狐狸正撵着我跑，野兔把危险的讯息带给了所有的动物。野风越刮越大，哭声很快就淹没了整个荒野。我躲在柿子树背后，心里充满了恐惧，我觉得那风就要活吞了我，把我要吸进寂静的大地中去了。我紧紧地抱着柿子树，号啕大哭，但野风根本就不在乎我的死活，它连地上的土都扬了起来，沟里的树也跟着哭开了。动物们都躲了起来，就在这辽阔的寂静与骇人的哭声中，我硬着头皮跑到荒草丛间，放了堆火。火很快就卷了起来，如火车从原野上呼啸而过。

火跟着野风在沟里跑呢，那是火龙从天上下来了，要卷走一些生命。荒草也不哭了，它们在乱蹿的火苗中跳起舞来，那么热烈，那么彻底，它们在释放生命中最震撼人心的力量。火光映红了荒野上的一切，鸟雀偷偷地将那稚嫩的脑袋从巢穴里伸出来看，很少出洞的长虫都盘在洞口，探看着面前这生命的舞蹈。火光也淹没了风中的哭声，我情不自禁地松开了怀里的柿子树，并走了出来。我不再感到恐惧，面前的火龙赶走了沟里所有的妖魔鬼怪，它们都惧怕火龙。火是沟里的神仙。那沟里的野风呢，现在

火车从原野上呼啸而过

就乖乖地为火龙呐喊助威着。

在那跳舞的火苗里，我看见了自己那小小的身影。那几年，每当我感到寂寞无聊时，我总会跑到沟里，放上一回火，然后就蜷着腿，坐在一旁的塄坎上，静静地望着火龙的精彩表演。那时候，我常常游荡在村子里，睡在树杈上，我像个哑巴一样消磨着光阴。但每当我面对着跃上天空的火龙时，我突然就感觉自己苏醒了，重新复活了。我对着大火大声呼喊，放声唱歌，我体内沉默已久的语言被火的演出给唤醒了。我不再感到落寞，不再孤独，不再沉浸在那无聊乏味的情绪当中。我成了火的观众，成了整个沟野的守护者，和野风的伴侣。

火苗像河水一样在沟里流淌，像柔和的旋律一样在风中律动，所有的荒草都在远处朝着燃烧的火呐喊致意，所有的动物都藏在隐蔽的地方倾听

火的心跳声。我在火光中欢呼过一阵后，再次哭了开来。我为这寂寞的火而哭，为这性命如此短暂的火而哭，为所有即将消逝或已经消逝的生命而哭。每个生命都让我感到心碎，让我感叹着光阴的不公。我的叹息就是那在沟野里绵绵不绝的风声啊。站在大火燃烧过的黑灰里，望着远方苍茫的山影，那个眼神忧伤的我，低着瘦小的脑袋，深深地陷入了深思。野风再次从对面的梁上刮了过来。风过后，沟野再次陷入死一般的寂静，寂静很快就淹没了所有的声音。

动物们又跑出来四处乱窜了。望不到尽头的荒草像海浪一样翻涌着，它们定是要抵达那儿了。那时候，我就站在烧过的草灰里，满脸茫然地面对着未来和远方的山影，我不知道未来的我究竟会成为什么样子，那时的我，内心是宁静的，也是惶然的；是坚定的，也是缥缈的。那样的心境，那样的沟野，与我相伴了好几年，直到后来我离开那儿。十多年了，我再也没有放过一回火，但那个放火的少年却常常出现在我的脑袋里，如果我现在重新回到那片寂寞的荒野里，重新回到那片被各种声音淹没的沟坡上，我还能找到那个茫然的少年吗？

刊发于《美文》下半月刊 2021 年第 3 期

狂人

我像疯了般冲进沟里，在无垠的荒草里打滚，放声喊叫。我拔掉蒿草，又把捡起的石头扔向沟底。我不理那些对我唱歌的鸟雀，从树杈上跳入野地里，让那些尖细的枝杈戳我的脸，戳我的身体。我恨这个世界，恨我们村子，恨落日和远去的大雁。我举起自制的弓箭，想射落太阳。我朝隐蔽在荒草里的黄鼠狼怒吼，想吓破它们的胆。己亥年丙子月癸未日，我在外头受了大委屈，于是我搭车回到老家，野人般在沟地里狂奔，释放心中的怒火。

沟风很硬，能听到从前面石头沟里传来的呼啸声，如狼在叫。沟里一个人影也没有，放羊的老汉可能正在家里熬苦茶喝，太冷了。只有坐在炭炉边，光火映脸，暖意才会汩汩而生。沟风将一地的落叶卷上半空时，我继续在荒野里狂跑。我学着狼叫，学着乌鸦叫，学着蝈蝈叫，学着羊叫，我的叫声沙哑，但歇斯底里，和风声搅在一起，很快就被刮向远处的沟里了。我将我的愤怒和委屈，一句一句诉说给辽阔的沟野听。这就是我一个人的沟。

我成了沟里的狂人。

荒野苍苍

我喊：大地有声，荒野苍苍。

沟也跟着喊：大地有声，荒野苍苍。

跑到沟底时，我早已气喘吁吁，便顺着那落满碎石的泥路走。沟底几乎听不到风声，看来这野风只是在半坡上刮得厉害，天成了一条长长的缝，两边的鸟叫声不绝于耳，尤其是走到蒿草比较高的地方时，鸟声就愈加显出沟里的寂静来，那可真叫人心底发毛，感到恐惧。我再也不敢大声喊叫一声，说不定那毫无人迹的背阴地里，就藏着金钱豹、毒蛇或者其他兽类。

沿着凹凸不平的泥路走了很久，拐了很多的弯，经过了好多的小水坑、低矮的槐树，我的怒火渐渐散去。现在，我不再是什么狂人，而完全成为沟里的一只鸟雀了。从前面的弯道拐出去，视野豁然开朗，天空也宽阔起来，远处的山影隐隐可见，一片野生芦苇拦住了我的去路。我豁开芦苇，

从空隙处走过，风不再硬，也不再觉得冷，心里感到舒坦多了。芦苇下面的泥地，均已裂开，但并未干透，手掌攥住芦苇轻轻划过，就如同抚摸着鸟雀的羽毛。

我在芦苇丛里站了半个钟头，然后又顺着原路往回走，走到半路时，我突然想起一条很少有人知道的小路，那条路从沟底斜穿而上，好多年前，我经常从那条小路下到沟底。于是，我找到路口，往原上走去。但没走多久，路就消失了，荒草淹没了一切，到处都是植物的枯藤蔓。我折下一根又细又长的树枝，摸索着往上走。路早已消失，害得我走了很多弯路。走到原上时，天色已暗。原上头的荒野里，我躺在荒草里头大哭了一场，大地再次用温暖的怀抱抚慰了我的心。

2019 年 12 月 14 日写于永寿

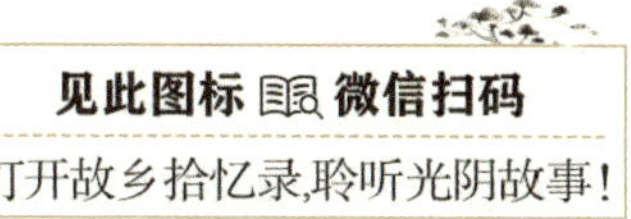
见此图标 微信扫码
打开故乡拾忆录,聆听光阴故事!

张老汉

老汉姓张，就住在沟上头的窑洞里。他膝下无儿无女，也没有亲人，村里人总说他是野人，没人味儿，很少有人和他来往，更少有人给他发烟。那些年，每当我在沟里放羊，或者坐在树杈上的时候，总能见到他那孤独的身影。他在沟里开垦了几亩地，他常年就在坡地里挖，挖呀挖呀，挖得西北风鼓起来又瘦下去，挖得太阳升起来又落下去。他的腰驼成了一口锅，又留有浓密的串脸胡，孩子们都不敢接近他。要是见他在跟前，孩子们准会一哄而散的。

但我却不怕张老汉，后来还和他成了朋友。我那时是伙伴们口中大名鼎鼎的“树杈小孩”，客气的伙伴，叫我“树先生”；不客气的，就叫我“树精”，我早已习惯这些外号。有一天，我正在沟里的一棵柿子树杈上睡觉，突然听到有人喊我：“喂，树杈小孩。”我被惊醒，睁眼看时，发现却是张老汉，我满脸疑惑地看他，他又说：“能下来扶我一把吗？我也想上树杈上坐坐。”把他扶上树杈可真费了不少功夫，他动作僵硬，腰又驼得厉害，但总归还是爬上了树杈。

正是傍晚，红云盖天，远山如黛，爬上树杈，我们再没说一句话。他看向远处，纹丝不动，像石头人，只有杂乱的胡须不时被风吹向一边。我有意装着看对面的山梁，仍忍不住偷偷用余光看他，可直到月亮爬上夜空，我们从树杈上下来时，他也没有说一句话。只对我“嗯”了声。从这以后，我们常常一起坐上树杈，看远处的山影，听沟间的风声。就像两只黑色的

大鸟，静静地卧在密密匝匝的树枝里头，黄鼠狼、松鼠从树下跑过时，我们也不去管。

他要不说话，我是不敢张口的。

有一回他突然转过身说："这片荒沟，我守了多半辈子都不曾厌倦，但你不一样，总有一天你会和那些鸟雀一样，飞走的。飞过远处那些山，去别的地方。"

我听不懂他的话，也不知道该说点什么。我很好奇他背上的那口锅，腰怎么能弯成那样呢？真可怕的哟。

我便歪着脖子说："你背着锅，晚上怎么睡觉呀？背上的锅会把你顶起来吗？"我刚问罢，北风就卷过来。他在风中笑了好久好久，笑得眼泪都流了出来。

我们在树杈上坐了两个多月，下雪后，我很少再下到沟里。直到来年开春，我连忙冲进沟里，坐上树杈，可他却再也没有坐上来。我仍会在沟里见到他，他见了我也只是笑笑。后来的那段时间，他行走都抱着一本老黄历看，有时坐在沟边看；有时趴在草丛间看；有时在挖地之余，半蹲在地上看。他像疯了，又好像没疯。没人能搞清他究竟在干什么，也没人操心这些事。沟里依旧荒凉，风来了，雨走了，山还是山，沟底的小溪还在流，鸟雀也还在飞。

上中学以后，我再也没有见过张老汉。高考结束那年，我回到家里，母亲闲聊时提到了张老汉。我连忙追问她："张老汉现在还住在沟里吗？"

母亲边剥玉米边说："两年前就死在他的那口窑里了。村人发现的时候，老鼠都快啃完了他的脸，现在人就埋在窑前面的荒地里。"

我愣在原地，半天说不出一句话来。

母亲又接着说："无儿无女的，确实可怜，也不知道他是从哪儿来的，年轻时又是干什么的。"

父亲接过话，冷冷地说："他呀，逃兵！"

刊发于《雪莲》2020 年第 3 期

到羊毛湾去

不论神灵如何在天上呐喊，这片土地永远苍凉，永远面带忧伤。

每到深夜里，所有的灰鸦都站在枝杈上唱歌，那歌声从沟的东边而来，然后飞往西边。人都说，西边的石头沟常有豺狼和金钱豹出没，可不论忧伤的歌声是否传到那里的天空，更不论那里是否真有过猛兽的出现，谁也拦不住我们要穿过那里的决心。往前走就是羊毛湾。在我童年的记忆里，羊毛湾不是水库，而是一片汪洋大海。沟里所有的鸟雀都会在夜间飞到那里，然后在天亮之前赶回来。缺水的荒野里，唯有羊毛湾可以淋湿它们疲惫的翅膀。

我无法忘记，我第一次见到羊毛湾时的震撼。那年，我还在村里读小学，沿着沟道东绕西拐，穿过漫长的荒草地和连绵的石头沟，就抵达了羊毛湾的东南角，四周野草浩浩荡荡，成群的鸟雀在水边徘徊，羊毛湾就夹在沟道里。水透亮清澈，朝野地暗暗涌动。不过这里仅是羊毛湾很小的一部分，直到我们沿着北边危险的小路走出沟道，方才见到了羊毛湾真正的模样。但见远处山川连绵，朝北逶迤而去，在我童稚的眼睛里，水面清波荡漾，延至天边，没有尽头。

那就是羊毛湾。那就是传说中的大水。我生在沟里，长在沟里，我见过沟底缓缓流淌的小溪，见过暴雨中震撼人心的泥河，可我从未见过那么大的水面。我激动得久久说不上一句话来。猛看上去，羊毛湾平静、浩瀚，像一面蔚蓝色的镜子。我似乎在那无垠的水面上看到了真正的天空，洞穿了时间的面目。我和伙伴们在岸边迎着风狂跑起来，水影荡漾，荒野无声，我似乎看到大水中的鱼儿正同我们一起奔跑，所有的鸟雀朝水中俯冲而去，光阴止息。

云从北边涌来时，能够看到羊群正在水面上吃草的幻影，也能看到一地的莎草在水面上随风荡漾。大水不仅洗涤了风声和两边的沟道，更洗涤了我的眼睛。水似从北边的天上淌下来，在这偏远的沟岔处汇成水的天堂。我痴痴地站在大水拐弯的地方，像刚从娄敬山上飞来的鸟雀。野风在空中

斜阳下的羊毛湾

刮，沟崖上头的荒草如浪在涌，但羊毛湾却平静如初。这让我想到母亲的形象。跑了很远后，我们又爬上旁边的沟崖，阳光灿烂，野风劲吹，从上头更能窥视羊毛湾的辽阔，生命中的大水。

少年时代，我曾多次和伙伴偷偷去看羊毛湾的水，多少个夜里梦着能在这大水里畅游。我命里肯定缺水，才会如此亲近水吧。可现在我想说的是，我爱这片大水，也恨这片大水。它带走了太多少年的生命，多年后的今天，我依然在梦里能见到少年伙伴们的微笑。我这才意识到，真正的大水是可怕的，它可能就在你要转身离去的时候勃然大怒。羊毛湾的忧伤就隐藏在大水的深处，只有鱼和两边沟道上的枯树知道，也只有深水里的龟知道。

好多年里，我不愿再去亲近它。原来面目平静的大水是因为水底埋葬了太多的生命。

再次去羊毛湾时，我一个人在水边坐了很久，远处的苍凉吞噬了整个沟道。这时，我感到羊毛湾是自由的，是寂寞的，是无助的。我感受到了大水的另一种力量。于是，我不再爱得那般热烈，也不再恨得那般切齿。我有一肚子的话想对羊毛湾讲，可当我沿着水岸往远处走时，却一句话也说不上来。羊毛湾让野风捂住了我的嘴，大水落寞，只有水鸟不时在旁边长唳几声。

刊发于《少年月刊》2020 年第 11 期

羊的气息

大雾散后，太阳露出笑脸，沟里灿若朝颜，到处都能听见羊叫和牧羊人那伤感的歌声。有些羊就在下面的平缓地带吃草，那里是沟的阳面，光照充足，青草肥美，牧羊人将羊从羊圈里赶到这里后，就坐在原顶上唱歌去了。但总有些不安分的羊，喜欢躲在沟岔深处吃草，常常只闻其声，不见其影。

在沟里，我最怕马刺蓟这种草，它的叶子上长有长长的刺，从脚面上划过时，蜇辣辣地疼，但羊不害怕它。我经常盯着正在吃马刺蓟的羊看。羊将嘴皮抬起，又往下一卷，马刺蓟就被卷进了嘴里，羊嚼呀嚼呀，嚼完了，又接着往嘴里卷。羊嘴也是肉长的，它怎么就不怕马刺蓟呢？它的嘴就不疼吗？

酸枣树上的刺就更叫人畏惧了。沟里到处都是酸枣树，但事实上它根本就不是树，老人说，酸枣树根本长不大，太大就干死了。酸枣好吃，但却难摘，大多数酸枣树都长在斜坡上，或者危崖边上。况且酸枣树上的刺又长又细，想摘得酸枣吃，难免要受点罪的，胳膊或者腿上，总得被划拉几道口子。

出生不久的小羊羔

羊爱吃酸枣叶，还有尚未成熟的刺，我总见到羊站在危险的路段上，伸着脑袋去够崖上头的酸枣树。羊嘴一卷，就连叶带刺全都卷到嘴里，羊连叫都不叫，模样从容，非常享受。羊嘴根本就不疼，似乎那刺儿越被卷得多，羊就嚼得越受用，越快活。看来这柔软的羊嘴就是专门来对付植物的刺的。

没人担心沟里的青草会被羊吃完，恰恰相反，羊吃剩的植物仿佛被灌输了一种神圣的使命，竟越发拼命地生长。大雨过去，被羊啃过的植物，便又重新抽出嫩黄的叶芽来，愈发生机勃勃了。背阴地里的草叶宽大浓绿，但多数羊不爱吃那里的草，羊还是爱吃浸润着阳光的青草，闻那青草的香味。

在沟里窄窄的小路上，总会遇到羊群走过，牧羊人嘴里叼着旱烟，双手插在袖筒里，默默地跟着，一言不发。到青草茂盛的地段后，羊群就散

开，去附近找吃的去了。我有意跟着几只羊，到一块野花遍地的开阔处，我追着羊看，羊理都不理我，只顾着吃。我注意到，羊只吃草，花儿坚决不动。

野花就在风中笑，笑声比铃铛还清脆。站在高崖上往下看，羊齐齐整整地低着头吃草，让人不由得想起木梳，羊原来是在给大地梳头呢。羊吃得越欢，沟里就越热闹，植物叶子上的露珠就更加晶莹了，啄木鸟在桐树上头狠命地啄，麻雀从高处往下俯冲，快到地上时，又突然朝对面的梁上飞去。

从东边辽阔的沟道，到西边苍凉的石牛山，羊披着一地的青草和落在地上的金色阳光，往沟的纵深处走去，遍地鸟语，满目葱翠，羊粪掉在地上时，还发出叮叮当当的响声。在沟里，你可以打滚，也可以静静地看天，但对我而言，沟里最好的风景是盯着羊看。羊一走动，沟里就活泛了起来。

我有时想，沟里的那些小路最早并不是人走出来的，而是羊。羊不会忘记昨日走过的路，羊群下到沟里，都顺着一条路走，到沟的深处时，羊尽管散开，却依然是有着规律的。它们不会随便地走，否则当夜幕降临，不用牧羊人喊，羊为何会乖乖地顺着来时的路上到原顶，又各自回到家里去呢？

羊在沟里留下独特的气息，到了深夜，这种气息就四处升腾，不断地擦亮星星，映得大地更加明亮了。羊睡在村人家中的羊圈里，梦中还不忘朝外头咩咩叫几声，那声音刺入夜空，群星抖动，昆虫们就叫得更欢了。羊的梦话，只有大地上的植物听得懂。现在想来，觉得自己听到的羊叫还是太少了。

2019年12月31日写于永寿

暴雨之夜

阳光柔软，天空蓝晶晶的，风也很小。我骑着自行车四处乱窜，到徐家沟边的荒滩上时，时间刚过下午两点。本想着在徐家沟里找个安静的地方小睡会儿，没想到一睡就是一下午，等我醒来时，天已大黑，我这才想起自行车还在坡顶上头撂着，连忙往上跑，雷声却从西头传来了。未到坡顶，雷声愈来愈近，甚至就快要悬在我的头顶了。闪电不时会打亮整个沟野，那些歪歪扭扭的柿子树，被野风刮得东摇西摆，这时看上去就像一群幽灵在沟里狂跑。

雷已经悬在我的头顶上方了，像无数颗炮弹在连连炸响，沟完全隐入夜色当中，只能听见野风在跟前咆哮，沟下边那呜呜咽咽的声音更加吓人，不时还会听到树枝断裂的咔嚓声。我的确被吓破了胆，双腿都在打战，闪电不时划过夜空，面前的树枝、树冠就像魔鬼般突然出现在我面前。我后悔死了到徐家沟里来，可现在说什么都晚了。惊慌失措中，我怎么都找不见我的自行车。雷声愈加密集，野风也更加放肆，四周的槐树发出可怕的响声。暴雨来了。

瑟缩在坡顶上头的荒滩里的我，瞬间被大雨灌透，我完全可以顺着小路跑回家去，可前头的弯路上蒿草比人还高，南头的野地是块坟场，我可

不敢去冒那个险。我现在必须得找到我的自行车，然后沿着大路回家。在那个神秘的可怕的夜晚里，自行车像是在和我捉迷藏，我怎么也寻不见它的踪影，我甚至怀疑是山鬼把自行车骑走了。我又冻又怕，雷声却更加猛烈。老人曾说过，雷是可以抓走人的。那会儿，我脑袋里就一个念头：雷是不是要抓走我？

我捂着耳朵，硬着头皮站在荒野里，四周黑得实实的，雨声很大，只有当闪电划过夜空时，我才能借着瞬间的光亮去寻找自行车。枯草在短暂的光影里也闪现出透明的颜色。树枝上和水洼里的白光就像老虎的眼睛。恐怖阴森的夜晚，令人头皮发麻的夜晚，暴雨就像狼群从沟里撵上来，朝着黑夜深处放声嚎叫。我在瑟瑟发抖，漆黑的沟野在瑟瑟发抖，麻雀躲在窑洞上头的洞穴里瑟瑟发抖。电闪雷鸣，雨如瀑布，泥腥味儿像浓雾弥漫在沟野上空。

恐惧早已击穿了我的身体，那时候，我最希望看见的就是我爸我妈。雨依然很大，雷声依然很响，我浑身湿透，继续迈着沉重的脚步，在荒草遍地的坡顶上寻找我的自行车。闪电亮了一下又一下，从遥远的沟野里亮到我的脚边，借着短暂的光放眼望去，我似乎看见无数颗星星在水渠里、杂草间和树杈上跳舞。我从坡顶的西头走到南头，又打南头走到西头。雷声再次打我头顶落到地上时，我真真切切地听见了自行车哭泣的声音，悲戚之声，叫我心碎。

顺着哭声，我狂奔而去，雷也在我身后跑。那是在徐家沟边的西南角上，有一棵粗壮的柿子树，短暂的闪电中，我看见自行车像一个孤独的孩子背靠在树身上，身影是那么孤寂。我亲眼看见我的自行车在暴雨之夜放声大哭，就像一个无家可归的孩子。我将它骑出那片沟地的时候，它依然背朝着那片恐怖的沟野，暗暗啜泣。暴雨哗哗，野风呼呼，骑着自行车上了通往家的方向的柏油马路后，我一路狂飙，再也没敢回头，但雷声依然在我和自行车的后头死死地跟着。

刊发于《美文》下半月刊 2021 年第 3 期

阳光在沟里跳舞

我在野草遍地的背阴处挖了一上午的药。当我顺着小路走到阳面的坡上时，瞬间被阳光包围，牵牛花摇曳着婀娜的身姿，云层如海。我放下小镢头，坐在青翠的莎草丛里，鸟雀从西边的树林里飞起时，阳光便在沟坡上追着蝴蝶和蒲公英跑，风一刮，阳光跑得就更欢了。当对岸的梁上传来牧羊人悠扬的歌声时，远山盖上金色的雾霭，白云袅袅而动，阳光柔柔软软，如同美丽的少女在沟里跳舞。那景象叫我感到安心，我实实在在地感受到了阳光的力量。在辽阔的沟野里，人是多么的渺小，多么的卑微。这会儿，阳光就是沟里至高无上的女神。

沟野里的风景都被风追着跑，被阳光带着舞动，被狐狸、野兔、鸟雀、黄鼠狼撵向天边，你不可能找到一处固定的风景。所有的风景无时无刻不在变化着。沟里的牧羊人，逮蝎子的人，捡柴火的人，挖地的人，很多很多，但很少见到他们说话，他们就像桐树、像羊群一样在沟里挪动。苍天遮住了这片土地，也遮住了人们黑色的身影。生活在这里的人们，无时无刻不敬畏着这块沧桑的土地。每当我下到沟里，我藏在肚里的话就会被风

吹到遥远的地方，大地苍翠，山野蒙蒙，唯有阳光在面前的山坡上，轻轻荡漾，婆娑起舞。

躺在荒草里，我自己就成为一株野草。阳光的手轻轻地抚过四周的蒿草和我的脸庞，那时候，我感到自己无异于沟野里的一块石头，一棵桑树。在这样的暖阳里，沟底溪水流淌的声响，被化作鸟儿的歌唱，没有人会在这个时候，打破沟里的这份寂静。阳光把从村里传来的声音，带到了大地的深处，带到了遥远的未来。侧耳听去，唯有低沉而又古老的声音在梦境里回响。能想起那些被埋藏在石头下面的神话，也能想起那些早已被人遗忘的苦难。人在梦里迷惘，却在沟里变得清醒。阳光在沟里跳舞时，它就是一把为历史梳头的木梳。

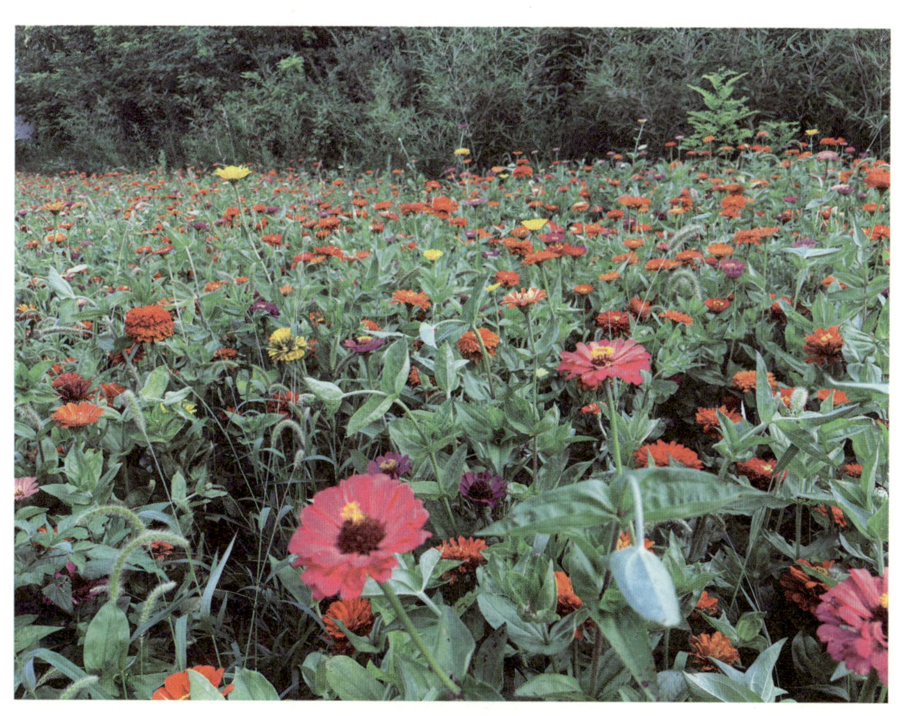

花海朝远方涌动

两只蝴蝶在我跟前翩翩起舞，牵牛花朝我微微点头，外面的人都以为这里的沟荒凉，都以为这里的沟寂寞，可就在这寂寞与荒凉之中，谁又能见证沟野的微笑？我将草叶上的露珠抖落在掌心，阳光晶莹，令人迷醉，蝴蝶竟也飞来。我将手掌举在半空，一动不动，直到蝴蝶朝远处飞去。

当阳光最为热烈的时候，会看到远处的娄敬山上，白光腾腾，雾气袅袅而升，沟坡上的野花，汇成一片花朵的海洋，风一吹，花海就朝远方涌动。我还以为这一地的野花想对远方说点什么。连忙将耳朵贴在地上，竟能听到阳光正在风中汩汩地流淌。

我喜欢躺在这样的暖阳里，闻着绿草的清香，看着活泼泼的沟野，昏昏睡去，然后做起明日的梦来。在梦里我看见阳光正为大地梳头，动物们躲在石头背后欢唱着古老的歌曲，羊站在半山坡上，把一地的清香都嚼进肚子里。我不再顺着沟路走，而是随意走动，可无论我走到半人高的草丛间，还是走到长满酸枣树的野地里，总能见到那如同金毯般柔顺的阳光。阳光在小小的花朵里跳舞，在槐树叶子上跳舞，也在羊的脊背上跳舞。

背着药材往回走时，我意识到，只有在乡下的沟野里，我才能永远和阳光为伴，和这妖娆的野风为伴。

刊发于《文苑·经典美文》2020 年第 8 期

第四辑

寻迹游历

渭北沟野行记

我坐在沟边的一棵槐树跟前，看着大片的云涌过来，身后的村庄却仍在沉睡着。狗在狂吠，烟在升腾，于断裂的墙垣下面，蚂蚁们成群结队，集合好队伍，仿佛正要赶赴参加什么重要的活动。女人们坐在一起，或说谁家的男人，或干着自己手里的活计，人生况味，人情世故，尽显于她们粗犷的话语中。这是村庄，具体说，这是我们的村庄：王家咀村。它卑微、渺小，却沉于隐没之处，安静地抗争着岁月，显然它的力量太过薄弱，它笨拙的动作，烦琐，真实，与远山一起化入地洞之中了。这正是我身后的村庄，一个真真正正的村庄。

村庄挨着沟，打小我就在沟里玩耍，沟里承载了我的悲欢、欣喜。那棵柿树，被哪位村民锯掉了，留下了一截短短的树桩，它躲不过年轮，必将归于此地。这里就是它的家，埋着它们的骨。小时候经常下沟，找些碎石块，垒起来，然后拾些柴火，放置周围，点着，我们围着火堆，个个脸上泛着光，这光是野性的光，我们在心里期待柴火烧尽后那些石头可以变成金子，这是童年的我们。

在沟里，可以蹲着、站着、坐着、躺着，但你要真是去了，你最好的

选择方式是躺着。看天，天就在你的跟前，在你的眼睛里、手心里。看着看着，那天，那云，就是你身上的一部分。沟里的一切都是风景，野性的风景，给你苍茫抽象的视角感受，它让你心跳加速、呼吸急促，容不得你坐下来慢慢品赏。在假山公园里逛惯了的人，是逛不了黄土沟壑的，这就像吃惯了海鲜的人，是吃不惯黑面馍馍的。沟就是这种性格，野山野情，是种大情怀。

若是在沟里仰望，你会理解什么才是荒凉，什么才是信仰。这种粗糙的精神，就在土塄坎下面的野兔窝里，在从咬烟锅老汉嘴里吐出的浓烟里。天地茫茫，生灵们狂欢，虫子们喊叫，这时，你才会明白人是渺小的，只有信仰才是恒久的，永远横亘于沟底。

在沟坡上，你可以滚爬，可以抓住一只野兔烤着吃了，但你永远都不会逃出上苍的眼睛，这双犀利的眼睛，透着光亮，就镶在裸露出黄土的崖

渭北村庄

壁上。在沟里，你可以做任何事，但在上苍的眼睛里，你仅仅是一个赤裸的孩子，它容纳了你身上夺目的部分，亦容纳了你身上的垢。

沟里树很多，槐树、柿树、桐树，它们站着，看似不动，却时时在动。你若不信，伐掉一棵，看看它的骨头，看看它的血液，那是沸腾的、滚烫的、炙热的汉子的血液。老天爷垂爱它们，给它们雨露、风霜，几年过去了，几千年过去了，它们依然不倒，倒下的是树，不倒的是树的魂，是沟的魂。

野草开始泛绿了起来，远看过去，坡便如一面毯子，绿毯随风波动，影影绰绰，起起伏伏，煞是壮观。鸟便四处落过来，叽叽喳喳，将整片柿树包围了起来，在沟野里，形成了一道声音的屏障。这时，你站在沟边大吼一声，对面也将传来一声，心中忽起一种缥缈之感，让人错以为是在天堂。

云也很白，往往簇拥一堆，画面呈现出立体感，有的如羊，有的如狮，

站在原野上远眺

如兔，如龙，如奔腾的骏马，如偷吃禁果的仙女。你抬头看一眼，不禁吃了一惊，云朵竟又如一面倒置的镜子，里面隐隐现出了你的身影。

沟野里随处可见废弃的窑，里面黑漆漆一片，蜘蛛在窑里安了巢。窑并非无用，若在沟里挖药放羊之时，黑云突起，干雷轰轰，眼看暴雨要来，这些废窑便派上了用场，老汉赶着羊群，沿沟路跑上来，一头扎进窑里。再一细看，窑里竟还有些许干柴，连忙掏出火柴，将其点着，烤干衣服。待到云雨过后，再将羊群赶出，抬头看天，东边天上竟挂了一道绚丽的彩虹，心头不禁一喜，点一支旱烟，抽了起来。下了雨，草也更加翠绿，羊也喜欢，不时停下咀嚼之口，咩咩叫几声。

那放羊老汉已年过六旬，家中经济并不怎么富裕，养些羊也算是一笔收入。时间长了，羊和老汉也有感情了，每次清晨而起，老汉立在羊圈门口微咳一声，羊群便骚乱起来，不断地咩咩叫，仿佛早已按捺不住去沟野里吃嫩草的心思。老汉打开羊圈，羊一起挤出，却并不乱跑，全听老汉指挥。老汉将羊赶到沟里，羊便四处找寻青草美食，老汉点一支旱烟，坐在沟坡上头，看着下面吃草的羊群，心里顿时生起一股温情。这是与羊的温情，每逢来到沟野，看着这些可爱的羊，他便在心里感谢上苍，感谢自然，他一把年纪，还能有羊做伴，心里不禁发起酸来，一颗浊泪掉了下来。

沟坡上的风景，不会行走，但会舞动，随风而舞，其姿态若天仙舞曲，让人心里禁不住生出辽阔之情。但并不是说沟里就没有移动的事物，你看，那沟里，有一条时隐时现的清水隐隐流淌，站在不远处，闭目，便会听到潺潺的水声，也可闻到一股纯净的水香。这香，存在你的心里，你的肺腑里，久久不能散去。那的确是一条可爱的溪流，不宽，但却旺盛，充满着生机，水床里浸透了天地的辽阔与精气。啊，这美，只有那些敬畏自然的人才会感到，只有那些信奉上苍的人才会触摸得到。沟野苍茫，熔铸了天地的广袤，灌满了西北那令人敬畏的豪气，这里，一切都是渺小的，就如那漫沟遍坡的野草。

2015 年 5 月写于沈阳

槐林散记

穿行在密匝匝的洋槐树林中，阳光从树枝间漏下来，亮灿灿的，雾气朝四野散去，露珠不时会被鸟声震落在头上。朝前走时，见前头竟有一地野花，急忙跑去探看，才发现是阳光在草丛间跳跃。地上潮气很重，落叶积了厚厚一层，昨夜的林中肯定发生了很多不为人知的神秘故事。有些落叶已在此多年，至今尚未化作泥土，它们把大地的秘密盖在下面，生怕被野风带走。

我摘下一片槐叶，背靠住树身吹曲，我一吹，远处的鸟就叫得更欢了。鸟以为是它走失的兄弟在说话。阳光恣意地溅洒在草丛间，时而在我脚旁的婆婆纳上舞动，时而又跑到我身后的车前草上跳跃。槐树不像松树那般挺拔，总显得扭扭捏捏，就像一群羞红了脸的姑娘。林中很不平坦，有些槐树枝就如蛇般胡乱盘绕在凸出的高台上。很少有羊进到林中来，尤其到了夏季，槐叶茂密，羊或许会嗅到危险的讯息，所以羊更愿意站在辽阔的旷野里吃草。

青翠的野草遍地疯跑，我躲着那些高昂着额头的野草走，生怕踩坏了它们，但总体而言，这里的大多数野草都经得起踩踏。没走多远，我的裤

槐林里埋着许多往事

腿就已被草叶上的露珠打湿，脚腕凉飕飕的，叫人感到轻松。槐叶舒展翠绿，槐树却粗糙如麻，用手去摸这些大大小小的槐树，总觉得树皮在咬手。剥下树干上的干皮，里面依旧呈深褐色，那里刻满了槐树的记忆：有关鸟鸣和暮霭的记忆，有关狼群和野猪的记忆……把干枯的树皮攥在手里，就像攥着一堆记忆的影像。

槐花到五月才能满山开放，现在是四月上旬，连花苞都很难看见。继续往林中深处走去，愈能感受到凉意，野草就更茂密了，有些低洼处，草竟有半人高，我是不敢下到那里的，说不定里面就钻着长虫。有棵槐树长得非常高，树身碗口般粗，我抱着树身猛烈摇晃，树叶便发出哗啦啦的响动，像一群小鸟在鸣叫。叶面上的水滴纷纷落下，叫人以为是野鸡正在抖落羽毛里的尘土。这片林地很少有特别粗壮的槐树，很久很久以前，这里莫非还是一片荒地?

很难再听到沟里的风声，槐林是把野风锁在林外了。听见头顶上方发出惊动的声响，抬头去看，鸟群却早已飞远了。有些树根处，竟长出好几棵小槐树来，那是槐树的兄弟姐妹。我在想，夜深人静的时候，当野风偷偷钻进林中，这些彼此挨得很近的槐树是否会说些梦话？村庄里的人们肯定是听不见的，羊圈里的羊肯定也听不见，那谁又能听见呢？悬在槐树林上头的月亮是可以听见的吧。这林子实在太过寂寞，太过冷清，它们总得和谁拉拉话的呀。

在空旷地带，阳光愈加炫目，但并不耀眼，我蹲在地上，观察那些沾满露水的野草。我期待能见到一只蜗牛，或者正在搬家的蚂蚁，但很遗憾，什么都没有看到，除了林中那一地青翠的野草。我这才想起现在还是清晨，

槐林深处

昆虫们可能还尚未醒来，再过上两个时辰，这林中恐怕又该是另外的一番景象了。鸟声渐渐密起来，但显得林中更加幽静。再等上一个月，槐花就全开了，有纯白的，也有粉色的，知了也会多起来，到那时我还要再来上几趟的。

刊发于《文艺报》2020 年 2 月 21 日

坐窑记

小时候，我曾在一间几乎快要塌了的窑洞里坐了一整个下午，那时内心所生发出的种种感觉，至今我仍记忆深刻：窑外面好几处往下掉虚土，有些地方鸟还在里面做了巢穴，木头门轻轻推一下便发出吱吱的响声。我刚进去时，一股从地缝里渗出的阴森之气立即将我裹住了，容不得我全身做出任何一个微小的举动。我大气不敢出一声，眼睛很快从上看到下，从左看到右，看看是不是有鬼在里面钻着。当然这只是我的臆想，事实上，那种透出恐怖的黑色比鬼还要害怕得多，鬼毕竟是虚的东西。因为太黑，窑里面所有的东西，都不是那么清晰，隐隐约约的，摇摇晃晃的，尤其是藏在暗处的老鼠偶尔所发出的响动，更让我紧张得额头直冒冷汗。

我找了一块光线能照见的地方坐了下来。坐下去后，我心里就有些后悔，后悔自己怎么没有赶紧离开，可当时我迷信地想，若是立即出去，外面巨大的空旷更会将我团团包围，让我无法摆脱慌乱，于是我便安静地坐了下来，尽管我的心不住地狂跳。那的确是我第一回独处在阴暗的空间里。之前，我所有对村庄的感受都是向上的，欢快的，直到那天后，所有曾在我心中根深蒂固的东西统统被打乱了，也正是在这之后，我才渐渐悟到了

村子的命运。

我的爷辈、父辈们都曾在这些已经废弃的窑洞里生活过，这里曾承载了他们的欢乐与痛苦，也承载了他们的梦想与希望，他们在这里耕种，作息，向老天索要生活。若干年后，他们像鸟儿一样，飞走了，搬离了这里，在距离这里不远的地方重新安顿了下来。而这些窑洞，这个旧时的村子，生命也就在他们迁移的那天结束了。

当然，在窑洞独处的那天，只是我对村子命运思考的起端。后来，我终于明白了，孩童时的我的快乐，那只是我个人寄托在这个地方的悲欢。作为村子，它的命运，永远是不幸的，它总会在某个早晨或者在某个寂静而绵长的晚上，孤独地死去。

2015 年 10 月写于杨凌

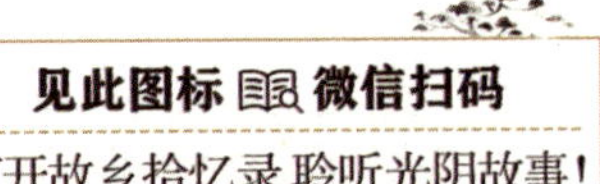

见此图标 微信扫码
打开故乡拾忆录,聆听光阴故事!

武陵寺记

出永寿县城，沿西兰路向北行十四公里，方至永平古镇。古镇东西有沟，四围见山，西南角就有一矮山，名为翠屏。山势蜿蜒曲折，雄浑挺拔，远观如虎在卧，故又名虎山。山内树木丛生，百草丰茂，常年幽静冷清。武陵寺塔就坐落在山顶的武陵寺内。己亥年（2019）十二月七日下午，我到武陵寺时，山上尚无一人，沿着石阶而上，但见两边杂草塞道，树枝枯黄，尽显苍凉。

走到半山，便听到野鸡尖厉的叫声。等走到武陵寺内时，叫声依然不断。两边的草丛间，阴面的青砖地上，仍能见到积雪。寺院四周，栽有不少松柏，但毕竟已到冬季，仍难掩萧瑟。沿寺内台阶而下，只见古塔拔地而起，傲然耸立，塔身为砖木结构，七层八棱，高二十余米，好不巍峨。塔身向东北微微倾斜，塔顶似有灵气浮动，黑鸦盘绕不走。遗憾的是，塔门早已被封，无法登顶。

寺院地势本高，挨着半身高的砖墙，朝东望去，是连绵的土原，原上可见旧时的窑洞，整个原上，草木凋零，万物蛰伏，满目荒凉。原下有麦田多处，散乱分开，极不规则，东南角的麦田里，有羊二十余只，牧羊人

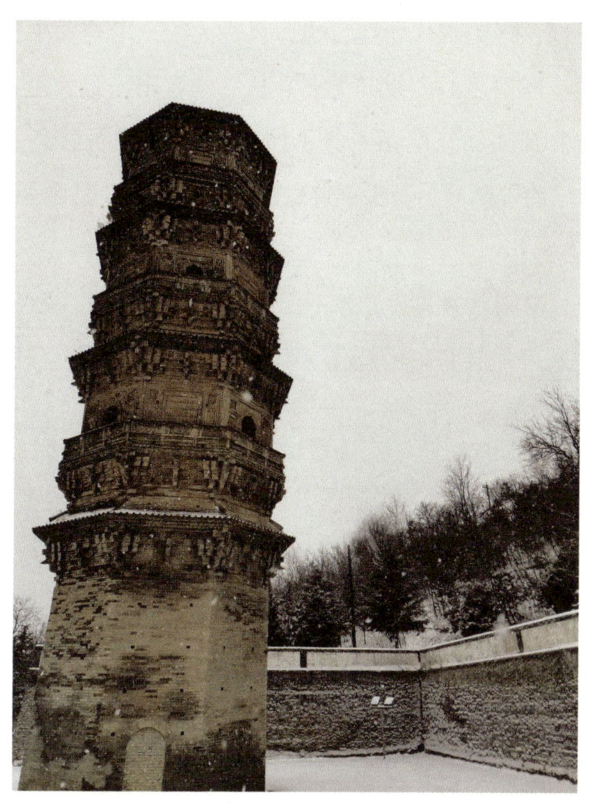

雪落武陵寺

就蹲坐一边，大概是自家的麦田里吧。塔的西南方，是茂密的槐树林，就在我绕着塔身而走的时候，野鸡再次叫起，嘎嘎两声，叫声尖厉，但并不刺耳。

我悄悄走到林丛边上，见野鸡就卧在枯草深处，它看到我后，并未飞走，只是看了几眼，继续嘎嘎而叫，我不解其意，或许它也一样，也未解我意。武陵寺内的野鸡也不怕人么？可能它早已成精，沾了仙气。转身要走，忽见一只棕毛松鼠跃入视线。它似乎没有发现枯草间的野鸡，继续朝前跑去，不想却跑到野鸡窝边，惊得那野鸡又嘎嘎两声，腾空而起，飞往别处去了。

寺院内，冷风拂面，鸟鸣阵阵，但却让我心生寂寞之感。据旧县志记载，塔初建于魏，现为宋代所建，也曾风光无限，名震关中；也曾香火鼎盛，万人跪拜。风雨之后，复归无名。从寺内走出，我又进到林丛，坐在地上，听鸟鸣和风声，正所谓看景不如听景也。台阶西侧，有石碑两座，前去探看，却见均曾断裂，上头字迹斑驳，难以辨认。其中一块，刻有“虎山”二字。

傍晚时分，夕阳散去，我方才下山。行至翠屏广场，见两块巨石之上，刻有康熙年间永寿知县张琨的诗作，其诗平实朴素，耐人寻味。其中有一首《西山夕照》，现录如下：

西望层峦列画屏，
晚霞映日更鲜明。
回光潋滟人如醉，
尽在琉璃壶内行。

就在我倚墙读诗之时，一恶犬立在远处，吠声如狼，于是我站在山影里，放声朗诵，几遍之后，恶犬离去，翠屏山复又安宁。

2019 年 12 月 7 日写于永寿

封侯沟记

己亥年（2019）腊月十九，我驱车前往城东的封侯沟，沟路弯弯绕绕，似蛟龙在跑。两边的土崖上长满槐树，枝杈繁密，朝四周盘绕而去。地上盖满枯叶，麻雀就藏在树丛深处，定睛看时，总能发现树杈上的鸟窝。我将车停在路边，沿着沟底的泔河往前走。泔河水小，上头结了层薄冰，能看见下面的水在缓缓流淌，也能见到小鱼在游。宽阔的河床两边长满各种杂木，多是洋槐，有些地方杂草太高，上头又满是扎手的荆棘，只得沿河岸上头走。

西边的山上，洋槐遍坡，灌木丛生，莎草朝北涌动，侧耳听时，能听到林丛深处的鸟鸣声，但不知是什么鸟。越往深处走，越能感到寒意，两岸的山越靠越近，沟道就显得逼仄，树枝从旁边的土原伸向半空，风从林丛刮过时，四周就显得更加寂静。我感到恐惧，但若此刻转身离去，就意味着我败给恐惧。我可不愿如此狼狈。便重又下到河床，沿着泔河走，荒草越来越高，鸟声也越来越密，河水在前头拐弯的地方，有条土路拦住了河水，但显然土路下面是通的。

贴着前方的沟崖，河水在此汇聚出宽阔的水面。水很浑，静止不动，连一丝水纹都没有。我坐在河岸的树根上，两边的山崖几乎挨住了天，雾霾很重，空气干冷，若是晴天，河水会带着天上的云流淌，那又是另一番的景象了。就在我遐想之时，沟崖上的一块土掉进水塘，激起朵朵水花，着实吓了我一跳。我捡起几块碎石，狠狠地抛入水中，与此同时，一只白色的大鸟从前头的灌木丛中高高跃起，飞向对岸。不禁心中顿生欢喜，我确信，那就是白鹭。

沟野萧瑟，山影荒凉，白鹭的出现，显示了沟野的生机。白鹭飞得很缓，那样子极尽柔美，真难以用语言来形容它的美。它落在了对岸麦田里的那棵柿子树顶上，背面连绵的沟呈土黄色，柿子树为褐色，白鹭落在枝杈上，非常扎眼，它叫我想起弯月来。停了不久，它重又朝南飞去了，我连忙掏出手机拍照，急忙中还未打开手机，它却已经消失在远方的树影间了。我顺着河岸朝前撵去，留下的却只有空茫茫的沟野。风越来越硬，吹得脸和耳朵生疼。

远远就看到前面的荒滩里白花花一片，走到跟前后，但见茂密的枯草丛间，开满白色的小花，小时候我在沟里也经常见到，但我从不知道它的名字。难道它从花期就一直开到深冬？花很微小，一团又一团，毛茸茸的，像一群白色的蝴蝶在荒草里飞。我在网上查得，它的学名叫千里光。走进草丛看，才发现花早已干枯，那毛茸茸的白团是野花周围长出的绒毛（即冠毛）。昨夜风大，又下了小雪，但未落住，朝四野望去，黄叶遍地，麻雀成群，满眼冬枯景象，分外寂寥。

移步河岸，只见几十棵槐树被拦腰砍断，枝杈遍地，有些小树枝被河水冲到远处，地上一片狼藉。被砍断的树桩正在风中哭泣，我听得见那悲凄凄的哭声。河水消瘦，顺着长满杂草的河床朝沟野深处淌去。因为河面上的薄冰，无法听见水声，但立在荒滩地里，还是能够看清弯弯曲曲的河床。沟崖远去，林丛更为茂密，开春后，我打算再去下游走走。这时，一只野鸡惨叫一声，朝南飞去。忽然记起前段时日在香积寺里见到的碑刻，

碑上有诗：

落花醉枝，夕阳欲沉；

裂帛一声，凄入秋心。

2019 年 12 月 8 日写于永寿

翠华山记

今年初，我住在了翠华山下，寓所的窗外即山。白日望着山脊遐想，夜间枕着山影入梦，真可以说是山里人了。

虽说近在咫尺，却未曾攀临山顶。这山绵延不绝，奇峰异岭，宛若混沌的幽梦隔在身前。那日晨间醒来，阳光破窗而入，在面前摇摇晃晃如舞动的金蝶；向远山望去，红叶翩跹，白云游走，山脊半空罩了一层薄薄的紫霭。这才意识到，眨眼，已是深秋了。若再不上去，岂不辜负了这温润而五彩斑斓的秋光？即刻约上友人，驱车朝山里盘旋而去。

到山底的河畔时，尚有雾气。一进景区，沿山路往高处走，雾气渐薄，红叶近在眼前。进山的车大多都开得快，人们迫不及待地往山里跑，想来也是压抑许久了吧。车尚未爬到山顶，雾就散尽了，阳光灿灿，比鸟羽还要温顺，天空仿佛镀了一层深蓝色的釉，伸手可触。友人时而欢呼雀跃，时而闭眼凝思，沉浸在秋日潮湿的梦里。翠华山顶上，风猎猎地吹，站在迎客松下，耳边如若潮水在天上涌，四围都是山，红绿相间，白石林立，彼此窃窃私语。一回头，就听见山正在对着风说闲话，乌鸦听得最清，因而站在松树上呀呀地叫。

乌鸦朝东而立，说明东有奇景。向东行百来米，果真就望见一池清水，在阳光下熠熠闪烁。透过身旁的黄栌，可清晰地看到对岸的山峰，密密匝匝，层层叠叠，背后的白云就像捉迷藏的少年，只能看到额头，风一紧，枫叶就往下落，听不见鸟鸣，也看不见鸟群，只有日头悬在半空，直晃人的眼睛。环池一周，竟不觉得疲累，遥遥看见悬在半山的翠华庙，又重返回去，决定拾级而上，登上庙宇。

显然我们低估了庙宇的高度，还未攀至半山，就已累得气喘吁吁。扶栏杆远眺，树影摇曳，山影朦胧，湖水泛起白波，此番情况，仿佛曾在某地见到过。遐想时，见一道士迈碎步拾级而来，身轻如燕，忽地就从身旁穿过了，留下缥缥缈缈的身影。我心中不服，拉着友人也加快了步伐，一口气攀至山顶，只觉得双腿沉沉，眼前发黑，坐了半天才缓过劲来。

山里的空气清新怡人，饱饱吸一口，甜津津的。我对友人讲，要是在这里生活的话，少说也要多活三五年的。说完，竟有点羡慕起住在山里的道士了。仿佛刚经了一场梦，一切都从林间消逝，山缓缓朝远方退去，白云变幻出怪兽的形态，枫叶在悬崖边黯然啜泣，不知何时，对岸的山前蒙了一层迷雾，许久不见散去，风在耳边鼓荡起伏，一会儿高，一会儿低，隐隐间，似能感受到山的哀愁。从年初住到山下，就常站在窗口远望，一日日寂寞地阅读、写作，迟缓地做着清澈的美梦，夜里总能听到从远山传来的各种声音，混杂着猫头鹰悲戚的啼鸣。在山下，虽枕着鸟鸣入梦，却是寂寞的，孤独的，被梦牵扯的。

当我站在山巅，被猎猎的风围困，苦闷竟同鸟群一起消失在山间。那时我就是山上的草，凋落的红叶，羞涩的猕猴，眼前的这一池清水，或许只是翠华山在昨夜流淌的泪水。一时我竟不知是在山间，还是在云上。多年后，天池可还记得我今日的哀愁？

云层还在山后翻涌，不一会儿，就变换出新的形状，想来在这深秋也是极少见的吧。游人虽多，耳根却也清净，山谷里回荡着比晚霞还轻盈的寂静，甚至能听到时间流逝的声响，滴滴答答，不绝于耳。杨树叶繁星般缀在半空，天空比海水还要蓝，将思绪拉回，鸦声渐远，原来头顶上空是蔚蓝的海。

抚摸树身，树叶从眼前落下，像飞舞的蝴蝶。我避开人工小道，尽量走在盖满落叶的湿地上，踩在上头，能感受到大地的心跳，能感受到树木跳动的灵魂。在山间漫步，就该像个山民一样踩踏，山是有记忆、有感情的，你敞开心和它谈心，它也就向你敞开了心扉，把它的寂寥和忧愁一股脑儿地告诉你。

翠华山并不奢盼你的理解，毕竟它有天池的陪伴。天池就是翠华山的心。有天池，翠华山才是飞舞的，是灵动的，是悠远的。人们把自己的烦恼、委屈、哀愁、无望、失落和幸福全抛给了山，山默然承受着，不回应，不反抗，不伤痛，只是在夜里独自哭泣。翠华山的泪水就是天池。

翠华山天池

在翠华山的林间行走，我隐隐听到群山在哭泣，我想那在空中打旋的红叶也定然听到了，道士听到了，天池里的鱼听到了，草木听到了，无人发现的溪水听到了，隐没在山背后的云层听到了，落日听到了，乌鸦也听到了。山在秋日里总要哭上一阵吧，不然这天池怎会如此清澈，如此动人？就像一个晶莹的梦悬在山间。

山用它的泪水，把我的心清洗了一遍。来时我心中多少有点失落，此时却身体里充满着山的昂扬之气，一股蓬勃的爱情力量在心中来回激荡。我似乎在山里治愈了那个失魂落魄的自我，那个唉声叹气的悲观的自我。此时此刻，站在天池边上，我的心就是一座山。

下山时，日暮西山，群山昏昏睡去，丛林静默……

2022 年 11 月 4 日写于太乙

唐陵笔记

◎小　引

很早以前就有踏足关中唐十八陵的欲念，却因各种原因，未能成行，究其原因，主要在于自己的懒散习性。唐陵分散在渭水以北，关中北山一带，多依山为陵，山环水抱，巍峨挺拔，气势雄阔，如昭陵位于九嵕山，乾陵位于梁山，建陵位于武将山，也有平地起陵的，如献陵、靖陵等。以往觉得唐陵就在关中，总有时间会去的，谁知一耽搁就是数年，今年想着，无论如何也要踏遍唐陵，将陵前石刻及周边风土详细考察一番，以完成长久以来的心愿。

关中皇陵众多，但我唯独对唐陵充满好感，其因就在于陵前石刻。唐陵石刻排立神道两侧，多为石兽、翼马、翁仲、鸵鸟、石狮和华表，千年来几经战火，历尽沧桑，多被盗毁，虽遭人为破坏和天然侵蚀，却相对完好，陵内布置，今大致犹在。唐陵石刻多已残毁，有的被盗至国外，有的散落深沟，有的首尾分离，有的半埋地下，断碣残碑，荒草萋萋，令人惋

惜。幸得唐陵散布渭北荒野，千沟万壑，泥路崎岖，少有人至，才有诸多精美石刻留存至今。

初春以来，我先后去了靖陵、建陵、顺陵、兴宁陵，顺陵和兴宁陵未被算在唐十八陵当中，但亦颇具规模，特点显著。前日又去了崇陵和贞陵。崇陵位于嵯峨山南麓，贞陵位于北仲山南麓，均在泾阳县境内。尽管多数唐陵坐拥北山主峰南麓，但早已失掉了往日的威严，乱石荒草，碎砖残瓦，城阙四围或种了庄稼，或栽植了果树，极少有人来此游览，站在高高的土原上，山峦茫茫，满目萧瑟，天边鸦雀成群，也能看到田间耕作的乡人，长空万里，幽深寂寥。

惊蛰过后，草木吐绿，天气和暖，农田间和沟道里的杏树、桃树和油菜均已开花，土原茫茫的关中大地总算有了一点翠色和生机。尽管多数地方仍被枯草覆盖，树叶尚未抽出新叶，但再过上一个多月，大地便要穿上碧绿的春装了。要我说，自然万物才是世间最让人捉摸不透的东西，前段时间，还落了几场雪，麦田和油菜田被积雪覆盖，这才过了一两个礼拜，油菜竟不知不觉间开花了，尤其是靖陵边上的油菜田。我家距靖陵不远，因而时常会去那里闲转的。

油菜花点亮了关中土原，点亮了荒凉的原野。北山下，沟坡里，土崖边，枯草如同海浪一样翻涌，裸露在外的土层更让人情绪沉重，心生悲凉，那些即将朝远方飞去的翼马，那些被玉米和小麦遮掩的翁仲，那些头颅低垂的仗马，神色黯然，面容忧郁，无不在哀叹着王朝的远去。是油菜花唤醒了这块沉睡的大地，日出而作，日落而息，乡人们在用他们的双手抚慰这块涂满历史伤痕的土地，这块伤痛的土地。黄花摆荡，麦浪起伏，西天霞光万丈，山影缥缈。

近段时间以来，我一直在踏足唐陵，考察那些散落山川四野的石刻，尤其是天气晴好之日，每登临北山顶峰，便可一览关中沃野，泾河弯弯，渭水滔滔，南部的秦岭也清晰可见。有段时间，我深深厌恶着关中，飞沙走石，沟壑纵横，尤其一入秋冬，树叶枯落，白烟弥漫，土原显出萧瑟之

态，让我总觉得这块地方太过荒凉，不如陕南清秀俊美，所以就常往秦巴山区跑。及至将关中所有唐陵踏察完毕后，才对这块绵延数百公里的土原有了新的认识。

行走在被灌木杂草覆盖的神道间，野风阵阵，鸟鸣不息，山腰紫霭缭绕，青烟弥漫，青石耀目，恍若重返大唐，心间不由萌发许多想法，便想着拿起笔记录下来。我并非专业的历史学者，因而就没有想着引经据典，重去还原那些被岁月尘封的历史故事。游览唐陵，让我心境平和，变得清醒，少了杂念和浮躁气。故对我而言，现在提笔写下的，是自然杂录，是阴晴圆缺，是悲欢离合，亦是心灵碎片，故可将此长文作为这个时段我的个人心灵漫游史。

◎靖　陵

无意间读到何正璜的两本著作，竟爱不释手。民国年间，为踏察各代陵墓，何氏同其先生王子云等诸人，组成西北艺术文物考察团，骑毛驴，搭货车，坐木制独轮车，遍踏关中各地。尤其是其著作中对咸阳地区的陵墓记载，令我无限感慨。我出生并成长在渭北旱原，茫茫土原历经千年沧桑巨变，周边区县风物遗迹成百上千，却极少踏足考察，不得不说是一件憾事。读罢何氏著作，心潮澎湃，兴味盎然，又搜罗来数本古迹专著详读。此番我下定决心要踏遍唐陵。

雨水过后，天气晴和，柳树抽出了新芽，迎春花也已开放，正是出门踏青的好时节。正月初十下午四时，驱车至乾县铁佛寺，院内清幽雅静，树木丛生，鸟鸣阵阵，寺为近代重建，部分青砖为清代遗物。稍作停顿后，绕过南陵村，登上村东边的土原，就到了此行的目的地：靖陵。此地视野开阔，地势平缓，呈阶梯状。当地人称这片土原为鸡子堆，切莫低看了这块土原，唐代第十八位皇帝（武则天除外）李儇便埋葬于此，正所谓：南方的才子，北方的将，陕西的黄土埋皇上。

残破的靖陵仗马

朝前望去，麦苗青青，荒草摇曳，天蓝得透明，靖陵的石刻就分散在麦田和苹果园内，石刻均用铁栅栏围护。时值初春，气温回暖，果树刚刚修剪完毕，麦苗绿得发黑，地界和路边的荒草依旧枯黄，尚未吐绿，空气中浮动着一层青紫色的雾霭。从土路上下来，老远就能看到屹立在麦田里的两根华表，顺着田间的缝隙处往前走，心情大悦，数月来淤积在心中的愁苦情绪一扫而光，回首眺望，西侧的乾陵清晰可见，雄伟壮阔，其貌宛若女子躺卧在地。

东西两侧的华表顶部均断裂，有修补痕迹，西侧华表位于低处的麦田里，柱身更高一些，底部有莲花基座，整体较为完整。栅栏内，枯草丛生，多为蒿草、狗尾巴草和芒草。栅栏外围麦苗较稀，随处可见荠菜、播娘蒿、芥菜和麻花头，麦苗长势很好，未有踩踏的痕迹，说明来此处游览的人并不多。站在华表处，可窥览县城全貌，往南不远处，东西向各有阙台，为黄土所筑，上面长满酸枣树和别的杂草。到西侧去看翼马时，一群麻雀从

靖陵石狮

麦田里高高飞起。

翼马位于塄坎下边的果园里，体型矮小，头部已丢失，断裂处和身部均锈迹斑斑，看来很久以前就被人砸毁或盗走。同乾陵翼马相比，靖陵翼马格外简陋，只留基本轮廓，并无多少精致雕刻，北面凹槽内仅刻有简单的祥云图案。从靖陵翼马也能看出僖宗时期风雨飘摇的唐王朝，埋葬在数里外的武则天，恐怕怎么也想不到曾被世界瞩目的唐王朝会衰落至此。立在翼马跟前，依稀还能看到僖宗逃往宝鸡时的落魄身影，还能听见他那低沉悲怆的啜泣声。

沿土路向北，麦苗在风中翻涌，犹如海浪。两边的石刻屹立在麦田间，上前细看，石马、石狮和翁仲均残破不堪，东侧石狮尚能辨出样貌，不过也被砸毁得厉害，根据头部断痕，应是近年所毁；西侧石狮仅剩半身，少

有雕纹，同乾陵蹲狮、桥陵蹲狮、顺陵走狮有着天壤之别。栅栏内外，枯草茂密，有半身高，吐露着一份悲凉。翁仲头部已丢，身部有断痕，被用铁条紧固。西侧石马身材矮小，背部马鞍倒清晰逼真，头部只留一半，眼睛尚在，同乾陵仗马相比，此马头颈低垂，姿态呆滞笨拙，神色凄凉颓靡，毫无仗马雄风。

远远就能看见站在靖陵顶上放风筝的少年们，陵墓正前方被踩踏出来的小路也清晰可见，说明常有游人攀至陵顶。不像昭陵、乾陵等依山而建，靖陵堆土为陵，右前方有石碑三块，中间石碑较高，外围砌有青砖，为清人毕沅所立，碑上题有“唐僖宗靖陵”，其余两块均为新近所立。陵墓四周，黄土裸露，荒草萋萋，不时传来少年们的朗朗笑声，上前一问，他们都来自南陵村，并不知晓陵墓里埋着何人，因这里地势高，风大，平常有空，他们就登上陵顶放风筝。

东北角和西南角的阙台仍在，被荒草遮掩，原上风声很紧，如同鬼嚎。四周转了一圈后，我也沿着陵上小路登顶，顶上荒草已被踩平。陵顶视野开阔，周边的村庄、麦田、沟壑、果园、石刻和山影尽收眼底，连几十里外的昭陵也清晰可见。千年以来，这块土原上演了多少故事，农田几经修整，唯这座皇家土丘千载不变，独守一份寂寥。从陵顶下来，见一白须老者正在读碑，嘴里念念有声，而后又面朝被荒草覆盖的陵墓，发出了一声长长的叹息。

清明前几日，日光明媚，一直无雨，关中大地春意浓郁。梨花、苹果花、油菜花已尽然开放，立在原顶望去，梨花纯白如雪，如同无数颗小小的雪团挂在枝上，翠嫩的麦田，鹅黄的油菜，繁密的梨花，褐色的荒草，大地被春天装扮得五彩斑斓。只是桃花已不如前些天那般娇媚了。每次爬上高高的山岗，总能碰到四散在草丛间的羊群，羊抬头朝远处张望，接着把满地的清香卷进嘴里，把历史悲凄的音符卷进肚子里。羊其实才是关中大地的乡土哲学家。

临近傍晚，暮色已沉，但太阳尚未掉至梁山背后，雾霭缭绕，烟云飘

浮，我顺着村道再次来到靖陵。因麦苗拔节，不易踩踏，便未走到仗马和石狮跟前，只站在土路上朝两侧瞭望，耳边不时传来野鸡咯咯的叫声。顺着崖边，下到果园，白花正繁，仔细辨认，才知是梨花，上次来时，因未开花，竟错认成苹果树。翼马被满枝的梨花簇拥着，想来等梨树枝繁叶茂时，会极少有人留意它的，它也的确雕刻得粗糙简单，以致有许多人会将其认作石象。

田边地头，长有许多已经开花的野草，播娘蒿最多。正月来时，播娘蒿还在麦田里只能偶尔见到，这次却到处都能见到它的踪影，长得细高细高的，有许多甚至比麦苗还长得高，顶端开着黄花，风吹时，随着麦苗一起涌动。还有一种开着紫花的植物，叶片细长，少年时代，我就经常见到它，却不知道它的名字。问旁边放羊的中年人，他笑笑，言说熟悉得很，同样也叫不上名字来。糙叶黄耆在路边也能见到，开着粉白色的花，叶色泛白，土里土气的。

在靖陵封土旁，我见到了一只正在啄食的戴胜，它棕栗色的羽冠顶端，有黑色的斑纹，鸟喙尖长尖长的，它并未被我惊飞。我近距离观察了它许久，它的身姿确实华美，村里少年总会将它误认成啄木鸟，直到有摩托车从窄路尽头呼啸而来时，它才朝着麦田深处迅速飞去，遗憾的是，未听到戴胜的叫声。我驻足的片刻，有好几辆摩托车匆匆驶过，骑行的乡人未向靖陵张望一眼，仿佛就像靖陵并不存在似的。摩托车消失在小路尽头后，四周又复归寂静。

顺小路往东走，在麦田里能找到靖陵的土阙遗址，矮小的土堆上长满了酸枣树，枝条粗壮，站有一群麻雀。太阳完全沉入梁山背后时，我开始往回走，一只肥硕的野鸡忽然从我身旁高高飞起，这次我详细地看见了它的飞翔过程。野鸡尖叫一声，猛地飞起，但飞得并不高，翅膀先连续扑棱几下，然后双翅平展开，朝麦田深处滑翔而去，直到落在某个隐蔽的地方，过一小会，又会传来它那咯咯的叫声。看来这块名叫鸡子堆的土原确实是野鸡的天堂。

◎建　陵

原打算正月十四这日前往建陵游览，不巧清早起来，天色昏暗，灰云压顶，九时许，天上洋洋洒洒地飘起了雪花，只好择日再去。坐在书房读书，依然心存侥幸，想着如果雪能及时停住，午饭后便可前往，毕竟天气和暖了好一阵子，地温很高，雪落地便化。半晌过去，雪非但没有停住的意思，反而越飘越大了，一直持续到晚间，路上雪并未落住。建陵在礼泉，距永寿五十公里，走福银高速的话，一个小时便可抵达，若走西兰公路，就要慢上许多。

到达建陵文管所门前，是周六上午的十时，本来要更早一些，不想却走错了路，去了武将山的正西方，西侧有沟，便只得绕行。先走县道，再走村道，过坡杨村、李瓦村和石马村后，继续走一段弯弯绕绕的柏油路，

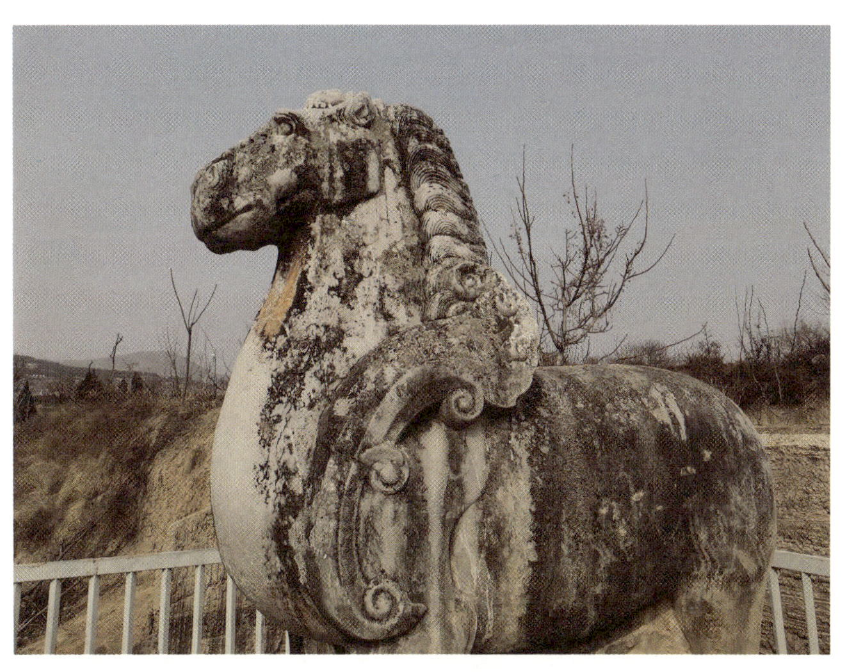

建陵翼马（东侧）

途间有许多地方已塌陷，路旁是极陡的深沟，远远望去，草木萧瑟，满目荒凉。今日所来，主要为探看建陵的石刻。早就听人说建陵的石刻比较完整，雕工细腻，尤其是在《何正璜考古游记》中所见到的建陵翼马照片，更是令我心驰神往。

要看这些深沟两边的唐代石刻，必上石马岭。石马岭的山路蜿蜒狭窄，仅能过一车，且有一段夹道，两边是一丈多厚的土原，崖面垂直平整，少有草木，行在其间，逼仄压抑，驶出夹道后，路旁仍有塌陷，不得不屏住呼吸，伸长了脖子朝着窗外观望。我们将车停在了文管所门前。石马岭上，山风呼啸，如狼在嚎，几乎难以站稳，沟边的柿树、洋槐树和柏树在风中狂乱摇摆，只得将棉衣裹紧，朝建陵背靠的武将山顶望去，山脊四周依然覆有白雪。

文管所门前的麦田里堆有石刻，上前细看，原来是神道西侧的华表，已断为三截，表面沾满泥污，想必以前被黄土所埋。四围麦苗均已被游人踩死，土层坚硬裸露，仅能看到根部；路边的枯草旁，已有草叶长出。沿主路往上走一小段，有农家在路边居住，路西有布篷羊圈，内有绵羊近二十只，房屋东侧种着油菜，多数已开花，叶片青青，黄花点点，非常惹眼，没想到这偏僻山岭上的油菜花竟会开得这么早，不过这个时段，蜂蝶还不会出来的。

油菜田南侧塄坎下边，是新栽不久的果树，东侧柏树青翠，隐隐间，能看到露出的石刻，但不知是何物。前两天刚落过雪，地皮很软，沿小路往里走，脚底带了不少的泥，到跟前一看，真真切切吃了一惊，竟是一座石马。由石马右侧腿部的伤痕处可断定，此马正是我在书中所见到的建陵翼马。书中的黑白翼马图片为民国年间所拍，翼马和底座三层石板均横卧在土崖上，朝前倾斜。现翼马虽放置在平坦处，但底座石板只余一块，其余两块已不见踪迹。

建陵翼马之美，难用语言形容，昂首东望，形体壮美，背部马鬃卷曲，身下祥云滚涌，千年的风霜侵蚀，令翼马周身布满暗色斑纹，分外俊美。

建陵翼马(西侧)

马身上有许多裂纹，但没有大的影响，从侧面去看，会觉得翼马面朝山沟露出微笑，它似乎正在回忆过往的点点滴滴，仍未从旧梦里醒来。从此处往上走几百米，就是石马岭村。千百年来，这些唐代石刻就同乡人一起生活，同山野一起呼吸，它们已经长成田间地头的一株庄稼，一棵古树，成了这片山岭的一部分。若将翼马置放在森严的皇家大院内，我想我是不会产生过多好感和敬意的。

往北走数步，是鸵鸟石刻。鸵鸟无翼马那般壮美雄伟，但也生动自然，颇为可爱。鸵鸟背后，已有绿草长出，草叶细小，不知其名。翼马和鸵鸟之间，种有小麦，但许多被人踩枯，想不到这么狭小偏僻的地方，竟也被乡人种上了庄稼。要知道，往东便是一条绵延的深沟，灌木丛生，柏树满坡，上面的一排杏树，已开出满树的白花，对面沟边的石刻，也隐约可见。

如此看来，这条深沟应该就是建陵的御道，查览资料，原来是长年被雨水冲刷所致。

风从对岸吹过来，油菜花满地翻涌，刚到地头，一只野鸡尖叫一声，忽地飞起，朝远处的荒草丛间飞去。再往前走，能够看见数座仗马石刻，马多已破坏，或有裂纹，或断头少腿，四周蒿草几乎高过马身，若不仔细寻找，极难发现。果园下面的仗马除嘴部微有损伤外，其余皆完好无缺，雄健硬朗，马蹄浑圆，通身有斑纹，有的为白色，有的为暗青色，背上马鞍长过腹底，显示着唐代雕刻的雄峻大气。细察历代石刻，此种风格恐怕也只为汉和唐所独有。

还有个现象，颇为有趣，值得记录。除过翼马，建陵仗马脖颈下面均有一圆球物体，猜测应为一饰物，但具体为何物，并不知晓。在网上查览资料，偶然发现一幅《虢国夫人游春图》，为画家张萱之作，原作已失，现存为宋代摹本，再现了杨贵妃三姊虢国夫人及眷从骑马春游的图景，值得留意的是，其中几匹马的脖颈下均系有一红色圆球饰物，而此画作描绘反映的时代为唐天宝年间，联系起来，也就不难理解了。尽管此仗马保存完好，气势不凡，但同建陵翼马相比，就要逊色了许多。翼马之美，在于其站姿的英俊挺拔和躯体的圆润矫健。

天色暗青，远处雾霭四起，总觉得会要下雨，但终未落雨。枯草在风中摇曳，塄坎上的灌木已抽出嫩叶，酸枣树斜挺在土原上，朝着沟对岸的仗马默语。顺着杂草丛生的沟边往上走时，听见前面有人在唱秦腔，走到跟前，见一中年男人正斜躺在蒿草堆里，闭眼哼唱，他的身后是一座被围起来的翁仲石刻，绵羊正散在沟里吃草，不时传来咩咩的叫声。关中一带多喂养山羊，想来石马岭人喂养绵羊的主要原因，应该是此处地势较高，沟风大，适合绵羊生长。

翁仲立在地头，多为暗青色，表情生动自然，有的面露喜悦，有的则面色凝重。也有一翁仲左身裂开两道缝隙，头部已残缺不见，仅能看到口唇。放羊的中年人告诉我，前些年这些石刻还散乱在田间地头，有的头身

分离，有的被掩埋在地下，仅头部露在外面。东侧翼马则后身藏在土崖间，前身裸露在外，尤其是秋季夕阳西下时，四围庄稼枯黄，树叶墨绿，荒凉间又携带一份悲壮和凄美。常有爱好摄影的人来此拍照，村里的少年更是常年在石刻旁边玩耍，他也记不准是哪一年政府将这些石刻从土原里掘出，并排摆在了深沟两侧。

从油菜田一旁的空隙处走出来，风略小了些，因气温骤降，开放的油菜花显得有点蔫头耷脑，油菜被风吹得凌乱不堪，尚未舒展开来的小黄花则让人心生感动。站在大路上张望，翁仲的背影显得无比苍凉。路边也有翁仲站立，长袖低垂，手握长剑，眉色凝重。让我感到意外的是，路西的断头翁仲，竟就立在两户人家的院门前，旁边堆有柴火，也种着菜，栽了葱，翁仲身上有许多细小裂纹，表面也已风化，断裂处和身围相似，猜测应是百年前就断了脑袋。

门前寂静，有狗在跑，但并不吠，两只喜鹊停在不远处，门上的对联顶部掉落，在风中飘扬。本想叫开大门，同乡人聊聊门前的断头翁仲，但敲了许久，两家均无人回应，许是串门去了。东户为砖墙，未贴瓷砖，也无铁门；西户门前刷了白灰，顶部贴了瓷砖，看房屋的砖墙，应是近年所盖。房屋北侧不远处，有几口窑洞，想来他们以前就住在窑里。我从内心里很钦佩石马岭的乡人，建陵的石刻大多能完好无缺，未遭破坏，必然与乡人的保护有关。

想想以前，这些无价之宝就散乱在村庄四周，没有任何的保护，但乡人却少有毁坏，甚至现在去看，这些石刻身上，几乎连道划痕都难以找见。在村口，我与两三位乡人聊了聊建陵的石刻。从他们的言语中听得出来，他们尊奉翁仲为神灵，这些都是老先人留下的东西，他们必须保护，谁要毁了这些石人、石马、石鸟、石狮，谁就是千古罪人。十多年前，建陵东门一对石狮被人盗走，至今未追回。同乡人谈起此事，他们连连叹息，并对盗狮团伙厉声唾骂。

石马岭北侧有崖，崖上头是陵区，栽有成片的柏树，郁郁葱葱，漫山遍野。崖畔上长有一棵国槐，树枝繁密，随风舞动，根茎粗壮，有四米多长，均裸露在外，崖前有齐齐整整的土墙，墙内长有许多槐树和别的杂木，有许多树枝越出土墙。墙东住有农家，门口有一男子正在喂牛，见我们走过，他抬头远望，身后的树枝上传来悠扬的鸟叫声。门前是沟，沟东立有翁仲，四围长满了毛曼陀罗，茎秆和蒴果呈黄褐色，旁侧有一棵高大的杏树，开满了白花。

沿村道往东百米，来到沟边，对岸是绵延的土原，原顶栽有柏树，因日光暗淡，远处雾气缭绕，距离很近的九嵕山也不能望见。若天气晴好，站此位置，九嵕山上的昭陵应该是清晰可见的。风越刮越大，山顶传来呜呜咽咽的声响，令人毛骨悚然。这里可不像村前的深沟，山岭绵延，陡峭险峻，视野开阔，沟底极少有茂密的灌木丛，多为荒草和新栽不久的柏树。岭南有土路，路边树丛茂密，背后的翁仲隐约可见，沿此路下去，尽是种着庄稼的梯田。

本想先登陵顶，再踏足沟东梯田，观览那些还未探看的华表、翼马、鸵鸟、仗马和翁仲。但陵顶狂风大作，沙土飞扬，气温已至零下，看天色，极有可能会落雪，同行友人因穿得单薄，已被吹感冒，喷嚏连连，自上到石马岭上来，就对我不住地抱怨，叫我立即返回。站在岭上，风吹如涛，望着绵延的山岭，心生苍凉，想来建陵的石刻能保存得完整，应与它位置的偏僻有关。回身时，友人已消失在山路间，不见踪影，我只得留恋不舍地踏上归途。

◎顺　陵

登上咸阳北原时，正是清晨，霞光万丈，紫霭滚浮，顶空不时有飞机呼啸而过，机声隆隆，不绝于耳。踏步至麦田边上，只见麦苗顶端均挂有一滴露珠，青青麦苗，莹莹露珠，似落又悬，晨光映照下，熠熠闪光，透亮可爱，宛若千万个小太阳。麦田中间，阡陌纵横，偶有野菜，树木多分

散在村庄周边。顺陵距此不远，半个时辰就可到达，但我实在不忍错过这样的清晨时刻，便长时伫立在麦田边上，眺望渺渺茫茫的咸阳原，直到天气燥热时，方才离去。

咸阳原，因有汉长陵、安陵、阳陵、茂陵和平陵，故而也被称作五陵原，但在这五座帝陵之外，还有一座历来被称道的皇家陵墓：顺陵。顺陵为武后为其母杨氏所建陵园，现陵园内城已毁，陵墓、土阙仍在，尚留石刻诸多。顺陵虽为皇家陵墓，但平地垒土，并未背依关中北山，坟冢矮小，荒草覆盖，形若靖陵。此番登临咸阳北原，就为前来探看顺陵石刻。顺陵虽小，同昭陵、乾陵和建陵无法相提并论，但陵内走狮和天禄，却举世闻名，威震四海。

沿石路向北，透过繁密的树枝，能看见立在两侧的天禄，身姿魁梧，无比震撼。我难以抑制住内心的激动，小跑至西侧雌天禄跟前，因其额顶有犄角，鹿头马身，长尾拖地，前身雕卷云花纹为双翅，故当地人也称天禄为独角兽。细察天禄，其形体昂首端立，神态温和，双目紧闭，眺望远

顺陵天禄

方，欲飞又止。

纵观关中唐十八陵所有石刻，此兽应为唐陵中最富母性柔美姿态的石刻。昭陵里就无这样充满想象的瑞兽，顺陵之后，唐代皇陵里就多了翼马。

石刻四周围有铁栏，面积较大，只能站在栏外远远观望，无法近距离感受天禄的雄伟，颇为遗憾。地面草色虽枯，但依然能见绿色，一些婆婆纳已开出小小的蓝花，在风中微微摇曳，显然都是人工铺设的草皮。民国年间，何正璜同考察团来时，应该是杂草丛生，一片荒芜吧？从何正璜在天禄前的留影来看，天禄通体斑纹繁杂，黑白相间，但今日所见，除天禄尾部有少许黑斑外，其余地方均为灰白色，如此变化，不知何因，疑是人为抹了某种防护涂料。

走狮距天禄不远，一雌一雄，分立两侧，均体型庞大，造型凶猛。东侧走狮突目隆鼻，四爪强劲，巨口半开，正阔步缓行，虽为石刻，但立在走狮面前，隐隐中似能听到震摇山林的吼声。西侧走狮则迎风而立，利齿外露，怒视远方，面容凶恶，令人胆战心惊。相比雌走狮，雄走狮雕得更加写实，逼真生动，气象宏阔，极富质感，也难怪世人会将它视作东方第一狮。能像顺陵走狮这般富有动感且气势磅礴的石狮，在国内真恐怕也找不出一两个来。

阳光打在走狮身上，闪闪发光，北侧的麦田宛若海浪在涌。我久久站立在顺陵雄走狮正面，对它的喜欢，难以言说。它浑身矫健，比例匀称，线条明晰，从造型和面相上来看，它威武但不残暴，勇猛但不失温和，是我见过的最为震撼的石狮。顺陵走狮和天禄所用石料均出自渭北诸山，距此川原茫茫，为运送石刻，曾专门在陵北泾河辟渡口一处，取名修石渡，迄今尚有修石渡村。

千年以来，唐陵诸多石刻惨遭破坏，或被盗，或被毁，昭陵六骏中的飒露紫和拳毛騧就被文物贩子卢芹斋贩卖至美国，“文革”初期，唐定陵重要石刻无字碑和南门蹲狮竟被当地无知村民砸毁，并做成数块石碾售卖，实在令人心痛，顺陵走狮和天禄能完好保存至今，着实是一件幸事，这当

顺陵走狮

然与其庞大的体重有关。顺陵里还有翁仲、石羊、石虎、华表和仗马等诸多石刻，保存相对完整，四围田野平坦，麦垄向远处延伸，地头有几个少年正在跑着放风筝。

正南方是顺陵文管所，所门大开，院东种有蔬菜，院西幽篁成林，旁边的玉兰花已半开。墙边断碣残碑，杂草丛生，凌乱不堪，拨开其中一块残碑上的灰土和枯草，辨其文字，为明嘉靖年间所立。东南角有断碣和石刻诸多，大多残破不全，也有最新修复的整块石碑。顺陵以前立有唐碑，碑文为武则天亲自撰写，石碑毁于明嘉靖年间的关中大地震，石碑断为数节，后被用于修筑渭河堤坝，清代初年，渭河决堤，冲出残碑数块，现均藏于咸阳博物馆。

沿大路返回时，能见到许多未种庄稼的荒地，野草蔓蔓，柔风拂面，杏树花开，灿若云霞。距顺陵不远处，有汉代萧何墓，数年前我同友人来时，四周还是连绵的麦田，毕沅所立石碑前，灌木繁密，藤蔓缠绕，一片荒芜。今日到时，令我吃了一惊，墓区被修成了公园，陵前杂草已被清除，并栽了许多珍贵树种，砌了诸多刻文石墙。公园环境清幽，但过多的人为凿痕实在令人生厌。临走前，望向杂草覆盖的土冢，忽想起金人赵秉文的一首诗作：

渭水桥边不见人，
摩挲高冢卧麒麟。
千秋万古功名骨，
化作咸阳原上尘。

◎兴宁陵

咸阳原上还有一座历来被世人忽视的唐代皇陵，位于渭城区后排村北部的土原上，唐世祖李昞葬于此处，称兴宁陵。陵园荒凉颓败，杂木丛生，除封土和地面石刻外，四周均为庄稼地，附近汉墓颇多。兴宁陵部分石刻虽为初唐之作，但工匠实则是隋代工匠，因此石刻多有隋代甚或西周时期的造型风格。从整个唐陵石刻造型及布局来看，显然兴宁陵对其后的关中唐十八陵产生过重要启发，因而要深刻体悟唐陵的石刻艺术，就不得不前来兴宁陵考察。

下午三时，乘车到后排村村口。天色沉沉，阴云蔽日，沿弯弯绕绕的乡村小道攀至原上，大风不止，尘土乱舞，两旁栽有许多棕榈树和红叶石楠，见我们步入，乡人均驻足相望。原上多为麦田和樱园，樱树为新近所植，向东行二百米，就能看到田间的石刻了。陵墓在路北的核桃园里，灌木丛生，枯草凌乱，不知何因，坟冢被绿色纱布遮盖，旁有许多沙石。石刻分布在路南的樱园内，园内野草欣荣，尤以婆婆纳、播娘蒿、蒲公英和

苦菜居多。

地头有石狮一对，除头部露出地面外，余身皆埋入地下。石狮阔口半张，颈上披有卷毛，嘴部均有破损，西侧石狮风化严重，花纹混沌不清，头部略小，且有裂缝；东侧石狮相对完好，胸颈鼓凸，怒目圆睁，身体向南倾斜。从样貌和雕刻风格来看，同唐陵石狮有着明显的差别。遗憾的是，石狮半埋地下，不能窥见全貌。石狮四周均为新土，田间一老者介绍，年前考古队曾来此考察，将兴宁陵石刻掘出地面，测量留照后，重新埋入了地下，以防盗窃。

向南有仗马两对，东西相对而立，四肢被埋，余身完好，中间栽有一列女贞树，翠叶繁茂，微微摇曳。马头低垂，做沉思状，表情阴郁，脖颈瘦长，马鞍和马尾尚在，同乾陵仗马相比，此仗马要瘦弱矮小许多，气势

兴宁陵石狮

颓靡，面容悲戚，不像初唐之作。老者告诉我，后排村多为庆阳和旬邑人，清末先人移民至此，他小的时候，石刻便就是这般模样，乡人从无毁坏石刻之举。数年前，考古队还在这块农田里发现牵马石人和翁仲，现已全部埋在仗马旁侧。

看到仗马前面的天禄，就不禁惊呼起来。天禄体积庞大，头部微微昂起，雄健有力，线条简洁，顶部犄角已失，前身外部有卷云双翅，腹下雕有云山，四肢粗壮，面容温和，前身向后倾斜，形似猛虎，同顺陵天禄有着极大的区别。顺陵天禄虽体型庞大，整体却给人一种温顺之感。兴宁陵天禄则不同，虽静立在地，却蕴含动势，勇猛有力，仿佛随时可往前扑去。从外形来看，天禄雕刻简朴，形体浑圆逼真，气韵壮阔大气，没有过多装饰，是典型的北周风格。

兴宁陵天禄

东侧天禄倾斜得厉害，底座掩埋地下，身上纹路清晰，站在左后方观望，此兽宛若正在原上奔腾，黄尘滚滚，鸟雀四散，步伐敏捷轻盈，姿态灵动圆润，令人印象深刻，不得不叹服古人精湛的雕刻技艺。同唐陵石刻不同的是，这个时期的石刻有北周遗风，混沌天然，朴拙敦厚，静中存动，狂放粗犷，充满着艺术的想象力，因而仔细观察兴宁陵里的石刻，会觉得仗马、石狮和天禄并非出自同一年代。单从仗马风格来论，猜其应为中唐时期的石刻。

兴宁陵四周麦田连片，间或有葡萄园和苹果园，田间开有水渠，路旁多有桃树、女贞、桐树和柳树，桃花嫣红，柳条碧绿，春光浓郁。老者指向北侧，言说那高高的土台便是汉高祖长陵，松柏滴翠，青霭缭绕；又指向东南侧，言说那边的土阙便是戚夫人墓。从兴宁陵出来，因麦田最近刚刚被浇灌过，地皮很软，路极难走，短短的路程，竟走了半个多时辰。戚氏陵阙上有许多的洞口，荒草很高，未有相关碑石。因周边新坟过多，走了一圈，便匆匆离开。

不时见到成群的麻雀正在田间觅食，渠岸上，杂木成列，不知其名，有许多桃树被挖倒在地，根部留有湿泥，桃树竟未枯死，相反粉团朵朵，繁密锦簇。凋落的花瓣在水坑里起伏飘荡，林木遮挡住了视线，只有长陵的高台隐约可见，枯草摇曳，野草泛绿，不时会将藏在树丛间的野鸡惊飞，留下咯咯咯的惨叫声。雾霾浓重，天气阴冷，田间很少能见到干活的乡人，走在林间，风声阵阵，树枝摇曳，想到此处正是陵区，就不免有点头皮发麻，心生恐惧。

长陵四围，松柏遍坡，行走其间，耳廓被鸟声灌满，多为麻雀、喜鹊、乌鸦和斑鸠，也能见到乌鸫、鹡鸰、燕雀的身影。它们在茂密林丛间来回穿梭，从这根树枝跳到那根树枝，叫声充满着春天绵柔的腔调。斑鸠身体较大，就藏在树杈背后，刚一经过，它哗啦啦地飞跑了，掉落几根羽毛，将我吓得不轻。不过正是这些鸟雀的陪伴，我才不至于过于害怕，恐怕谁也不会想到，长陵竟会成为鸟的海洋，不过也好，长眠此处的刘邦应该不会感到寂寞了吧。

越朝里走，林木越密，鸟声愈浓，衬得陵园更为幽静。地上新草翠绿，枝叶凌乱，已经辨别不来了方向，不知东西，在林丛间行走了许久，也没有找到刘邦和吕后的陵阙，更别说毕沅所立的石碑了。天色渐暗，因需要去村口赶最后一趟班车，就不得不抱憾下山了。

从北莽山下来，行至田边，回头去看，长陵那高高的土台又如在眼前了。已至傍晚，薄暮冥冥，晚风习习，沿途又过兴宁陵，见田间的石狮和天禄，倍感亲切，便再次步入田内，齐齐欣赏。

由于兴宁陵石狮半身埋在地下，不免令人心生好奇，想一睹其全身样貌。次日，查阅相关文献时，在田有前《关中唐祖陵神道石刻的年代》一文中，我查览到了兴宁陵石狮和天禄的全身照片。细观图照，石刻被掩埋的地方，均带有泥土印痕。石狮蹲坐在地，前腿及前身花纹明显，脚掌宽大，留有短尾，从侧面去看，不如顺陵走狮那般凶猛威武，但活灵活现，憨厚天真，力量感十足。天禄四蹄硕大矫健，目光炯炯，如虎在林中驻足观望，啸音不绝。

◎崇　陵

出泾阳县城向北行二十公里，过蒙家沟村后，抵嵯峨山脚下。天色尚晴，但依然有薄雾，向北眺望，嵯峨山挺拔险峻，顶有五座尖峰，东西排开，山脊起伏蜿蜒，整体如大佛平躺在地。五峰东侧已被挖去许多。山路两侧，是种着油菜和小麦的梯田，尤其是那鹅黄的油菜花，在湿润的春风里，摆拂不定，顺铺着碎石的山路往上走，耳边甚至传来油菜花的朗朗笑声，在山谷间久久回响。往东有一小院，内有窑洞数口，门前土狗见有人影，便狂吠不止。

攀上土崖，便是崇陵所在地，因坡上石刻甚多，此处也被当地人称作石马巷。崇陵文管所向东走几十米，就能看到西侧翼马和华表。四周种着

小麦，有一乡人正在麦田里挖野菜，他身后是崇陵西南角阙遗址，旁有大树三棵，不知何树；正南方有一块荒地，长着密密麻麻的刺槐。华表粗壮高大，线条简洁，透出一股王者之气，不过底座并无浮雕，相比乾陵华表，要简单许多。从此处北望，发现山脊竟有多处被挖，西侧山岭就要被削平，疮痍满目，令人心惊。

神道已为农田，栽植了花椒树，两侧翼马保存完好，雕工细腻，可与建陵翼马相媲美。西侧翼马体型高大，身姿英俊，长尾拖地，但不如建陵翼马那般肥硕，两翅微启，身下有祥云浮雕，色彩不一，形象极其逼真。此马最别致的地方不在身部，而在头部雕刻，脸部较窄，头颈微垂，顶有犄角，面色阴郁沉重，幽怨悲伤，且脸部和身前有暗红色斑纹，远观如流血泪。斜阳下，马身金光灿烂，似在哭泣。这是我目前在诸多唐陵中见到的最为哀伤的翼马。

崇陵翼马

崇陵翼马身型相似，区别只在头部，东侧翼马脸部宽阔，尤其眼睛和嘴部最为生动，似在微笑。其身后是绵长的深沟，对岸土原呈台阶状。翼马旁有一低矮的土崖，长满了蒿草、飞廉、狗尾巴草和酸枣树。站在土崖上面去看，翼马颈部和臀部极具流线感，比西侧翼马要健硕一些，全身均有风化的斑纹。崇陵翼马同建陵翼马颇为相似，富有动感，雕工一流，但就体型和气势上而言，崇陵翼马要稍逊许多，不如建陵翼马那般圆润丰硕，活灵活现，充满自信。

东侧华表立在沟边，灌木极多，蒿草茂密，许多麻雀就站在藤蔓上。在我驻足欣赏华表时，对岸的原上传来乡人的歌声，粗犷低沉，很是动人。田里稀稀拉拉地栽着花椒树，地里满是新长的绿草，有播娘蒿、离子芥、蒲公英、泽漆、秃疮花、荠菜等。秃疮花最多，遍地都是，叶片繁多且有尖刺，叶柄细长，表面有许多白毛，有些秃疮花已开出黄色的小花，此花虽不起眼，却将这块土原装扮得分外动人，遇上那些小花，我总要绕开，生怕将其踩死。

我所在位置是崇陵朱雀门，神道两边均有坑洼不平的土路，花椒园内，有一乡人正在锄地，身旁有几只山羊正在吃草，见我走近，便抬头咩咩叫唤起来。两边仗马均已残毁，仅留身部，东侧有鸵鸟石刻，体型偏小，却也形象逼真。接着便是石翁仲，东为文臣，西为武将，文臣手握笏板，武将手握长剑，均身着宽袖长袍，或凝神远眺，或面露哀色，或正在言语，有些已断头，有些面容模糊。崇陵翁仲同建陵颇相似，我一一端详，观望了近一个时辰。

翁仲北边门阙尚在，高大如山包，莎草和酸枣树极多，有蝴蝶翩翩起舞。沿小路登顶，朝四周望去，甚为荒凉，几难见到绿色植物，整个土原和坡地均呈暗褐色，对岸土原沟壑纵横，但仍有不少农田，应该也栽植了花椒树，崖边上窑洞、柿树、刺槐也清晰可见。门阙东侧的莎草异常茂密，沟风吹来时，如同黄褐色的海浪在涌动，吹过那些较为高大的花椒树时，便传来呜呜咽咽的响声。门阙西侧的田间，许多蒲公英、秃疮花、野油菜

已经开花。

对岸土原上的窑洞引起了我的注意，很早以前，当地人应该就住在那里。在何正璜的《唐陵考察日记》里，我看到过关于窑洞的记述，当时是在民国年间，何氏同考察团来崇陵考察时，便住在村小学的窑洞间，因天气骤寒，风雪交加，其团队被困在窑洞内数日。如今距当时已约八十载，时过境迁，物是人非，村人早已迁离土原，住进了平坦地带的砖瓦房当中。当时情景仿佛还浮现在眼前，荒芜的土原上，人迹已稀，而窑洞尚在，不由得让人心生感慨。

附近麦苗长势并不好，地虽贫瘠，但山川起伏，地貌复杂，颇为雄壮。草丛间，偶尔能见到残缺的瓦片；塄坎边，田垄上，到处都有酸枣树的踪迹，在渭北旱原上，这种灌木植物生命力旺盛，遍布阳坡。门阙内置有石狮两尊，虽不如乾陵蹲狮那般高大威严，却也小巧玲珑，活泼可爱。石狮

崇陵石狮

目视前方，后蹲作雄踞之势，毛发卷曲自然，肌肉凸显，狮爪奇大。东侧石狮阔口紧闭，颌下雕有三绺胡须，极富动感，如在风中飘荡，背部光滑起伏，有许多斑纹；西侧石狮阔口张开，面目如虎。

崇陵为中期唐陵，石刻气势不如盛唐时期的乾陵、定陵和桥陵，因而就受到世人的不屑，认为中期石刻已渐失掉了精气神，尤其是在大小尺寸上。我并不敢苟同这样的观点，以崇陵朱雀门石狮来看，尽管体型较小，但玲珑精巧，浑然一体，格外注重细节上的处理，东侧石狮的毛发就雕刻得风姿潇洒，气度不凡。从相貌看，乾陵蹲狮、顺陵走狮更为劲健威猛，有雄视天下的气魄，但崇陵石狮却憨实朴素，令人垂爱。

神道西侧的农田亦呈台阶状，有的栽植了花椒树，有的栽植了国槐，有的种着油菜；正北的斜坡地栽了密密麻麻的柏树，武将站成一列，脸庞偏大；路旁酸枣树成堆涌在一起，茂密繁盛，实难想象，旁侧间或堆有玉米秆，为去年秋收所留。沟风虽劲，但阳光温暖，我顺土路往北又走了许久，寻找毕沅所立石碑，找了许久，都未找见。有些土崖下面垫着石块，观其轮廓，应该不是石碑。只好返回，但也不忘欣赏路侧的翁仲，路边也能偶见破碎的石块。

薄云渐渐散去，天色明媚，站在低洼处往南张望，翼马被阳光紧紧围裹，似从天界下凡，那低垂的头颅和哀怨的目光，仿佛刚刚经受了巨大的精神折磨，令人无比怜惜。它在阳光下哭泣，在凛凛寒风中哭泣，哭得泣不成声，哀痛欲绝。半路上，碰到一对中年夫妇，男人双手背后，半弓着腰，边走边用关中方言说：这烂怂石头有啥看头？倒是地里的荠菜又多又嫩，明天咱俩带上铲子过来，多剜上些野菜回去，蒸菜疙瘩吃。我听后，不禁哑然失笑。

◎贞　陵

离开崇陵后，沿公路向西约行二十公里，到达白王镇街道。已到中午，

天气燥热，春风拂面，匆匆吃了碗扯面后，即刻前往贞陵。贞陵神道东侧翼马相当有名，以前就多次听朋友谈到过，言说其外貌憨萌夸张，天真娇痴，与其余唐陵翼马有很大差别。远远就能望见峰峦起伏的北仲山，山顶云雾缭绕，若隐若现，山上少有树木，土层裸露在外，比嵯峨山更为壮观。贞陵为晚唐皇陵，想来规模会小一些，及至步入神道，方才领略到贞陵气势并不输盛唐诸陵。

华表分立两侧，比崇陵华表低矮，为棱柱形，各面刻有蔓草花纹，东侧华表完好，西侧华表已从中部断裂，微微倾斜。周边多种小麦和油菜，也有规模不小的葡萄园，阙遗址亦存。神道间，随处可见大小不一的石块和鹅卵石，茂密的蒿草下面，偶尔也能发现零星的残砖破瓦，风声飒飒，很少有人来此凭吊。在乱石丛生的荒地里，不时会见到细叶鸢尾草盛开的紫花，繁密的枯叶间夹着许多青黄色的叶条，鸢尾草的花朵分外妖娆，却极少有人会注意到它们。

细叶鸢尾草在贞陵神道里有许多，只看一眼那长条形的紫色花瓣，就能辨识出来。石头堆里，还有一种已长出密密麻麻的绿叶的灌木，名叫细叶小檗，枝条细长坚硬，长有尖刺，叶片外围呈椭圆状，叶片和枝条相交处长有许多淡黄色的花苞。若不细看，容易将它误认成枣树，这种灌木多长在阳面的山地上。在刚翻过的农田边上，也能见到青翠的屋根草，草叶厚，且多齿，容易被认成蒲公英，不过屋根草的叶片更繁密一些，夏季时，会开出满枝的黄花。

在神道上欣赏野生草木时，就已看到了那座声名显赫的翼马，感觉它在朝我微笑，但我决定还是先从西侧石刻观起，将憨萌翼马留至最后。西侧翼马背部有两道裂纹，右半身呈黄褐色，应该是以前被半埋地下所致，双翼均在，四肢粗壮矫健，腹下云纹也很清晰逼真，双目低垂，但并不哀伤。此翼马别致的地方在于尾部，后腿朝前蹬地，尾巴高高翘起，似正在平地奔腾，这一点同建陵翼马、崇陵翼马有很大区别，后二者均长尾拖地，似即要高高跃起。

虽此翼马作奔跑状，气势却远逊于崇陵东侧翼马，更别说建陵翼马了。原因就在于翼马背部和前胸的工艺处理上，建陵翼马背部和前胸浑圆肥大，流线感强烈，给人一种自信的精神气，而此翼马背部和前胸的雕刻上，就要粗糙许多。之所以未将崇陵西侧翼马和其相比，是因前者美在颓丧，美在悲戚。就我目前所亲眼看到的唐陵翼马而言，没有哪个陵的翼马可与建陵翼马相比，当然，现在放出此话还为时尚早，等将唐十八陵全部考察完毕后，可能又会有新的判断和感受。

往北穿过麦田，有仗马和翁仲一列，仗马有一座完好，其余皆残缺不全。完好者，身体矮小，脖颈低垂，面容虽已模糊，却依然能感受到仗马的悲伤。翁仲脸部风化得厉害，已很难看清面容，武将头部大小也不匀称，雕刻得粗糙马虎。而令我惊奇的是，西侧武将中间，竟站着一尊文臣，不知何因，想来他自己也感到诧异，看着他那满脸的斑纹，我暗笑了许久。

贞陵翼马

翁仲身后，是一米多高的塄坎，上面长满了酸枣树和蒿草，也有许多玉米秆乱堆在周边。

翁仲前面，荒草很厚，无路可走，忽见一只老鼠从身前跑过，可真将我吓了一跳。定睛去看，发现不是老鼠，原来是云雀在蹦跳。云雀和麻雀羽毛很像，但身体比麻雀修长，脑顶有很短的羽冠，在遍地枯草的荒野上，它们朝前迅速地跳跃着。贞陵朱雀门前平坦宽阔，草木繁茂，附近又有许多的庄稼田，因而在这里能见到如此众多的云雀一点都不奇怪。尤其是在西侧门阙旁，栽有许多松柏，树枝间藏了许多的云雀，往前穿过时，鸟群飞起，响声一片。

当我挪身至石狮前，云雀们再次返回林间，放声高歌起来，那啾啾的鸣叫声婉转洪亮，悦耳动听，令我感到亲切，仿佛是站在乡下的小院里似的。在云雀的陪伴下，本来我是在愉悦的心境下赏览一切的，但当看到西侧残破的石狮时，心情顿时复杂起来，不免有点感伤。石狮仅留下背面的一部分，正面被削平，剩下光滑平整的截面，上头有许多锈斑，看来被人为破坏是很久以前的事情了。从背面看，它的身影孤寂凄凉，宛若正在吟唱着万分悲切的小调。

东侧石狮表层风化严重，身形却完整，目视前方，似在微笑。同崇陵朱雀门东侧石狮颇为相像，但卷发不如后者。不过那充满喜感和自信的表情，却让人印象深刻。几年前，因建陵青龙门石狮被盗，出于保护，它和身旁残缺的伙伴，曾被关在了铁笼里，后又被放了出来。想来对天性烂漫的它而言，那肯定是一段极度黑暗的日子。身囚铁笼，心在原野，好在有鸟雀陪守，有不知名的野花野草做伴，石狮才不至于太过孤独。看它的笑容便可知晓。

◎乾　陵

今日春分，清晨至下午两点，云雾迷蒙，小雨不断。和友人相约去乾

陵，但我们约定，此番前往，重点是徒行游览青龙门、玄武门和白虎门。我家距乾陵有二十分钟的车程，少时常和同学登上梁山，朱雀门石刻都曾看过，因而也就兴趣不浓，想着先多走走别的唐陵，再折身回来，将乾陵的重要石刻认真看上一遍，也好同其他唐陵石刻做个比较。下车才后悔穿得单薄，气温骤降，寒风扑面，但这时也只好硬着头皮走，乾陵东边的窄道上，一个人影也没有。

田间的苹果树已长出嫩叶，圆鼓鼓的花蕾微微泛红，煞是可爱，被雨滴打湿了的叶片显得分外翠绿。路边上长有早开堇菜、苜蓿、苔草、平车前、甘遂等许多野草，早开堇菜已开花，之所以能够辨出它们，是因为现在绿草尚不茂密，地上依然铺满了枯叶，它们那挂着水滴的翠叶和那小小的花瓣，就显得极为惹眼。它们是春天的使者，是第一批来到春天的舞台上跳舞的孩子。每次外出踏察，我总会留意身旁的野花野草，其间可有着极大的乐趣呢。

细雨霏霏，柳条摇曳。快到乾陵青龙门时，雨已停了，但风未止。青龙门在东皇门村西侧，门阙下面的柳树旁，坐着一位老妇人，售卖手工艺品，多是十二生肖的针线刺绣。我买了一款老虎刺绣，正面红色，背面绿色，小巧玲珑，很好看。柳树上面，有许多长尾巴鸟，等飞起时，才看清了模样，是红嘴蓝鹊，它的叫声我是很熟悉的，以前在漆水河岸，常能见到它的身影。公路西侧是陵区，栽植着密密麻麻的柏树，树并不大，风刮来时，遍山涌动。

从门阙间往内走一小段，就能看见青龙门的两座门狮，均体型庞大，阔口半开，目视东方。千年的岁月风霜，令石狮身上锈迹斑斑，多为青锈和黄锈，锈斑的存在，非但没有损伤整体面貌，反而增添了厚重感。从造型来看，石狮浑厚凝重，奔放粗犷，高大威猛，细节上也极为传神，石狮的卷发就雕得精致生动，栩栩如生。同兴宁陵石狮相比，后者更富有生气，更充满着想象力，而乾陵青龙门石狮则雄健挺拔，趋向写实，尤其是对石狮姿态上的雕刻。

乾陵石狮

若将这两座石狮同崇陵、贞陵石狮对比，又会发现诸多不同之处。后者在体量上小了许多，面容也不如前者凶猛威严，但这并不说明，乾陵石狮就为唐陵之首。乾陵石狮虽高出崇陵石狮许多，但显然力量感远逊崇陵石狮，这一点，集中体现在狮爪和身部肌肉的雕刻上。崇陵和贞陵石狮，胸前肌肉隆起，线条明显，且狮爪奇大，给人明显的视觉冲击，相比之下，乾陵石狮就要逊色得多，它整体协调一致，四肢浑圆，更借助面目的狰狞来凸显其威慑力。

白虎门石狮仅有一座，和青龙门石狮颇相似，但身部损伤不少，有多个修补痕迹，就蹲在白虎门村里的田畔上。田畔前种有油菜，尚未开花，两侧门阙仅留下很小的土包。村里有许多废弃的小院，院内能见到旧时的窑洞，桐树和低矮的灌木极多，令我震惊的是，这里竟会有如此多的红嘴蓝鹊。路边上，树杈上，甚至崖边上，到处都能见到它那灵巧的身影。红嘴蓝鹊精力充沛，叫声粗短尖锐，长长的尾巴上带有黑白相间的斑纹，喜欢在树枝间来回穿梭。

红嘴蓝鹊被当地人称长尾鸦，它的头部和胸部为黑色，头顶羽尖缀白，双翅为浅蓝色，并带有条纹。当红嘴蓝鹊展翅飞起时，身姿雍容华贵，漂亮至极。它属于活泼又嘈杂的鸟类，性格凶悍，一般将巢筑在较高的树杈上，比较简陋，同喜鹊巢较为相似。在白虎门村漫步时，发现红嘴蓝鹊并不怕我，就落在距我不远的地方，喳喳地叫。以前总以为，红嘴蓝鹊多散布在少有人迹的密林里，比如永寿梁一带的槐山，但此次乾陵后山之行，完全颠覆了我的认识。

村后有一条蜿蜒小路，沿此可行至梁山主峰。路在山上，周围尽是顽石，加上刚刚下过雨，泥泞不堪，非常难走。山势陡峭，莎草遍地，石块奇大，想来乾陵石刻的材料就取自梁山。山顶风势凶恶，人几乎难以站稳，从此处眺望，朱雀门两门阙高高耸立，尽收眼底，西面有道长长的深沟，是当年黄巢率军盗陵时所挖。梁山主峰就在面前，松柏茂密，野草泛青，颇为雄壮，同属梁山山系，而我所登临的后山，竟青石裸露，难见绿草，倒也让我感到惊奇。

从山上下来后，步行至玄武门。玄武门石刻大多残破不堪，石虎头部仅留下一半，西侧紧挨柿树有一仗马，除前蹄裂开外，其余完好无缺，全身浑圆矫健，雕刻细腻优美，尤其是面部表情上，平静中充满着自信，至少在建陵仗马、贞陵仗马和靖陵仗马的眼睛里，我就没有看到这种神情。玄武门门阙均在，长满了酸枣树和蒿草，下面的土崖里，尽是砖瓦残片。在我朝上张望时，一只身体肥硕的野鸡忽然从面前的草丛间高高飞起，可真将我吓得不轻。

玄武门附近，早开堇菜非常多，大多已开出紫色的花。它和紫花地丁非常相像，若不细辨，很难分清。我是通过叶片的形状来区分它们，早开堇菜的叶片较宽，而紫花地丁的叶片则细窄一些。能在梁山下见到这么多

盛开的早开堇菜，着实令人感到惊喜，再过一两个礼拜，等早开堇菜的花败了之后，紫花地丁就要登上春天的舞台了。按理来说，蒲公英也早该开花了，但乾陵玄武门在梁山北麓，光照较少，因而要开得迟一些，估计会同紫花地丁一起开放。

因时间尚早，我们又沿着公路，一直走到了朱雀门，太阳已从云层里钻了出来，风也停了，阳光炫目，松柏青翠，路上遇到了数不尽的红嘴蓝鹊。朱雀门需门票方能入内，因而我们只看了门前的阙楼遗址、乾陵翼马和华表。阙楼在东西两侧的山峰上，山上乱石丛生，长满了粗壮的柏树，遮天蔽日，青翠欲滴，沿着林丛走了许久，才走到阙楼跟前。从以前的照片来看，乾陵阙楼遗址仅为两座高大的土阙，现在的阙楼是后期对原遗址进行了包砖维护。

西侧翼马被巨大的广告牌遮挡在后面，周边树丛茂密，不能看到全身，颇感遗憾。东侧翼马腿部已失，但身部完好，膘壮强悍，昂首挺胸，鬃毛

乾陵翼马

成绺，自信大气，但比较笨重，不如建陵翼马富有灵气。乾陵翼马吸引我的是双翼，重叠涡卷，棱角分明，如同朵朵云团簇拥一起，富丽华美，繁密复杂，卷曲自然，形神兼备。在我看到的唐陵翼马当中，就双翼而论，还没有能超越乾陵翼马者。乾陵翼马腹下镂空，浑圆饱满，这一点同其余诸陵也有极大区别。

乾陵以前，如兴宁陵、献陵、昭陵和顺陵，陵前或立石虎，或立天禄，或立走狮，昭陵还立有六骏，均有汉魏遗风。乾陵翼马的出现，实在是伟大的创造，尤其是那宽大的双翼，雍容华美，犹如海浪翻涌，有着无与伦比的想象力，且体型上又保持着汉魏时期石刻的雄健浑圆。翼马前方，立着两根巨大的华表，底座刻有莲花纹饰，柱身为八棱形状，因风雨侵蚀，盘绕的花纹已不能辨认。朝北望去，高山峻岭，石刻林立，紫气缭绕，让我还以为是身在梦境。

◎昭　陵

原上桃花灼灼，油菜金黄，枝叶嫩绿，春风早已吹醒了这块连绵的土原，田野上，林丛间，村庄里，到处都能听到鸟雀的叫声，虽不如夏时那般嘹亮有力，但细密欢快，悦耳动听。杏花多数已败落，除在阴沟里尚能见到外，阳坡很难再觅见其踪影。原上现出了绿意，麦苗比前段时间长高了许多，这个时节麦苗娇嫩得很，可比不得前两个月，若被人随意踩踏，不久便会死掉。枯草还是占据着大部分的土原，蝴蝶已经有很多了，也能看到蚂蚁的踪迹。

上午至昭陵博物馆，天气晴好，但仍不能见到蓝天。博物馆并不在昭陵朱雀门，而是地处礼泉县烟霞镇街道，距九嵕山上的昭陵还有十多公里的路程，且窄路弯弯，崎岖险峻。此地原是李勣墓园，因多次被盗，后被建成昭陵博物馆。进门就能看到建陵石狮，站立院内，可眺望西北诸峰，尤以九嵕山最为突兀险峻，巍然高耸，四周山峦连绵起伏，傲视关中。两

年前我曾来过，但当时仅听了关于陶俑、石碑和壁画的介绍，未注意到陈列在院内的石刻。

建陵白虎门石狮在李勣碑前，玄武门石狮分立于碑后，风格颇为相似，但以玄武门石狮更为雄健。尤其胸前肌肉的雕刻，饱满凸起，远胜崇陵门狮，但面部雕刻却略显粗糙，加上风化严重，显得气势不足。来昭陵博物馆的游人，大多将目光放在了馆内的藏品上，极少有人关注院内的建陵石狮。除石狮外，院内还列有翁仲和别的石刻，但大多矮小粗糙，东侧有一石羊值得一看，和顺陵石羊不同的是，此石羊将头高高昂起，仰望蓝天，颇具诗意。

昭陵博物馆内的建陵石狮

出博物馆后，立即赶赴九嵕山上的昭陵。山路盘绕，鸟语花香，莺飞草长，风景壮丽。登北司马门，可见唐太宗高大塑像一座，身后有毕沅所立石碑，再行百米，为六骏置放处，现存石雕均为仿品。昭陵破坏严重，现存石刻较少，来昭陵的游人，多是为了登临九嵕山，俯瞰关中沃野。九嵕山山势险峻，尤以南峰最为陡峭，北峰有一崎岖小路，沿此可爬至山顶。山上乱石嶙峋，杂草极多，少有树木，风刮来时，沙土乱舞，如浪涛涌动，须俯身爬行。

山顶宛若长龙，巨石极多，且长满苔藓，石缝间，悬崖边，长有许多矮小的酸枣树，迎风摇摆。站立峰顶，视野极佳，朝远处望去，山峦起伏，沟壑纵横，公路如长龙盘旋在山间，梯田层层叠叠，台原上窑洞清晰可辨，地形错综复杂，极为壮阔。在草丛间，我见到好几只颜色鲜艳的蝴蝶，无论我怎样接近，它们都不飞走，恐怕是因山风太大的缘故。九嵕山不像秦岭诸峰，百鸟争鸣，树木遍坡，而是山石裸露，山色偏灰，枯草摇曳，给人以苍凉之感。

在昭陵时，我念念不忘的还是建陵翼马和朱雀门石狮。建陵距此不远，上次去建陵，天气阴冷，雪尚未完全消融，仅探看了神道西侧的石刻，着实遗憾。从九嵕山下来，在烟霞镇吃过午饭后，立即赶往武将山。山道间，天色昏暗，柏油路塌陷得厉害，风沙吹起时，让人心头打怵。差点又走错了路，去石马岭的路口很窄，稍不注意，就会错过。幸好在拐弯处碰见了放羊的乡人，经询问后方才找见了路口。石马岭上阳光明媚，油菜花清香扑鼻，花色娇艳。

我直接来到神道东侧。东侧翁仲为文臣，基本完好，尽管身形不够高大，但雕刻得足够细腻，或立在路边，或立在花椒园里，或立在核桃园里，或立在油菜田间。翁仲面目和善，或沉思，或微笑，或平视远方。田里土很虚，长有许多地黄和泽漆；花椒树刚刚抽出嫩叶，叶色偏黄；核桃树也已发芽，树上挂满黄绿色的毛絮。油菜田里的翁仲面色凝重，却被蜂蝶缠绕，被油菜花簇拥着，旁边的麦田里有一妇人正在拔草，这般情景在乾陵

是无法看到的。

跳下一矮崖，便能看到建陵仗马。不同于其他诸陵的是，建陵神道两侧的仗马有着很大的差别。东侧仗马脸面极窄，神色悲戚，满眼血泪，且嘴下支有一长方形石桩，但也有一仗马与西侧相似，仔细查看发现，立有石桩的仗马，头部均有断痕，且石材为沙石，与身部大相径庭，因而可断定仗马头部为后期所补。仗马四围，青草丛生，多为麦苗、泽漆、荠菜和地黄。尽管仗马头部为后期所加，但整体考察，相对和谐，我甚至会将石桩认成关中拴马桩。

鸵鸟石刻立在油菜田里，同西侧鸵鸟相比，这幅石雕更为细腻写实，虽过了千年，但鸵鸟身上的羽毛刻纹尤为清晰，远在崇陵、贞陵之上，遗憾的是，石雕上面有两道断痕。西侧鸵鸟虽完好无缺，但羽毛刻纹却风化严重，模糊不清，极难辨认。最南侧为华表，表层花纹已模糊不清，中间有断痕，与贞陵西侧华表颇为相像。华表旁有一瓦房，格外简陋，门上挂着铁锁，墙上挂有木牌，写着：建陵文物安全检查站。沟风阵阵，可听到对岸游人的笑声。

见到建陵东侧翼马，我激动万分。曾在许多文献里见到过它，但照片毕竟只能表现局部，必然会略去某些东西，照片中的翼马，目光坚毅，双翼紧接卷毛，半身掩埋于土崖，四围野草翠绿繁茂，犹如天马下凡。现在的翼马已被掘出，并用铁栏维护，尽管这也是文物部门的无奈之举，但确实令神采奕奕的翼马失掉了一些自然气息。想来在秋天时，红叶烂漫，百草摇曳，雀鸟遍地，那般情景，真叫人心驰神往，但现在也只能留存在人们的记忆里了。

与西侧翼马相比，东侧翼马更具阳刚之气，神态从容，体型浑圆，尤其是双翼和鬃毛的雕刻，逼真清晰，雍容大气，虽是中唐之作，但显然比盛唐时期的石刻更为华美生动。多数人的观念中，总会以朝代的盛衰来评比石刻的优劣，这自然有着几分道理，但有时也是不完全可靠的，毕竟石刻是由当时的匠人来完成的，会受到诸多外在和内在因素的影响。悲愤之下，更易出惊艳作品，当然也得有国力的支撑，否则靖陵就不会是那般寒酸的石刻了。

在翼马附近逗留许久后，又折路返回，到十字路口时，沿土路再登上一段台原，便能找到毕沅所立石碑，刻字依然苍劲清晰。台原下是柏树林，密不透风，鸟声动人，朱雀门两座石狮就蹲在密林深处，若不细看，极难发现。因树枝过于繁茂，只好弓腰前行，林中随处可见碎砖残瓦，也有许多开黄花的蒲公英。林中喜鹊极多，喳喳地叫唤着，它们反应灵敏，稍有动静，便飞到旁侧去了。石狮就蹲在土崖下边，围有护栏，因阳光稀薄，地上几乎未长绿草。

东侧石狮阔口微张，怒目远望，但前胸肌肉雕刻不如玄武门石狮。西侧石狮造型特别，在我已经到过的唐陵中，尚无类似构造的石狮。石狮阔口紧闭，目光如炬，双耳高耸，肌肉饱满，尤其是对卷毛的雕刻，细腻逼真，有西洋风格。仔细观察其构造，竟发现石狮内侧雕有翅膀图案，如祥云朵朵，又如海浪翻涌，不得不说，在诸多唐陵石狮中，这绝对是伟大的创造，虽体量不如乾陵石狮，但足够精美。天已转阴，山上传来乡人吆羊的喊声。

从林间出来，又在山上游览半天，至傍晚时，下山离去。

◎窥视光阴在我们身上的投影

我没有想到自己会成为一名作家。上高中时，我梦想未来当一名物理学家。那段时间，我反复阅读霍金的《时间简史》与爱因斯坦的《相对论》，我还读了一位加拿大工程学家写的科普著作，他在书中试图推翻能量守恒定律和牛顿的万有引力定律，遗憾的是，我忘记了那本书的名字。

高中三年，我几乎是在物理学家的美梦中度过的，我以为我日后会成为一名伟大的物理学家，糟糕的是，高考失利却直接给了我当头一棒。我的物理学家梦就这样破灭了。在我身上破灭的梦还有很多很多，我把它们都写成了小说或者随笔，就这样，我成了一名作家。于是，写东西，便成了我每天的工作。

在过去的好几年里，我都在默默地写，有时候，写得很兴奋；有时候，却也写得很苦，很悲凉，一个人躲在房间里，不愿出来。今年也一样，写了些短篇小说，很多人以为我写小说，是专门写给别人读的，但实际上从内心讲，我的小说，都是先写给自己看的。我是在用小说快乐自己，其次才是愉悦别人。

年初在老家，父亲给我讲了很多话，也包括他的担忧。他对我说："你们以后都生活在外面了，谁回来种地呀？你们现在都住在高楼上了，老宅以后谁住呀？你写书呢，该把这些东西都写写么。"父亲是个地地道道的农民，大字不识，他的话并没有让我有所触动，毕竟这是个大的话题，很多作家都在写，很多人都在思考。但那天父亲看向田野时的那种忧伤的目光，让我难过不已。

这一年，摆在我面前的最令我困惑的事情不是写作，而是生活。写作是我与这个世界沟通的一种手段，而生活里的很多瞬间都将被风干成明日的记忆。我有时会问自己：永远究竟有多遥远？我常为此而困惑。我无法直视这个问题。年初当父亲在村口接我时，我回头猛然看见了他鬓角上的白发。那一瞬间，我内心五味杂陈，各种情绪涌上心头，整个人似乎一下子就长大了。

这一年，我像苦行僧一样，在小说里反复追问生命的意义，生命或许本身并无意义，如同一张白纸，我们不过每天都在为其赋予意义罢了。而小说，就应该去抓住这些说不清也道不明的意义。它们被镶嵌在生活细小的瞬间里，如尘埃，只有嗅觉敏感的作家才能发现这些微小的东西。一年又尽，我们舍弃了什么，又得到了什么？古人云：明朝寒食了，又是一年春。

拿我的一个小群来说吧。这个群只有六个成员，名叫"吃面帮"，如群名所言，六个人个个都是吃面好手，也都是爱好文学的作者。大半年里，这几乎是我每天都要互动的群，也是我最喜爱的交流群。为何要说起此群，一来群小容易说，二来群内六人，个个身怀绝技，又都隐于闹市当中。谈他们和这个小小的"吃面帮"，也能窥视这一年的光阴在我们身上大大小小的投影。

"帮主"梁卫峰，在乾县这个地方，以文养心，为文学事业鼓与呼，他是我们的老大哥，是领队，亦是个地地道道的吃面好汉。

“二帮主”王炜，客居长安县，以一颗敬畏之心，编织着自己的文学梦，他行文朴素洒脱，为人低调，今年加入了陕西省作协，成为一名会员。更重要的是，他孩子快要高考了，于是，写文章的同时，他又专心做起了孩子的“同学”，给孩子陪读。

日子每天都在流逝，激起浪花的其实正是那些平凡的瞬间。远在广西的工地安全员吴朝，每天做着毫无诗意的机械工作，却总能在平淡的日子里发现美好的诗意来，这一年对他最重要的或许并非发表了很多作品，而是他即将要成为一个父亲。

在乡下小学教书的殷朋超，却有着非凡的绘画天赋，他画国画，也写诗，今年他将自己的笔名改成了“殷果”。他说这是今年对他来说很重要的一件事。

还有一位成员，他和我出生在同一个偏远的小村庄，我们一同见证了村庄的兴衰。好些年来，他走南闯北，在多家企业干过工作，但他从没有忘却自己的文学梦。他说他今年在“吃面帮”中重新拾起了那藏在心底的梦想，重新找到了方向，他要继续出发，找到文学的根。他叫范银龙，今年他写了很多的文章。被文学养分滋润的他，今年显得意气风发，重新焕发出了英气。

这一年，和往年一样，是平凡的一年。这个群，也是一个普通的群，但就是在那些寂静而又平淡的日子里，每个人都在与生活拼搏着，都试图要压过生活，而寻找到自己的坐标，有了这个坐标，人才会显得更有奔头吧。往大里说，每个人都在不断寻找着另外的自己，寻找通往未来的隧道。人们在生活里承受着，也酝酿着；在得到着，同时也在失去着，这或许便是时间的意义了。

去年年底，《中国青年作家报》创刊，对于全国的青年作家而言，这是件大事，很多作者对这份报纸满怀期待，它果然没有让全国范围内的青年作者失望，一年下来，它刊发了一大批青年作家、各个领域作者的作品。从我内心而言，我非常喜爱这份报纸，不仅仅是因为它刊发了关于我的访谈、随笔和小说，更重要的是，这份报纸从不高高在上，面目清新，让人感到亲切。

仅我们六人组成的“吃面帮”交流群，就有三位作者先后在上头刊发作品。这更能说明这份报纸发现作者的慧眼，好话无须多说，说得过多反而会显得华而不实。从根本上来说，这份报纸是在用它的实际行动发现作者，鼓励作者，服务作者，对每一个正在写作路上挣扎着的青年作者而言，这是无比幸福的事情。所以说，这是一份好报纸，也是一份令人难以忘记的报纸。

比如《用小说抵挡记忆的消亡》这篇随笔，便是只恒文老师“催”出来的，眼下的这篇，同样也是。我喜欢写随笔，但生性懒惰，写得少，现在有只恒文老师和《中国青年作家报》的催促，我相信自己就能写出更多的稿子来，所以，我打内心里感激这份报纸，它有着母亲一样的爱。那个短篇小说《野人》，被几家报刊拒绝，但却被这份报纸接纳，更能说明它有着母亲一样的胸怀。

◎皮影般的狮子在脑海里哗哗闪动

己亥年农历九月初三，我在老家举行了婚礼。也是在那天，人群中，我看见母亲偷偷地躲在一旁掉眼泪，我知道，她那是高兴的眼泪。那时候，我感觉到自己不仅仅是长大了，而是成为了一个真正的男人。我的身上肩负起了责任。结婚后，父母看我的眼睛似乎都更为沉静，他们似乎更加信任我的决定，更相信我的判断。这是我的一个新发现，也算是一种新的改变吧。

十月底，我和妻子去欧洲逛了些天。从巴黎开始，到罗马结束，十二天的时间里，走了好几个我曾无比向往的城市。尤其在罗马，感触很深，心想两千年前的贵族们就坐在斗兽场的看台上，看着下面血淋淋的打斗，而两千年后，历史在这里又留下了什么呢？贵族们的笑声？猛兽的嘶吼？

士兵们的呐喊声？暗暗涌动着的权利？弱者的恐惧？一切都消逝了，历史仅仅留下了一堆废墟。

小时候，常坐在沟边，望着远方的落日，就想着自己什么时候也能够长上一双翅膀，爬过大山，淌过河流，攀上那寂寞的月亮，去看看外面的城市。成年后，定居在城里后，却才发现儿时的天真烂漫。今年是我在咸阳工作的第一年，去年之前的几年，我一直在杨凌的农业科技报社当记者和副刊编辑，经常背着相机四处跑，每天基本都是匆匆出门，匆匆回来。

到咸阳后，生活相对安定，写作的时间也稍能充裕些。今年我写了些短篇小说，但更多的精力是放在一部长篇小说上。在此之前，我一直在写短篇小说，很多人都说我现在就适合写短篇，但从心里来说，我就是不服气，想试试看，看看自己究竟能不能驾驭得了长篇小说。可能会写得满意，也可能会写得一塌糊涂，但不管怎么样，我都会将它写完，因为这是写给我自己的一本书。

又重读了一遍希尔顿的《消失的地平线》。这部书将我和书中的人物一道带到了一个神圣圣洁的地方：香格里拉。希尔顿塑造的香格里拉这个“世外桃源”，充满了和平、宁静、自由和幸福，我想这样的一个“理想世界”，在任何时代都是人们所追求和向往的。人心是纯净的，人心亦是肮脏的，无论怎样，幸好世上还有这样一个地方值得我们去向往，这终究让我感到了些许的慰藉。

一年就要这么过去了，记得小的时候，总会梦见奇形怪状的动物，比如有个皮影般的狮子总会不停地在我脑海里哗哗闪动，这个场景我至今仍无法忘却。从沈阳毕业到杨凌，又从杨凌到咸阳，想起来这一切就如同做梦一般。年初在家写了两篇小说，都不尽如人意。我安慰自己：好东西还在后头哩。在今年，这种奇怪而又绵绵不绝的欲念不时在我脑子里闪现，好吧，那我就等着后面的作品。

人一长大，烦恼就多。这一年，我也是在烦恼里慢慢变得成熟，文字也少了之前的浮躁气。只有自己清楚过去的一年究竟干了些什么。回头去看，才发现光阴正如石头一样，被散乱地丢在空荡荡的沙滩上，而站在海边的少年，看着遥远的地平线，内心一片空茫。他或许会捡起几块碎石头，或许会丢掉原来装在口袋里的石头。他并没觉察到自己得到了什么，又丢弃了什么。他只能继续沿着那些歪歪扭扭的脚印往前走，他也可能会找到一条新的小路，并发现一片从未有人踏足的海滩。他只能朝着太阳升起的地方走，他走啊走啊，走得筋疲力尽，却也只得朝前走着。这个行走在海边的少年正是我。朝远处看去，天地一片混沌，阳光被云雾折弯，似有仙人即将下凡，而我的身后也不知有着什么神力，在不断推着我朝着那里走去。我可不能停住脚啊。

光阴是连续的，记忆却是琐碎的。回首过去的这一年，自己得到了很多师友的关爱，以及多家报刊尤其是《中国青年作家报》多次对我的推介。作为一名写作路上的新人，内心充满感激。那就祝福自己能够继续保持着写作的激情和初心吧，不断去发现那些隐秘的快乐和悲伤。阔步朝前走吧，不要停，不要回头，不要留下遗憾。当我再次朝前看去时，只见皮影般的狮子正在远处哗哗闪动着。

刊发于《中国青年作家报》2019 年 12 月 24 日

第五辑

思想微光

我的阅读

人们回想起某些瞬间或记忆的时候，就会手舞足蹈，就会去唱那些久远的歌曲，也可能要跳支舞，还可能要喝上几杯。但当人们试图忘掉俗世间的痛苦时，我以为最好的办法，就是进入阅读。阅读能让人很快地从时间中抽离出来，然后躲进那些昏暗的缝隙间，聆听上苍的声音。这个时候，我们就会看到历史的彩虹，也会听到世间美妙的声音。

我一直以为，一个人面孔的变化，绝不仅仅只受环境和气候的影响，更重要的因素，可能正是出于那些我们看不见也摸不着的事物的影响。阅读就是一个关键因素。我自己之所以成为今天的我，完全得益于阅读的塑造。尽管现在的我，仍有着很多失败或者残缺的地方，但我依然感激阅读。阅读首先让我认清了自己的内心，而非当下的这个世界。

列书单，对我而言，这确实很困难。我读书很杂，而且很多读过的书，都是出自偶然。我是在沈阳理工大学读的大学，学的又是材料学，文学根本就没有接受过系统的教育，所以很多伟大的作家开始都是不知道的。这样的话，阅读谁，或者看哪个作家的书，就会采取盲选的办法，可这样最大的弊端，就是常常会读到一些非常差劲的书。现在我更依赖道听途说的

野法子。

《骆驼祥子》书影

中学时，父亲为我买了几本课外书，我最喜欢的莫过于老舍的《骆驼祥子》，它是我真正意义上的启蒙小说。我读了不下三遍，都不曾感到厌倦。到现在我依然喜欢它。喜欢它的原因可能有两点：一是我首次在小说中看完了一个人的命运史，这种命运史的背后，我也第一次意识到社会对于个人的意义；二是相比我当时读过的其他小说，《骆驼祥子》更容易进入，读祥子的命运，就像在读我自己的命运一样，它将我的命运与祥子的命运联系在了一起。

在我的阅读历程中，加缪与卡夫卡的出现，颠覆了我的世界观。在他们出现以前，我理解的世界，是外向的，我从未想过要去进入一个人的内心世界。《变形记》打翻了我心里的跷跷板，它告诉我，当一个作家真正深入进自己的内心时，就会发现心底深处的上帝与魔鬼。那是一种对世界执着而又无望的爱。

我喜欢加缪所有的作品，无论是他的小说，还是他的戏剧。作为一个小说家，加缪深知文学并不能改变我们的生活现状，亦不能让我们远离痛苦、战争与孤独，但他坚信文学至少能让我们理解我们的处境，并能在很大程度上去接近光明。这是一个小说家对世界作出的理解，它重要吗？某种程度上讲，它还真那么重要。这一点，从他留下的三卷本《加缪手记》就能看出来。

有一次，我在网上看了一篇本雅明的随笔，非常喜欢，于是就立马在网上下单了他的《开箱整理我的藏书》。之后，我又买了他的《迎向灵光消逝的年代》。我想了想，喜欢本雅明的原因，可能在于，他本人不单单只是一个论述者，而是在发掘个人内在体验的基础上，形成了他苦闷思考的风格。一个痛苦的诗人，一个以诗人的方式去感受时代阵痛的哲学家，这是我对他的判断。

史铁生、杨争光、余华、莫言是我喜欢的中国作家。史铁生的《病隙碎笔》就像闪烁在夜间的火光，幽暗深沉，丰满灵动，它让我真真切切地看到了一个作家孤寂的内心世界。史铁生对生命、爱情、上帝、困难的苦苦追问，显示出他内在的独特性。余华和莫言的长、中、短篇小说对我影响很大。

2016年，我阅读了陀思妥耶夫斯基的好几部长篇。他的每本书其实都是在写他自己，他把人的痛苦、寂寞、矛盾、欺诈、背叛、仇杀、恶心全都写进了小说。他没有妄想写下整个世界，他将所有的矛头都指向了自己的内心。在艺术领域上，这确实是一条十分危险的路径，因为没有一个作家愿意与自己内心深处的恶魔斗争。《罪与罚》就是一部伟大的俄罗斯长篇小说。

卡夫卡、契诃夫、海明威、马尔克斯、鲁尔福则是我一直在反复阅读的作家。尤其是马尔克斯对我的影响，是颠覆性的。他是一个伟大的作家，无论是他的长篇小说《百年孤独》《族长的秋天》，还是他的短篇小说集《礼拜二午睡时刻》《梦中的欢快葬礼和十二个异乡故事》，总能启发到我，并将我及时从困顿的状态中解救出来。我热爱卡夫卡与契诃夫的所有作品，无论是小说，还是其他。

我从大学二年级开始学写小说。这是一个艰难的过程，其间伴随着种种变化，无论是对小说的理解，还是对小说写法的突破，都曾经历过颠覆性的变化。其变化是潜移默化的，从来就没有永恒的感知力。它永远在变化，尤其是对小说而言，变化会让作家的洞察力更为成熟。但所有的变化，

其实都源于阅读。

在我最初学习写小说的时候，秦腔曾对我有很重要的启发，尤其是秦腔里的折子戏，它本身就是一个完整的故事。戏剧和写作有很多共通的地方，尤其是对场景的刻画，人物的内心独白和情绪，演员的面部表情与情感的拿捏，故事的推进速度和节奏感，都会启发到小说的写作。这是阅读的另外一个领域。

阅读势必会改变一个作家的气质。除了上面提到的作家以外，我还与很多作家、诗人的作品相遇。布罗茨基、米斯特拉尔、里尔克、舒尔茨、帕慕克、周作人、安吉拉·卡特、黄裳、科塔萨尔、王尔德、布兰迪亚娜等，都是我阅读历程中非常重要的作家，他们此时此刻正在影响我，未来肯定还会影响。他们是天空中的黑鸟，会随时以全新的面目，从时间的缝隙中跳到你眼前。

做个不甚恰当的比喻：阅读就是充饥。又想起高建群先生说过的一个词：日渐坐大。阅读的过程，也可以说是日渐坐大的过程。回头看看，自己也列了些书，但很显然，对于一个作家而言，这些书是远远不够的。就像小时候玩的一种纸牌游戏：弥竹竿。随着年龄的增长，这份书单就会越弥越长，越弥越密集。阅读迷人的地方，就在于进入那些未知的领域。我期待遇见更多的不曾相遇过的作家。

2019 年 6 月 16 日写于雾灵山

用写作践行自己的信仰

——读路遥

谁都觉得路遥苦。

但凡和朋友聊到路遥，大家都会谈到路遥悲情而又苦涩的一生，人们形成这种观念的重要原因，是基于路遥小说中的苦难书写。十年前的暑期，高考结束不久，我坐在简陋的瓜棚里阅读了路遥的《在困难的日子里》《人生》两部中篇小说，那是我头次接触路遥的作品。小说中，现实的不公与艰苦并未难倒黄土高原上的热血青年，阅读时，我数次落泪，我为马建强、高加林、刘巧珍悲剧的命运而哭，更为他们非凡的毅力与抗争而哭。

再后来，我集中阅读了路遥的大多数作品，相比《平凡的世界》，路遥的长篇创作随笔《早晨从中午开始》更令我为之震动。极少有作家能像路遥一样将自己的写作心得毫无保留地奉献给读者，包括对自我的突破、名利的困扰、环境的恶劣等方面的记述。一本薄薄的创作札记，却为读者详

细描绘了一名作家从前期准备到创作结束的辛酸历程。就我有限的阅读体验来看，能同这本创作随笔相媲美的还有陈忠实的《寻找属于自己的句子——〈白鹿原〉创作随笔》。

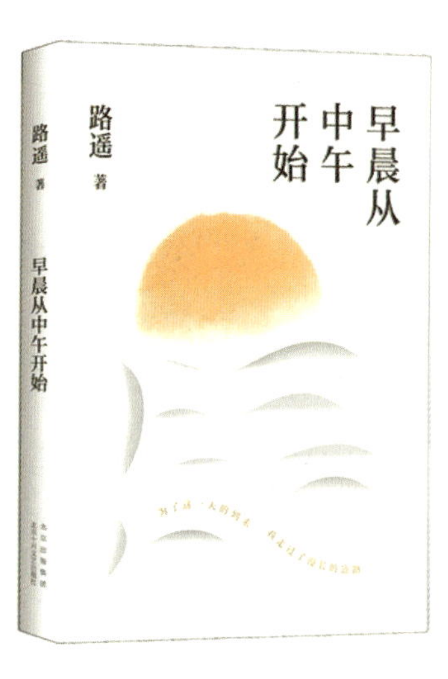

《早晨从中午开始》书影

我不大喜欢人们放大解读路遥身上的苦难经历。在我的阅读印象中，路遥是一位充满着强烈浪漫主义的诗性作家，他在写作上有着大理想和大抱负，同他个人的成长经历相似，他笔下的人物均面临着生活严峻的考验，均是在生活的泥沼中挣扎的小人物，在现实主义不被文学界看好的背景下，路遥却孜孜不倦地向柳青等杰出的现实主义文学作家学习，坚定地采用现实主义结构自己的作品。很多人认为路遥是飞蛾扑火，但路遥却赢得了亿万读者的喜爱。

在路遥的笔下，很难找到一句花里胡哨的句子，他的语言就像黄土地上的庄稼一样朴素，一样真实，路遥之所以能形成这种独特的表达，在于他长期将自己认定为一个劳动者，一个大地的儿子，更在于他内心的真诚。在他看来，一部作品如果想打动读者的话，最重要的是作家对生活、对艺术、对读者要抱有真诚的态度。他坚信作家只有不丧失一个普通人的感觉，只有依靠内心的真诚来写作，才能引起无数心灵的共鸣。路遥就是用写作在践行着他的信仰。

毫无疑问，《人生》《平凡的世界》已经成为无数读者心目中的经典作品，但我却常听到一些同行表达出对路遥的不屑，认为路遥的语言太过平实，小说的艺术性不强，我是不能苟同这样的观点的。从刻画人物的角度来说，我认为路遥延续着 19 世纪文学的光荣传统，他甚至是用最笨拙的办法结构小说、推进小说，却成功地刻画出了许多让读者印象深刻的人物形象。路遥小说给我最大的一个启示，就是刻画人物形象是小说的根本，永远也不会过时。

路遥是一个真正意义上的时代记录者，他清晰地捕捉着时代的每一处微小变化，并把这些变化用生动传神的人物形象表达出来，正因如此，他的小说现在读起来，依然没有丝毫的生涩感，依然能感受到曾经热气腾腾的生活和作家真诚的心。路遥有句名言：像牛一样劳动，像土地一样奉献。在各种文学主义和理论日益泛滥的今天，我们更应该重新阅读路遥的小说和创作随笔，在他留下不多的文学遗产中，汲取更多有益于文学创作的营养物质。

刊发于《中国青年报》2021年8月16日

阳光在树叶上翻腾

——读杨争光

阳光透过窗缝落在屋内的角角落落，夜里凝成的露珠在这一刻闪烁出永恒的、恍恍惚惚的光芒。大地上一切的事物都在沉思昨夜的梦，它们表情暗淡，但每当阳光在树叶上翻腾的时候，连墙角的灰尘也会露出微笑来，思考的微笑，乾县的清晨。这是我脑袋里虚构出的一幅场景，也是我在阅读杨争光的小说时，记忆中不断闪现出的一个镜头。它是永恒的一瞬吗？我不敢确认。但当我将意念停留在蓝鱼儿、小艾、老旦、张冲、九娃、杨明远、王满胜等人的身上时，我确信我抵达了心灵上某种恒定的瞬间。镜头背后我看见上帝隐隐在笑。上帝笑的并非我们在思考，而是笑人在社会里难以躲避的却也不得不去承受的痛苦。

杨争光就用自己冷静而幽默的笔调将世间的痛苦逼真地勾勒出来，他小说里的人都在渴盼美好的生活，然而这份幸福与美好却就像悬在他们头顶上的达摩克利斯之剑一样，时时有掉下来的可能，时时却转瞬即逝，无影无踪。于是，他们不停地呐喊、挣扎，试图逃脱出来，头顶的剑却摇摇欲坠，眼看就要掉下来，他们重又站起身，朝着朝阳射出地平线的方向跑去，等他们就要跑到的时候，乌云再次扑灭了一切。他们被折腾得筋疲力尽，他们哭着喊着：人活着还不如一株从破瓦片下面生长起来的绿色植物。杨争光显然是在告知我们：无论我们身处何时何地，人永远活在荒唐当中，人永远不能超越自身的痛苦。

莫非杨争光的灵魂也在时时刻刻受着煎熬？这种煎熬究竟来自哪里？深究这个问题，我想我们就能走进作为小说家的杨争光的灵魂。从他呈现给我们的一系列小说来看，由早期发表的短篇小说《从沙坪镇到顶天峁》，到最新发表的中篇小说《驴队来到奉天畤》，他提供给我们一种独特、冷静、逼真的小说艺术审美。这种审美，我们可以说是黑色幽默的，也可以说是简洁复杂的，他在小说里创造了一个全新的世界，尽管这个世界有时候仅仅是一个小村庄。他眼睁睁看着笔下的每一个人物受灾受难，却毫无办法。与陀思妥耶夫斯基相比，杨争光似乎看到了更为普遍的社会意义上的灵魂受难，陀氏则更偏向于个人灵魂的煎熬。

这一点上，杨争光更接近于加缪和鲁迅，他用自己那双深刻的眼睛，审判历史，审判我们的日常生活，审判我们生活的这个时代，他属于那一类有着硬骨头的作家，比如布罗茨基、余华、莫言、阿多尼斯等。在我看来，这是杨争光有别于众多平庸作家最为重要的一点，他从不盲从于主流，也从不回避世间的痛苦，他硬生生地把人们身上的伤疤再次揭开，把那些荒谬的现实再次用虚构的手段呈现出来，尽管这一点在我们看来过于残忍，但我可以肯定地说，杨争光在写这些人的痛苦时，他灵魂上承受的痛苦肯定超越了笔下的人物，不然他怎么会写得那么心狠手辣，写得那么逼真，那么冷静？这一点，我在阅读《买媳妇》《高潮》《蓝鱼儿》《公羊串门》《高坎的儿子》等中短篇小说时，感受最深。

加缪曾说："因为经历了许多重大事件，我们开始习惯说谎。"对于20世纪的中国，现实无疑就是如此。在亲身经历、耳濡目染了这么多的政治事件后，见到这么多荒诞不经的现实，听到这么多虚假的声音，一个有良

知的小说家不可能不发出声音。《从两个蛋开始》就是杨争光扔给20世纪中国现实的一枚炸弹，整个小说以一种幽默的、荒诞的、调侃的方式螺旋进入，却时时刻刻给人一种悲怆的力量。我相信，杨争光虚构在我们面前的这个现实，一定要比我们亲眼见到的现实更为逼真。我从未觉得小说能有什么重大的使命和责任，但是小说却让人能更为清晰地认识我们所处的时代和我们日常的精神状态。

深刻和逼真是阅读杨争光小说的两个关键词，要形容我阅读时淤积于心的那种情绪，还真找不出另外的汉语词汇。一个轰轰烈烈的革命时代，却浓缩于一场滑稽的挠痒痒事件当中，一个革命时代的女人的性高潮竟然和闹革命、打麻雀有关，你说这是杨争光纯粹的虚构，还是我们真实的历史？然而在那么多写革命时代的小说中，杨争光却用这样一种手法呈现出来，不得不让人吃惊。除此之外，他还有一种能力，这一点仅是我个人的阅读感受，那就是杨争光往往会选择将几个人物安顿在一个很逼仄的空间里，比如奉先畤、后村等，他选择在这个小空间里解剖这些人的人性和灵魂，发现他们身上最为龌龊和最为可爱的地方。换句话说，在很短的篇幅里，杨争光用最简洁的语言写明白了笔下的每一个人物。在我心里，只有那些拥有着深刻的灵魂和热衷于反思的小说家才能做到这一点。

我在上头大概是想进入小说家的心灵和内在，因为在我看来，探讨一个小说家的作品，先来窥视一番这个小说家的面目或许更有意义。一个优秀的小说家的作品和他的心灵必然是一致的，他的目光、气质、状态、思考、日常都是小说潜在的元素。毛姆曾在探讨巴尔扎克、陀思妥耶夫斯基、狄更斯、简·奥斯汀等小说家时，大多的篇幅是在叙述这些小说家的私生活，包括爱情经历等，很有趣儿，但我觉得那并非探讨一个小说家最好的方式。所以接下来，我想笼统地谈谈我阅读杨争光作品的感受，可能是破碎的，但请原谅我，因为我不是评论家。

杨争光的小说主动回避了20世纪声势浩大的“先锋文学”，但他骨子里的认知却是先锋的。他的小说总有一种试图说明白中国现实的欲望，与

听杨争光谈小说

此同时，在众多小说家将小说探索放在语言、形式、结构上时，他却做了一件极其冒险的事情，那就是：选择一种简洁的乡村俚语。这种选择在当时看来，几乎是飞蛾扑火、玩火自焚，但今天返回去看，杨争光的智慧就显现了出来。他在人人“先锋”的环境下，创造并发现了自己的独特。他选择的这种语言，让人丝毫不会感到生涩，是一种平民语言，还是一种公共语言？好像都不是，但好像又都是。他的小说，一旦进入，便让人不能中途放下。

从语言的角度来说，我觉得杨争光个人肯定也是矛盾过的，他会不会曾经怀疑过自己使用的这种语言？在那个先锋年代，最普通的老百姓的日常是很难进入小说文本的，很多小说家都采用高贵的、复杂的、网状的语言，来表达他们对社会、人性的不满和仇恨，他们发泄自己的情绪，包括堕落的精神。但最真实的人们的生存状态如何表达？我猜想杨争光的精神

在这个时候一定是茫然、徘徊过的，他或许是在经历了一番的精神流浪之后，主动回归了他的符驮村。从此，拥有着独特视角和深刻洞察力的杨争光就建立起了属于自己的小说王国。

他的乡村俚语用得狠，狠到让人头皮发麻。他在一篇随笔里写道："对小说写作来说，语言是最初的，也是最终的。"他还说过："在小说中使用粗话和所谓的脏字，而不显其俗其脏，反而能读出一种趣味，甚至诗意，这需要写作者拥有干净的心，干净的精神和灵魂。"就我的阅读体验，我是极其认同这话的。如果说《从两个蛋开始》更逼近于现实的荒诞性，那么《少年张冲六章》就是杨争光在语言上的一次狂欢（暂且不论小说对中国教育的窥探）。我思来想去，这或许与这本小说的结构有关，全书分为几个不同的人物来直面张冲的成长，这种小说叙述方式，更靠近主人公的心灵，表达的话语轻松自如，几乎是让人在欢笑中逐渐觉察出当代教育所存在的问题与弊病。

杨争光的小说还有另外一个特点：他很少以一个道德家的面目在小说中出现。他的小说很少让我们单个去同情某个人，在他的笔下，每个人都是现实的参与者，没有谁对谁错，众人身在其中，都难免荒诞。换句话说，他是在发掘人身上最为根本的东西，或许是丑陋恶劣的品质，或许是美好纯真的情感，现代国民性。也就是说，在小说的表达上，他选择了最为逼真的呈现，呈现那些被遮蔽的、被埋藏在黑暗处的大大小小的谎言。

这一点上，杨争光的气质和鲁迅极其相似。如果我用三个字来形容他的小说，那就是：冷、狠、真。杨争光还说过："优秀的小说可能挂满了锁。它需要钥匙。"写到这里，我莫名心虚。面对一个我喜爱的小说家，我害怕我绕离了小说家本初的意义，也害怕我只谈到了一个单线条的杨争光。作为一个小说作者，面对这个深刻的小说家，我无能为力。但是我坚信，杨争光的意义绝不止于此，他还有那么多的诗歌和剧本，他的意义肯定还要更为复杂。

写于 2018 年 4 月 12 日

他是夜间唱歌的神鸟

——读红柯

他是翱翔于山顶的雄鹰，是越过草原跨向昆仑山的奔马，他是古时的夸父，是夜间唱歌的神鸟，是藏躲在太阳深处的火焰，然而他还尚未用心中的火光彻底照亮这个罪孽深重的人间时，却一头栽倒在了大地的裂缝间。从此，他躺下的这块土地上，必然会生长出许许多多生命力旺盛的植物来，它们将是他的化身，是他在另一个世界的存在，他的血液必将会永恒地滋润这块土地。当然，他也会守护着它们，陪伴着它们，一旦发现其间长出恶劣肮脏的东西来，他将在第一时间内将其连根拔掉、斩草除根。他尽管是带着无限的遗憾走的，但他却比常人和众多小说家多出一块高贵的土地。这或许是一个小说家最为圣洁的归宿。就像一颗星辰，乌云虽能在某些时分将其遮住，却丝毫不能掩盖它那耀眼炙热的光芒。

生活中的红柯我并不了解，红柯在我心目中的形象是我通过反复阅读他的《昆仑山上一棵草》《刺玫》《扎刀令》这三部中短篇小说集后而建立起来的。我仅仅熟悉了小说家红柯的面目，但我觉得作为小说家的红柯更

红柯生前授权出版的最后一套书
“红柯中短篇小说集”《扎刀令》《刺玫》《昆仑山上一颗草》

接近他的心灵和灵魂，他或许是那匹在沙尘暴中挣扎的白马（《打羔》），或许是经常将槐虫吃进肚中的怀成（《槐虫》），或许是苦苦寻找美丽的诗人（《再来一次春天》），或许是飞舞在土原上的白天鹅（《病房》），或许是刻在昆仑山上的生命之根（《昆仑山上一棵草》），或许是那圣洁的新疆少女（《霍尔果斯》），或许是骑着毛驴抵抗死亡的老人（《骑着毛驴上天堂》），也或许是那个因喝泉水而怀上大地的孩子的男人（《廖天地》），当我一篇一篇进入红柯的小说世界时，我吃惊地发现，红柯本身就是属于大自然间的一株植物，小说家的他正是用自己的体验和独特的观察力去营造出一个圣洁的世界。

毫无疑问，红柯的灵魂是容不下污浊的，他笔下的几乎每一个人物都化作为世间的圣灵，比如白马、绿草、荒漠、太阳、雪山等，显然它们是通神的，它们懂得神灵的语言，它们向往纯洁与美丽，也正因如此，它们的灵魂里才镶嵌上了一层深深的失落感和忧郁感，这种感觉本身就源于心灵的困顿。对美的追求，是红柯小说的一个重要主题，许多人在讲他小说题材的特殊，但我并不觉得这是红柯的最大特点，因为任何伟大的题材，一旦经过时间的淘洗，都会被风干。在我看来，红柯的最大特点在于追求圣洁却不能抵达圣洁的痛苦感，他审视每一个普通的人物，他试图让他们替他越过天山，抵达圣洁，他深知，世间本是苦涩的，甚至是乏味的，唯一能消解苦痛、乏味、单调、无聊的途径便是给他们赋予生命的活力和原始的激情。

红柯是复杂的，他有着托尔斯泰式的辽阔，也有着福楼拜式的精致，亦有着张承志式的心灵流露，他的语言庞杂繁密，像机关枪一样扫射，让人应接不暇，但丝毫却不会产生疲惫的感觉，仅就这一点，就足以让人钦佩。有人责难红柯的小说显得啰嗦，但我要在这里反问：托尔斯泰啰嗦吗？陀思妥耶夫斯基啰嗦吗？巴尔扎克啰嗦吗？某种程度上讲，啰嗦恰恰凸显了社会的复杂与广袤。任何伟大的小说都有瑕疵，因为小说本身就是小说家的一种偏见，如果失去了偏见和独特性，小说就会让人生疑。红柯的复杂还表现在小说叙述上，一方面，他在不破坏故事的基础上，让人物直接与心灵、泉水、死神、天鹅、少女对话，这些东西完全是现代小说的特点；另一方面，他去写那些古老的神话传说，包括已经遗失的情感、青春和物件，他这是在试图打破传统与现代的界限吗？

难以想象当代小说家里若没有红柯将会是怎样的一个风貌，在出现信仰危机、人性逐渐败落的时代背景下，红柯却身穿圣洁的雪衣，从天山深处缓缓走来，他用自己干净的灵魂擦拭笔下的每一个人物，好让他们携带着草原深处的泉水，去净化众人的心灵。一个小说家的价值，取决于他自身的独特性和那颗永恒的心灵，与众多平庸的小说家相比，红柯是幸运的，他自始至终，都在努力保持住这两样对小说家来说无比珍贵的东西。如今，他人尽管走了，但他的小说却永远活着。以上这些话，也是我近期阅读红柯三部中短篇小说集的一个直观感受。

写于 2018 年 3 月 28 日

为理想读者而写作

在当下，很多前辈作家都在批评青年作家的写作状态和他们的生活状态，但在我看来，青年作家的创作，首先是这个时代文学创作的重要的一部分，某种程度上，他们的创作，代表了这个时代里最为活跃的一部分。青年作家正在创造一种新的文学，以他们个性化的姿态，开辟着新的写作方向和路径。我认为，青年作家的创作是具有活力的，他们创作的作品往往具有强烈的独特性和偏执性。所以，我觉得当代文学更应该包容青年文学，尤其是包容青年作家的文学。他们的文学是属于创造性的一类，尽管从目前来看，他们的文学还有瑕疵，有很多不尽如人意的地方，但正是因为有这样具有开拓性、先锋性的作品，才得以构成中国当代文学最有魅力的一部分。这是我的第一个观点。

第二，从当下多数青年作家所呈现的作品来看，很多青年作家的创作更自我，更内向化，更关注自我的境遇，这其实是文学进步的结果。但我觉得，青年作家不应该过多地陷入在自己的小我当中，更应该去关注一种大的具有未来性或者永恒性的东西。这种未来性和永恒性，并非单指宏大叙事，它是广义上的文学，广义上的人性表达。有一位评论家曾提出“理想读者”的概念，青年作家就应为理想读者而写，不应该为普通的读者而写，或者说，不应该过多地去考虑市场和普遍的接受度。因为为理想读者而写，更具挑战性。

第三，从表达的层面上考虑，我觉得青年作家应该关注当下的这个时代，应该有能力去写出这个时代的国民性。国民性是一个集体意义上的大概念，对于当代青年作家而言，当鲁迅那样的斗士几乎是不可能的事情。我们却不必悲观，因为国民性这个概念恰恰在昭示我们，若多数的作家有勇气去挖掘这个时代更深层的一面，从侧面来产生影响社会与读者的效果，就能够达到重建现代国民性的目的。尽管很艰难，但我想，这也是当代文学的一个重要方向，不可缺失。“国民性”这个词当代很少有人提了，从“五四”时期的鲁迅到当代，很多前辈作家也很少能够写出属于所处时代的国民性。所以，我觉得青年作家应该关注得更纯粹，站在更高的层面上，敢于探索，敢于去做出哪怕失败的探索。

（在陕西青年文学论坛上的发言）

还能回到故乡去吗

今天研讨会的主题是“文学与故乡”，我想在此提出这样一个问题：我们是否还有着真正意义上的故乡？这个问题不仅仅是针对于青年一代，还有在座的每一个人。这的确是一个很残酷的话题，可现实却就是这样。我们不得不承认，对多数人来讲，我们已经成为了故乡的局外人，很难再做到真正意义上的返乡。

对我自己而言，我的心里已不再有以前那种狭隘的故乡概念。能够安放灵魂的地方便是我的故乡。故乡不再仅仅是那个生我养我的地方，它可能存在于我童年的记忆里，也可能存在于我的小说里。以前我憎恨故乡的村镇，但现在我对那个村镇充满了爱意，我不仅能看到它黑暗的地方，也能看到它光明的地方。

从另外一个层面去讲，我是一个随时把童年记忆和故乡记忆携带在身上的人。故乡生活时的那些童年记忆，为我的写作提供了一个审视现实的参考体系。审视的现实又是什么？仅仅是那些过往的现实吗？当然不是，它应该还包括着历史的，当下的，未来的，城市的，乡村的，在今天的写作，谁都不能逃开这些现实。

至少对于年轻一代的作家来说，故乡的记忆已经不再是写作资源的所有。因为我们还生活在当下，生活在对童年而言一个陌生的环境里，这是今天的现实，当下的现实。因而，我试图在我的写作里建立起一个新的坐标，一个流动意义上的故乡，它涵盖了昨天、今天和明天，而它绝非一个狭隘的故乡概念。

文学的一个至关重要的功能，就我看来，在于拓宽人性中尚未被群体所理解的部分，在于破坏既有的或者常规的平衡，在于发掘某种黑暗而又不规则的力量。刚才宁刚兄谈到了城市文学的话题，我想在此也阐述一下个人的观点。

首先，我想问大家这样一个问题：当下的中国，或者说陕西，是否有着成熟的城市文明？住在城市的多数人，是否具备着一种真正意义上的城市文明意识？鲁迅所批判的国民劣根性，是否已经在我们身上消失殆尽？

如果答案是：否。我想，目前就很难出现成熟的城市文学。评论家常常将文学简单地区分为乡土文学和城市文学，但这只是评论家的划分，不代表所有的作家都赞同这个说法。我的脑海里，没有这个概念，对我而言，老老实实将小说写好，将人物写好，就足够了。

今天的我们，被泥沙俱下的现实所裹挟、捆绑，可以说，我们面对着极其简单而又无比复杂的现实，社会的发展节奏远远超过了作家捕捉现实的能力，这是所有作家都在面临着的尴尬局面。现实为人们提供了各种便利，人人都可以发出自我的声音，这个世界就充满了各种各样的声音，这些声音反过来，又令人们感到困惑，甚至恐惧。

于是，我们不得不为自己寻找一个寄托心灵的地方，多数生活在城市里的人，开始去怀念故乡和童年。这就产生了一个问题：我们往往在怀念或者留恋故乡的时候，容易去粉饰故乡，很难做到表达的真实性。但我们其实忘了，文学还有一个重要的层面，就是去表达真实。就说这些，谢谢大家。

（在“文学与故乡”文学研讨会上的发言）

安置心灵的空间

◎童年是我写作的富矿

我们村南边是一条贯通东西的大沟，少年时代，我喜欢坐在荒凉的沟里，同蟋蟀、燕子、野兔、蚂蚁、老鸹、柿树等待在一起，甚至有时候，我会和它们说许许多多的话，而且我也听到了它们的应答。沟里的风声不就是它们对我说下的话吗？一个人坐在沟里，看着天上的白云，听着一旁的鸟鸣，我非常享受这种自在与宁静，这和我的性格有关。但深究起这种性格，或许和时代的变迁有关，而在那个时候，我是无法意识到的。

少年时代，我对未来既憧憬，又感到迷茫，我向往所有未知的事物，但我也害怕，我害怕被这种未知裹挟进去，我害怕陷入这种空茫茫的未知的深渊当中。而在沟里同柿树、石头、狐狸、野兔等说话的时候，我的内心就会感到安宁，我也会从那种恐惧、迷茫的情绪中跳脱出来。童年记忆是我写作的富矿，无论如何，我不能否认这一点。

开始写作的时候，我的脑子里经常会浮现出一个忧郁的少年形象，他提着马灯，走在黑漆漆的乡村巷道里。这个少年的一部分是我，另外一部分是别人。他是我从童年记忆中提炼出来的。这个少年的身上，寄托了我对童年真挚的感情，有虚构的成分，也有真实的一面。

很小的时候，我曾误闯进一座几乎就要塌了的窑洞，因为极度的恐惧，我在里面大气不敢出一声，坐了很长的时间。后来我猛然发现，那次独处，便是我对村庄命运思考的起端。一个村庄，它的命运，永远是不幸的，它总会在某个早晨或者在某个寂静而绵长的晚上，孤独地死去。但在消亡的过程中，会有生命的挣扎，我选择了去虚构少年这个群体，来表达我对村庄命运的思考，于是，就有了《伪夏日》和其他一系列小说。

◎大雨孤独

暴雨来临时，我正站在街道一边，灰黑色的天幕下建筑物显得有些沉闷，鸽子刚刚从屋顶飞走，车辆，雨伞，电线，红绿灯，路沿上的泥巴，这些东西，很快就被揉成了一团黏兮兮的胶状物，人们脚步匆匆，仿佛要从此岸滑至彼岸，彼岸有什么？何以让人如此向往。我突然想到，大雨是把现有的秩序打乱了，整个世界正在重新经受着一次排列组合，万物皆在找寻着暴雨过后属于自己的小巢。而那一刻，我却无比孤寂，内心被巨大的沉闷的不明物质压制着，惶惶无主。那确实是一种很难形容的感觉，天上，地上，林中，河里，没有一个能够走进自己的人，没有我所需要的雨露阳光，孤独正如眼前的大雨一样瓢泼而下。

是那只在水坑里不停扑腾挣扎的麻雀让我想起了一些遥远的事情。那时，我常常躲在沟里的破窑洞中，与各种叫不上名儿的虫子窝在一起，等到西边的天黑实之时，我便光着脚丫跑到沟底，片刻后，大雨就来了，我顺着地上奔涌的泥水跑，一直跑到泥水淹没了我的双脚时，我才感到有些恐惧，两边的大沟如同两把天刀拦住了我的去路，一任暴雨袭击我疲惫的灵魂。直到数年以后的今天，我才意识到，那是神在叫我这个纵横沟野间

的涉世者。那种追赶浑水的奔跑，带着某种野性，让人为之神往。神确实是喊过我，但在无数个乏味而慵懒的夜晚之后，我再也看不到一次神灵。我如同那只在水坑里挣扎的麻雀一样，整日疲倦地来回奔走，只有在夜幕降临之时，偶尔还对着长空嚎叫几声，但毕竟，太过微弱，此般情景，就像一只孤狼在茫茫森林里长啸。

不该言说孤独。贾平凹先生说：好多人在说自己孤独，说自己孤独的人其实并不孤独。

◎小说家

小说家在我心目中是个很神圣的称谓，不是每一个写小说的作者都能称得上小说家。真正的小说家看似跟你在很随意地说话，但是他的脑袋里风起云涌；他看似闲散之人，却时时刻刻在观察着这个世界，分分秒秒在想着虚构中的某个情节，他有时会为一句美妙的话语而欣喜若狂。旁人根本无法理解他的这种心情，也很难走入他的灵魂。因为在他的心里，有一块属于自己的地方，有一方安置自己心灵的空间。他常常会不由自主地步入这个空间里，然后想象、虚构、重建、叙述，直至一篇小说诞生。这时，他快乐极了，但他却不会和旁人分享，他一个人在寂静的夜里慢慢享受这份属于自己的美妙感觉，世界在这个时候完全汇聚成了一个点，深深地印在了他的心里。他想，翻过了这座大山，后面还有绵延不绝的山脉，他不能停呀，对于他，停了就意味着死亡。于是，他捡起自己的行囊，又朝着天地相接处的方向走去，尽管他走得很疲惫，但他确实很快乐。

通往远方的小路

少年时代，我常常跟着牧羊人在沟里放羊，顺着窄窄的小路，走到哪里是哪里。羊群停下，我们也就停下。羊抬头朝着西边的太阳咩咩叫的时候，牧羊人也开始哼唱那熟悉的忧伤歌曲。我们很少说话，因为在那样的场景里，任何话语都是多余的，该说的话，羊和无垠的野草都说尽了，我和牧羊人只需坐在草丛间去听就足够了。

朝对岸的原野望去，密匝匝的灌木丛间，小路蜿蜒曲折，渐渐消失在落日的尽头，那条小路确实是不可思议的，有时在悬崖边上，有时在长满荆棘的地方，有些地方甚至被暴雨冲断了，但路依然在。

这个时候，我忍不住打破沉默，问牧羊人：这些小路通往哪里？

牧羊人吃了一口烟，接着用无比沧桑的声调对我说：通往远方，通往另一个世界。

牧羊人的声音很快就消失在了野风中，但他的话却久久地在我的脑海里回响。那时候，我以为我们村庄就是整个世界的中心，牧羊人却说小路通往另一个世界。牧羊人的话，成了萦绕在我少年时代里的一个美丽的梦。那条不起眼的寂寞小路，和牧羊人的回答，开启了我所有美妙的幻想。我

渴望从这条小路走出去，到远方的那个世界去。

“远方究竟有多远？”我再次问牧羊人。

这时，只见牧羊人站起身来，面朝蓝天，高声唱起酸溜溜的情歌来，之后，他转过身对我说：别看这条小路曲曲折折，并不起眼，但你一生都无法走出这条小路的。

好多年间，我都在试图理解牧羊人话语的深层含义，但直到今天，我才得以明白：人无论走到哪里，心灵总会顺着山间小路回到故乡。

我曾想过永远离开那个偏远的小村庄，以忘却童年的那些忧伤记忆。高考填报志愿时，我毫不犹豫地选择了千里之外的沈阳，去上大学。可每当自己感到迷茫失落的时候，浮现在自己脑海里的竟都是关于故乡的记忆，少年时代的记忆，牧羊人的记忆。于是，参加工作的这些年里，我会经常顺着那条窄窄的小路回到故乡，回到那个生我养我的地方。

故乡既给了我生活上的力量，也让我找到了写作上的方向和自我的坐标。每当我回到故乡，站在荒凉的沟边，望着沟对岸那条熟悉的小路，就会想起早年间牧羊人对我说过的话，这时，我恍然大悟，很多困惑也便迎刃而解，犹如漆黑的夜晚射入了一丝光亮。我由衷地感激故乡的那条小路，我会继续依着小路的方向发现更多的故事。

刊发于《中国青年报》2020 年 11 月 2 日

有关《我从未见过麻雀》

有些读者朋友问，为什么要以《我从未见过麻雀》为书名，而不是《伪夏日》，或者《绿色玻璃球》？我简单谈谈《我从未见过麻雀》这篇小说，希望达到以这篇小说来窥视全书的目的。

这两年我写了很多的少年小说，几乎都是在晦暗的心境下写一些遥远的东西。我突然发现，我原来是如此迷恋那种俗世的东西，那种有着烟火气息的日子，我曾经奢侈地拥有过，现在我无比地怀念它们。每次回老家，走在吵闹的集市上，听着那暧昧的讨价还价的声音，看着熙熙攘攘的人群，我总能快乐很久。

既然那些日子已经遗失了，我也就只能在小说的虚构过程中，无限度地去怀念。悲情的我竟就在这反复的劳作中找寻到了慰藉。那块属于我的地方，或许就是《我从未见过麻雀》中的那块谷子地，一旦我放开跑入，

我的悲情便渐渐消解，反而变得浑圆可爱了。在山羊追逐吃谷的雀群时，大地上则出现了有如处女般圣洁的秩序，神性就降临在了人间。我向往充满神性的东西，因为神一旦出现，我的寂寞与悲情，神就会看见。在神缓缓降临的时刻，我不至于过于孤独，世上至少有神在伴着我。而神走了的时候，神的影子便投射在我的身上，我与神也就合体了，这是我至死都想达到的境界。

《我从未见过麻雀》中的山羊，就是那位追神的少年，他在见证世界的荒凉。少年对神的追求是那么的热烈，那么的纯粹，然而他却跌倒在了现实的淤泥里，被困住了双腿，几度爬不起来。他满眼泪水，挣扎着站起，在多次徒劳的尝试后，他放声哭了起来。这时他朝东天望去，只见那里黑云滚滚，电闪雷鸣，天地混沌一片，他再次想起那个久远的问题：我这是向何处去啊？他一时竟泣不成声。

少年的境遇也正是我此时的境遇，只是这种境遇要抽象一些，它是内心里的一种幽暗成分，也是虚妄的现实带给我的致命一击。某些天，当我试图逃离现实的泥沼的时候，竟不由自主地进入了那片谷子地，与此同时，那群麻雀也从天而降，落在了谷子地里。它们是如今这个世上最为孤寂的一个群体。我与它们相遇的时候，就悄无声息地建立起了某种带着神性的联系。也就是说，当雀群出现的时候，我的存在也有了意义；当雀群发现了那个顽劣的少年时，雀群的起飞也产生出了意义。我以为在这玄妙的追逐过程中，人最为本真的意义会凸显出来，然而行进到结尾时，我才悲伤地发现，所有的意义仅仅是我的一厢情愿。原来这种意义仅存于真实而又遥远的梦幻中，那种真实，让人感到刻骨铭心，以至它在广袤的大地上透射出最为耀眼的图影。现实就在这图影之中不断组合，反复勾勒，呈现出常人所无法感知到的超现实，人类最原初的良善就藏匿于此。当我每次主动将自己置身于现实的泥沼中时，我总是努力试图唤起人身上已经丢失了的灵性。不过梦幻终究是梦幻，很快就破灭掉了。

写于 2018 年 12 月 20 日

在昏暗的角落

◎消逝的部分

我脑海里常常会浮现出一些奇怪的念头来，它们像幽灵一样躲在昏暗的角落里，絮絮叨叨地对我诉说着什么，有时候它们的脸庞无比清晰，有时候也显得虚幻、模糊，就像升腾在街道半空的热气。每次在我伸手去抓它们那闪烁不定的身影时，它们却被野风卷跑了。我以为它们永远地消逝了。可当我在做梦或者精神游离的片刻，我又会看到那一张张沧桑的面孔，原来它们一直住在我的身体里，从未离开过。那被野风卷跑的仅仅只是一些念头和幻影吗?

也是在某天，我突然明白，它们就是我身体的一部分，是即将消逝但又没有完全消逝的那部分，是身体里残缺的那部分，是处在暗影里的那部分，是带着黑铁质感的那部分。它们同赖以生存的那部分空间一起散发着潮气，阳光总会绕过它们照在别处，如果我不是在写小说，我想我大概会很难发现这些东西。它们还时刻在提醒着我：这个世界本身就是荒诞的、

残酷的、冷漠的。

当我体味到这一点时，我凝视起脑海里的每一个人物，希望能够在小说中重新塑造出一个完整的个体，一个健全的灵魂，甚至也会给笔下的人物灌输一种理想主义色彩。毕竟现实会想尽一切办法耗尽他们身上的那点儿光色，也只能在小说中重新唤醒他们体内即将消逝的那部分。那部分肯定涉及了人的生死和一些不可言说的东西，这不禁令我心生出一种崇高的感受。在这个漫长的过程里，我体会到了写小说的快乐，这份快乐是旁人无法理解的。

深深感谢《滇池》授予我这个奖项。

（第十六届《滇池》文学奖获奖感言）

◎散文的细节

非常意外能够获得长安散文奖，毕竟我是一名小说作家。获奖的这篇散文，写于去年年底，那段时间，不想写小说，就陆续写了一系列短散文。无论是写小说，还是写散文，我都是在抒发自己最真实的情感。真情表达，表达真情，是我写作上的追求。很明显，我的散文受到了小说的影响，就这篇获奖散文而言，我在外景描摹的基础上，有意放大人物的心理感受，用感官去实实在在地感知大自然最为神秘或细微的地方。散文不仅是粗犷的、辽阔的，也应该是细腻的、幽深的、诗意的。对我而言，就希望能够在散文和小说之间，找到一条通道或者平衡点，散文里也可以有虚构的成分。或许是因为长期写小说的原因，我对事物的感受可能更细密一些，我总觉得，无论是小说，还是散文，局部的细节是至为关键的，忽视了这一点，散文纵然有高大的骨架，却没有血肉，没有内在的灵魂。

（第二届长安散文奖获奖感言）

小说的土壤

小说是一门语言的艺术，优秀的小说家都在摆脱旧有的惯性，创造着新的语言。不仅仅是生活在变，就连语言自身也在变化着，它在适应着我们的心灵、声音、嗅觉、良善、道德，以及那份虚无缥缈的幻想。

创造新的语言，也就意味着创造新的思想，新的载体，新的写法。也可以理解为，在小说的宫殿里重新虚构一个世界。我们往往相信面前的现实，但大多时候，虚构总比现实显得更为真实，更接近人性的本质。

当小说家沉浸在虚构世界里面时，就会忘却外界所有的声音，甚至也会忘却自己。留在他面前的，只有他笔下的人物，以及表达本身。每位小说家都渴望在笔下抵达那个虚构的世界，以求同现实世界达成和解。

昆德拉在《小说的艺术》里，认同了福楼拜的说法：小说家是一位希望消失在他的作品后面的人。消失在自己作品的后面，就意味着写作的旨意来自神灵，或者来自那些难以被常人捕捉的思想。昆德拉还谈到：所有真正的小说家都聆听这一高于个人的智慧，因此伟大的小说总是比它们的作者聪明一些。

小说是匕首，刺穿现实，然后放大现实，以此来抚慰人们受伤的心灵。

小说就是自然界的一束光。

所有伟大的小说都是在认识人性，或者说，是在重新阐释人性幽微处那尚未被人们理解的部分。其载体就是人物，人物身上的痛苦和精神困境。小说家的一生，尽管创造了很多的人物，但这些人物合起来，其实就是另一个自己。

小说家就是一名冒险家，在荒原上奔跑，前方永远也没有尽头。冒险是从青年时代就开始了的，带着一份执着，一份勇气，在幻想里挣扎，在现实的背面剖析。紧接着，就是一次次的完成，完成创造，完成和现实的对话。

现实是小说的土壤，没有一个人能够完全从现实中逃脱，这也就注定了小说家的命运，时而在现实中观望，时而在超现实的领域里幻想。别妄想完全丢掉现实，也别妄想躲在超现实的胡同里完全理解现实的部分。

在虚构世界里，小说家都是自恋的，他只爱笔下的人物和创造出的句子。小说就是在表达自由，寻找自由。小说家也只对表达负责，对塑造的人物负责，对语言负责。小说家只是一名艺术的匠人，他背负不了那么多的道义。

小说是自由的，也是表达自由的，但并不意味着小说就没有任何的约束。相反而言，小说需要约束，需要某些方面的限制。比如结构的约束，情感的约束，甚至还有韵律的约束。小说就是一种约束的艺术，受限的艺术。

更为重要的是，小说需要阅读的唤醒，需要与伟大的阅读始终保持着联系。阅读会唤醒那些沉睡在体内的念头和灵感，也会唤醒对小说的热爱。读伟大的小说，未必会写出伟大的小说来。但有一点是确信的，抱着三流小说不放的小说家，注定写不出一流的小说来。

刊发于《湖南文学》2020 年 9 期

我脑袋里的『幽灵念头』

我经常会被一些奇怪的念头击中，然后整个人便跟随着这些恍恍惚惚的念头一同坠落进现实的泥沼里，它们经过一阵子的发酵后，就会演变为一些破碎但却格外逼真的画面。它们迫使我思考其背后的意义。眼前的现实和脑袋里的现实比对后，我就会怀疑起我所经见的现实的真实面目。现实究竟是什么？是生长在悬崖边上的野草，还是楼道里突然传来的一声声幽暗沙哑的呼喊？当我反复去追问这个问题时，我突然发现现实的面目原来是如此鬼魅，很显然它戴着一层薄薄的虚伪的面具。也就是说，如果我丝毫没有勇气去戳破那层面具，或许被我长期捧在手心里的现实仅仅是一块包着金纸的青砖。正是这些幽灵般的念头带给我欣喜，让我再一次对虚构充满敬畏。

何以见得这些念头就更为逼近现实呢？在当代这种急速发展的社会体制下，人的生存是不受自身控制的，是被宽宽阔阔的激流挟裹着朝前涌，

人是很难在这种涌动过程中诉说真话的。人不得不这样做，为了更好地活着。因而，我更坚信真实的现实应该存在于更为抽象的幽灵体系当中，比如梦境、念头，再或者思想上的一次偶然逃离。相比于面前滚滚涌动的日日夜夜皆如此的现实，这些东西就显得更为紧凑，更加能连接起人的心灵。我曾经就以这些猛然闪现的念头写下了许多的短篇小说，并试图依靠短篇小说这种文体建立起自己心中的现实世界。

还记得我在另外的一篇随笔里写过这样的话："我期望在我的创作中，为自己构建出一个丰盈的精神世界，它们既是乡土的，也是都市的；既是历史的，也是未来的；既是空旷的，也空灵的。很多时候，我将短篇小说当成寄托我艺术理想的唯一渠道。在短篇小说的世界里，我仿佛一只孤独的大鸟，在朗朗天空下自由翱翔，我想怎么写就怎么写。我期望它们的完成，能够记录下来我在当下社会中的心理变迁，也能够缓解我目前的不安与惶恐。"我当然做得不够好，距离我心中的标杆还很遥远，但说内心话，我对短篇小说的情感超越了任何的文体。

我总觉得，短篇小说更接近于梦境和念头，更接近于事物的本质，更能表达纯粹的生存状态，甚至生命状态。短篇小说是上接神灵、下附魔鬼的文体。一旦沾染，便让人欲罢不能，爱不释手。在今天，我越来越觉得短篇小说对于人的精神拓宽的重要性，这并非仅仅是短篇小说无法藏拙的原因，而是短篇小说的背后牵扯了太多现实的虚实问题。我以为好的短篇小说，自身就有种趋于真实的姿态。我说的真实乃人性上的真实，是人在大时代下面的狭小空间里瑟瑟发抖的心灵，它是心里带伤的孤狼，它只会在月亮高悬、天地昏昏的时刻嚎叫一声。虚构能听见这声惨烈的叫声，短篇小说也能听得见，听不见的是沉默的现实。

正是这些反反复复在我脑袋里幽灵般闪现的念头，不断修正着我对面前这个残缺的、无趣的、荒诞的、单调的现实的理解。我有时会幻想，如果有一天我虚构的人物和真实的人物碰面时会出现什么样的情景，似曾相识，还是淡漠若冰？阅读奈保尔《米格尔街》的时候，多次为其中的人物

《米格尔街》书影

笑出声来，我相信这条米格尔街是真实存在于印度的，但现实中的这条街或许是乏味无趣的，与大多数街道都无多大差异。然而经过奈保尔记忆的发酵之后，呈现给我们的眼前的这条街，竟是如此热闹逼真。在此之后，我们才懂得了一条普普通通的街道上竟然承载了这么多人的欢喜和悲苦，也承载了这么多的梦想和困顿。没错，这正是虚构的力量，也只有虚构才能给人带来如此有着冲击性的“悲欢离合”。

2017 年，我断断续续写了《我从未见过麻雀》《伪夏日》《我们其实都是植物》《柳玉与花旦》等几个短篇小说，相比来说，《我们其实都是植物》这个短篇小说是我的实验性作品，还是在鲁院学习的时候，某一日蹲坐在一棵植物跟前观察，脑袋里突然就划过“人和植物是相似的”这样一个念头。它令我在那个雨后初晴的日头里兴奋不已，我甚至觉得我发现了一个巨大而又神秘的哲学命题，我长久地望着那棵绿得发亮的植物，思考并探究它的生命内部，是否暗藏了太多不曾被我们发掘的原始密码？它是否和人的本质有着某种同一性？这些诱人的念头的出现，让我抑制不住去写作一篇关乎生命、关乎哲学的小说。

对我而言，只能用短篇小说去结构它，因为短篇小说自身就携带着某种实验的性质。这或许是短篇小说令人迷醉的另外一个原因。植物人与植

物便在雨露阳光的滋润下，产生出某种魂灵上的契合，它让生命在内部变得更为纯粹简单，当我们听到植物的呼吸时，我相信我们会对人的命运滋生出感动，甚至怜悯的情愫。小说写完后，它就成了历史的纪念品，无论怎样，我渴望我的作品在微弱黄昏的灯光下散发出高贵的生命气息，这不仅仅是最初写作《我们其实都是植物》的想法，更是写作另外几部短篇小说时的一份寄托。从表面上看，虚构或许就如同植物一样，长久地保持着一种状态，但实际上，在每个时分里，植物的内部都在经历着一场关乎生死的起飞和降落。生命自身就让人敬畏。

就在刚才消逝的某个瞬间，我的脑袋里再次闪过一些忽明忽暗的念头，它们鬼鬼祟祟的，似乎一直就藏匿在某个遥远的地方。它们是幽灵的化身，我对这些“幽灵念头”感激不尽，它们让我在平静的水面上看清了隐藏在河床底下的漩涡，也让我的思想变得更加冷酷直接，我无法再对谎言和虚伪保持沉默，作为一个依靠“幽灵念头”写作的作家，我必须戳穿覆在现实表面上的薄膜，以往下寻找深埋在黄昏水面下的人性密码。加缪说：“到处是薄薄一层、用指甲一掐就会裂开的阳光，但它也让所有的事物蒙上一抹像是永不凋谢的微笑。我自己，亦即此，让我得以从表象世界中解放出来的极度感动。”

刊发于《小说林》2018 年第 2 期

我理想中的短篇小说

世界上，几乎每位小说家都写过短篇小说，但对于短篇小说的认识与理解，却从来没有出现过任何统一的说法，毕竟，作家对于美的认识都是有些许差别的，这一点也不难理解。反过来讲，对于短篇小说，每位小说家心中也肯定有自己的审美和标杆。我理想中的短篇小说，晶莹透彻，饱满灵动，既关注人的生存困境，也深入人性深处，大声呼叫，聆听，想象，大力挖掘隐藏于人性深处的情感与爱；读起来富有汉语的质感，适当之时又不失诙谐幽默；它已经不仅仅停留在物理的感觉层面上，而完全是一件上等的艺术品，有了美学的概念；它的背后，具有一个无限深邃的叙述空间，内部隐藏了太多的暗物质；所有对人的关怀、对罪与罚的哲学思考、对主流价值观的理性判断，等等，都可能暗藏其中；它们有可能会在一个阳光明媚的日子里，出其不意地击中某个读者，在我看来，这便是短篇小说最为吸引人的地方，也是短篇小说最为迷人、最能让人多次品咂的地方。

然而不幸的是，近年来，短篇小说逐渐被读者、被市场冷落，最可悲的自然莫过于作家本人对于短篇小说的冷落。大多数读者宁愿买一本下三

滥的网络长篇，也不愿花钱买本期刊回来读读上面精彩的短篇小说。从实质上讲，长篇小说和短篇小说仅仅只是容量上有区别罢了，意境各有所长，也各有所短。长篇是一把利剑，一剑下去，割断了喉咙，稠血汩汩冒出来，直至死亡；短篇则更像一把锋利的匕首，一刀出去，扎住心脏，瞬间毙命。现在很少能够读到名家们的短篇小说了，我还清晰地记着阎连科的短篇《柳乡长》带给我爱不释手的那般热烈的感觉，像这样带给我美好阅读感觉的短篇当然还有很多。优秀的小说往往使个人灵魂的尊严得以显现，使人哭泣、害怕、捧腹、癫狂、愉快，小说所带来的美好感觉当然不止于这些。

我读到过这样一句话，“一个短篇小说被忽视、被悬置的时代，必是浮躁的、无神的时代。”我很赞同这个观点。如果这个命题正确的话，那我们可以想想如今的这个时代该有多么浮躁，可能有人会要辩解，言说如今的短篇小说也不少呀，大多数文学期刊都被中短篇小说占领了，你还要怎么样？我当然不能怎么样，有时候我读完一些小说，心头万分悲哀，太多的小说过于故事化，追求艺术的小说太少，这个时候我总会想起汪曾祺的经典短篇小说《晚饭花》，可惜这样的小说，如今太过稀少。我不禁发问：小说就是故事吗？当我们谈论浮躁的时候，我们究竟在谈论着什么？愚以为，小说与故事，是两个完全不同的概念。故事只需要干条条的发展过程，可小说不同，它更需要智慧，需要想象与虚构，需要与上帝直接进行对话，小说就是没有故事也能成为小说。这一点很多人难以理解，可世界上有许多伟大的小说，故事其实并不怎么复杂，但这些小说皆有一个共同点：纯粹的艺术性。

短篇小说，更注重内涵，好的短篇小说不仅仅是感动，更多的层面上，是作家叙述对这个世界的看法与观点。怎么叙述呢？我想在这个时代，人的情感更为复杂。我们应该首先看看同时代的小说，我不是刻意贬低，我们很多期刊上的小说艺术性太过粗糙，也有的情感表述太过单一。举个例子，唐人在写故乡，清人在写故乡，“文革”中，我们亦在写，但如今我们若仍是以旧有的眼光去打量故乡、故土，我们的文学又能承载些什么？又

能加入多少新的情感元素？在经济发展如此之快的今天，就说村庄，也遭受了前所未有的变革，如果我们以旧有的眼光去审视，故乡就仍然是古代的故乡，别无改变，这必然是没有发展的文学，粗糙的文学。

如何创新？你怎么认为？千万别轻易下笔！有人总是写，写的却千篇一律，没有一点激情。为什么大作家总有那么多的话讲？短篇小说，说白了，就是与世界对话的过程，就是你对这个世界的看法，你对世界、对人、对人的处境、对故事背后的实质看清了吗？你把这些东西看破了，看透了，你的小说中的人物才会饱满，这也就是作家对生活体验得越深入写得越顺溜越好的原因，因为他把这些他熟悉的人看透了。看不透，你就去查资料。有一种人，就不用查，想象力非常丰富，如莫言，用想象力与故事写作。很多人说，想象力是天生的。我说，这话太虚假！想象力，永远都是在阅读中得到的，你的视野越宽广，你见得越多，发散得就越快。

我的一点最深的感受：写作时感觉有困难，一定是阅读落下了，落后了。如今，你会发现，很多期刊上的小说语言，当然不是说全部小说语言，都太相似，你难道不觉得可怕吗？我们读名著，每本名著的语言相似吗？每位伟大的作家的语言相似吗？我始终相信，真正的作家，语言都是独特的，这一点，无论长、中、短篇。语言与形式，也与当今的风气有关，你写得艰涩了，有点创新了，有人便给你戴上形式主义、花拳绣腿的帽子，如此一来，众多作家追求市场，追求通俗。过度的通俗与平庸，就是小说的坟墓，你信吗？我信。几年前，作家马原说过“小说死了”的话，他就是对如今小说语言、意境等平庸现象的哀叹。我敢预言，无论多畅销的小说，只要语言平庸，必然将被历史所掩埋。孙犁《荷花淀》虽然离我们远了，但那清新的语言却让我们难忘。“月亮升起来，院子里凉爽得很，干净得很，白天破好的苇眉子潮润润的，正好编席。女人坐在小院当中，手指上缠绞着柔滑修长的苇眉子。苇眉子又薄又细，在她怀里跳跃着。”

短篇小说，语言绝对是个大话题，但不少人忽略了，忽略了语言的美感，忽略了语言承载故事时那种潜在的张力。谁都会讲故事，但能让人记

住语言的作家有几个？语言，是需要大量阅读的，也需要冷静写作。你写的时候是你自己的事情，但你写出来想寻求发表，就必须在写的时候冷静，戒骄戒躁，平静下来，认真对待每句话。就算故事很吸引人，很有悬念，开头，中间，都写得很好了，但结尾处，你突然激动了，内心狂热了，坐不住了，觉得伟大的作品即将诞生了，需要在知名的杂志上发个头条了，然后匆匆结尾，匆匆到处投稿，寻求发表。正因如此，你失去了小说中最为美妙的环节，本该是升华的地方了，你自己却乱了，匆匆几笔，这个小说便沦为半成品，不能不让人为之惋惜。

《荷花淀》书影

所以说，对于短篇小说，叙述的节奏很重要。叙述的节奏便是小说内在的气质。短篇小说往往不需要打草稿，不需要列提纲，往往在列了提纲后，表面上你可能会觉得小说很完美，架构很好，但这绝对是虚的，你都替每个人物把人生历程想好了，这个人物也在你的脑子里定型了，短短的篇幅里，你还想怎么发挥？这样，难免千篇一律。不知你发现没，世界上很多伟大的短篇小说，你读了开头，却往往想不出后面会怎么发展，情节总是出人意料。而我们的小说呢，有的读了个开头就能知道后文了，谁还愿意阅读呢？对于经典的短篇小说，我喜欢用伟大一词来形容。因为我理想中伟大的短篇小说都是一件上等艺术品，少了任何一个零件，看起来都会别扭。这就说到了短篇小说与时代的关系问题。

我认为，短篇小说更像一件瓷器，很精致的瓷器。宋代的瓷器美吧？

明代的瓷器美吧？清代的瓷器也美，也有特点；再往后，“文革”时期的瓷器美吗？先不要回答。“文革”时期的瓷器其实也很美，但是上面若印了一句什么宣传口号，这件瓷器，从艺术角度来讲，一下子就失去了些许美感。我的意思是，短篇小说，与时代息息相关，受到时代的牵连，但短篇小说绝对不是时代的衍生物。李白的诗歌，“燕山雪花大如席”“黄河之水天上来”，它们与时代有关系吧？但你又不能说完全和时代没有关系。这就是短篇小说，“文革”时期的“文革”小说，谁现在还读？时代一定会淘汰掉太靠近时代、太贴近世俗、太接近生活的小说，一定会将那些从各个方面看都具有艺术价值和小说精神的作品留下来。

小说怎能无精神？尤其是对短篇小说这一文体。我理解的小说精神，更指向人类在生活中所未能表现出来的情感，也可以说是流淌在心中的暗流。小说的精神，体现出了一个作家的人格，更是作家对于时代与世界的态度与格调。一篇小说的品格皆由作家赋予，作家是小说精神的第一缔造者。就我的个人视野而言，人往往是被某些外在的东西所限制的，人类直接表达出来的情感就是真实的吗？如果是这样，那人类为何做梦，梦里为何常常会表现出与日常生活中所截然相反的一面？可以说，人的交流、交往当中，在人的丰富的情感里，可能还有太多的情绪在暗暗涌动，这些情绪，不断聚集、涌动，直接导致了人的苦闷与孤独。我的小说就是想写出那些不被注意的情感，从这点上，也可以引申到文学对于黑暗的表达层面上。我理解中的人，总是有太多的情感被压制于内心深处，诸如一些狂热的、大胆的、诡异的、孤独的情绪暗暗翻腾，这些情感，让人变得丰富，让人性变得迷离，作家有义务去牵动出这些情感，有义务去触碰这些别致的瞬间。

也正是这个时候，作家可能才会看到最原始、最本真的人是个什么样子，才会看到人的欲望是个什么样子；这时我们可能才会明白，人类的情感永远处于骚动与喧嚣当中，人对自由的渴望是多么强烈，自由未得到，小说便不死，这正是小说深层的品质与精神。写作中，我常常感到人的脆

弱与卑微，感到了人在面对社会时情感的单薄与虚弱。我想，短篇小说的叙述背后，必然存在着一片模糊的神秘的黑色领域，那里被不幸、病痛、杀戮、梦幻、罪恶等物质所浸满，那也是一片人类尚未开垦的神秘领域啊。我们的短篇小说写作，就应当站在全人类情感的层面上，摒弃虚伪的道德伦理，呈现出最本真的内在思考。因为现实永远比文学更为精彩，文学只有在去追求人性深处最为隐秘的东西时，只有在不断地聚焦、思考人生永恒的问题时，只有在痛苦与孤独的悲剧中寻找残缺的爱时，写作才是有意义的，才是高贵的。

刊发于《辽河》2016 年第 6 期

用小说抵挡记忆的消亡

写小说，是份寂寞的工作。为着一些疯狂的想法，常常要久坐于电脑跟前，去写一些自认为了不起的作品。哪怕这些作品后来都反响平平，自己依然会有一种满足感和幸福感。因为只有自己深知，这些故事是如何诞生出来的，是如何面对空白建立起了一个虚构的世界。真正的小说家，只享受写的过程，至于以后，作品反响如何，或者怎样被读者误读，都是作者无法控制的事情。

这就涉及“你在为谁写作”的问题，这其实也是一个古老的话题。假如你只是在为身边的朋友或者某个群体而写作的话，那你考虑的肯定都是一些比较实际的问题，你肯定要考虑小说自身的传播与读者的接受度等问题。这样的话，作为写作者，你就得牺牲某些关键的品质。除此之外，还有一个特殊的群体，批评家将之称为：理想读者。这个群体，是虚拟的，一个假想的概念。

为理想读者而写作，更具挑战。因为面对这个假想的群体时，你必须得回应小说中一些最为关键的问题。比如：你该如何突破前人已有的写法？你能够在小说里像博尔赫斯那样，为语言注入一种新的活力吗？你的故事该如何获得一种普遍意义或经验？还有一种说法：为自己而写。村上春树在他的《我的职业是小说家》一书中探讨过这个话题，他认为，写作令他自己心情舒畅，写作过程中，也会产生一种“自我疗愈”的意义。我非常认同这个观点。

去年年底，我的首部短篇小说集《我从未见过麻雀》由安徽文艺出版社出版。在写《父亲飞》《簸箕耳》《伪夏日》这些短篇小说时，我感到异常轻松，好像这些故事早已埋藏在我的脑海里似的，我不过是顺着记忆把它们牵了出来而已。直到写《我从未见过麻雀》这个短篇小说时，我才意识到，过去我所写下的那些与童年有关的短篇小说，完全是我写给自己看的，是我写给记忆中的那个少年看的。与村上春树一样，写完这本书后，我也体会到了某种自我净化的作用。对自己孤独的童年，或许也起到了疗愈的作用吧。

当很多朋友在微信上给我发来关于这本书的想法时（也有些陌生的读者在博客和微博上与我互动），我开始去思考读者与写作之间的关系。大家的留言，着重点都不相同，有些话题也很有意思。这个时候，我甚至产生疑问：只为自己写作，行得通吗？该不该去迎合多数人的兴趣点？不。我不能这样做，我也没有办法这样做。可以说，《我从未见过麻雀》这本书，给了我写作上的自信，让我在无数个寂寞的时刻里，反复锤炼了语言，修正了自己过去一些不成熟的想法。

现在，我必须从《我从未见过麻雀》里走出来，去开拓新的写作领域，去发现更多神秘的现实空间。今年在《滇池》第 2 期发表的短篇小说《摄影家》，就是我新的尝试。尚未发表的，还有一些。这些小说，我有意跳出为自己而写的境地，现在我希望自己面对的是一个群体，也就是理想读者。这个假想的读者群，无形中为我设立了一个写作的标杆，它能够测验出一个人的写作是在原地踏步，还是在进行着一项前所未有的伟大创造。

作家哈金曾写过一篇名叫《伟大的中国小说》的文章，我是在余华的新浪博客里看到的。哈金在文中提出了“伟大的中国小说”的概念：“一部关于中国人经验的长篇小说，其中对人物和生活的描述如此深刻、丰富、真切，并富有同情心，使得每一个有感情、有文化的中国人都能在故事中找到认同感。”他还说：“一旦你决心写伟大的小说，你就会自然地寻找属于自己的伟大的传统，这时你的眼光和标准就不一样了，就不会把心思放在眼下的区区小利和雕虫小技上。”

伟大的中国小说，从它自身的概念上来看，没有人能够写出这样一部让所有中国人都能获得认同感的长篇小说，甚至可以说，这种说法是不成立的。但从另外的角度去看，它确实是为中国作家建立起了一个带着理想主义色彩的标杆，每位中国作家在写作之前，都应该想象着去实现这个伟大的目标。或许正因为这个目标的缺失，新时期以来，我们也很少能够看到这样伟大的作品。

对这个虚幻目标的追求与渴望，实际上也反映出了作家对于现实的敏锐力，它涉及所有人的普遍经验。我们是否能够提炼出像阿 Q、白嘉轩、富贵那样的人物？是否能够在过往的历史中斩获新的经验？对当代每位作家而言，其中的艰难与内容的广阔性，不必多说。在今天，大的现实背景与小的个体经验不断在发生着碰撞，所有的个体经验，注定变得越来越琐碎，变得越来越无厘头。如何在当代现实中提取契合多数人精神风貌的普遍经验？这是摆在每位中国作家面前的难题，它对作家捕捉现实的本领提出了前所未有的挑战。

哈金关于“伟大的中国小说”的提法，触动了我的神经，似乎我也被灌入了某种隐秘的力量，一股有关理想主义的狂妄与野心。但现在，我只能从一个微小的切口进入，寻找属于自己的句子和领地。童年就是我开始写作时的一块富矿，在《我从未见过麻雀》这本书中，我就希望能够同所

有的西北少年站在一起，去构建我们记忆中的那个世界，那时的经验属于我们这些少年，也属于整个中国。去年年底我写的中篇小说《山鬼》，就是我对童年记忆另外的发现，它涉及我对生死与鬼魂的理解。可当我写完它的时候，我又想，或许最能直接回应我的困惑，最能够表达我这种理解的，应该是诗歌，而非小说。

小时候，我陪村里的老人在沟里放羊时，常常对着面前的沟大喊，这时，就能听见回声。我总以为，生命是由两部分构成的：一部分是我们的肉身；一部分则藏在暗处，你根本看不见他的身影，但在那些神秘的时刻，你总能听见他们的声音。那是另外的你在说话，另外的你，能够看穿你的心灵。我当然希望那些空灵的回声也能响彻在我的小说里。我也一直在想，小时候经常看见的鬼，究竟是什么？那真的就是死去的人的魂魄吗？

写完《山鬼》后，我回了趟老家。可当我再次站在那棵大桐树下面的时候，心境却完全不同了。我突然发现，所有的记忆都已消失在了风中，我在小说里拾取的记忆仅仅只是一些零星的碎片罢了。我感到痛苦，感到无尽的悲伤，但一个依靠着故事取暖的小说家，又怎能抵挡得住记忆的消亡呢？对我而言，我一直都在试图用小说抵挡记忆的消亡，也努力去寻找属于自己的伟大小说，然而当面对过往、历史与现实时，我又常常感到茫然无措。

所幸的是，伟大的中国小说，永远将是浮现在我心头的梦，它势必要伴我一生。“伟大”一词，也是所有理想主义者的梦幻。构建“伟大的中国小说”的概念，意味着，我们将永远同那些伟大的作家同行，他们伟大的作品，就是带领我们飞翔的加速器。在写作的长途中，我们不再感到孤单。如哈金所言：“作家们会不再被某些时髦一时的东西所迷惑，会把眼光放在真正伟大的作品上，会将世界文学中的巨人作为自己的导师或对手。”

刊发于《中国青年作家报》2019 年 9 月 10 日

在永恒的梦境里虚构身体

在我个人化的审美主张中，虚构的存在，即意味着小说生命的复活。这是个很要紧的问题，一旦我的意识里丢弃了虚构的元素，那我目前或者未来从事着的小说写作，可能会像被爆破了的建筑物一样立即坍塌。那你肯定要问：虚构对于小说创作，究竟有何意义？回答这个问题，依我看，必须先解释文学现实与现实文学的区别。这样一来，虚构立即就会朝着一个更为清晰明朗的方向滑落，从而衍生为很具体的技术性问题。

现实文学，比较容易理解，近一个世纪以来，它以自身强大的生命力几乎笼罩了整个中国现当代文学，对中国文学尤其是小说领域产生了巨大影响。它建立在对生活细微描述的基础上，也就是说，作家对于在大时代下具体人物的生活状态、思想变化、命运走向，都要有很明晰的判断和深层次的理解，它时刻考验着作家的基本功，比如描摹、写景、人物刻画等能力。20 世纪初，卡尔维诺、卡夫卡、普鲁斯特、萨特等人的出现，一下子颠覆了整个 19 世纪建立起的小说观念，他们开始撕碎小说的传统面目，重新组建、拼凑、演绎，甚至议论，使得小说在过去的认知层面上拓展了

新的可能性，也就是我们现在常说的现代主义、存在主义、意识流，等等。我不想再过多地谈论文学史，我说他们的目的很简单，就是因为20世纪之后的西方小说，对像我这样的年轻一代小说家意义重大。换句话说，我们的师承来自20世纪之后的小说家。交代这些，对我们分析文学现实这个话题很有必要。

以我目前的理解，我觉得文学现实区别于日常现实的地方，就在于文学现实是从日常现实中抽离出来的现实，它能够最大限度地反映多数人的情感变迁，它是存在的另外一个隐秘的世界，它更接近于梦境和一切不规则的、背离日常哲学的东西。我为什么要在这里不遗余力地讲述文学现实，因为在我看来，虚构和文学现实是现代小说存在的两个重要前提，如果抛离了它们，后续要谈及的东西就显得没有根基，从而沦为一种悬浮在空气中的杂质。

文学的现实中，人是可以倒立行走的，人是可以吃砖头的，人完全可以过着有别于现实生活的特殊生活。这样的文学现实，是对人类的理想、幻想、未知领域和生活秩序的一种丰富。有人说，小说精彩不过生活，这完全是对小说的误解，小说的内核不是精彩，而是丰富，是作家靠虚构来解密世界的真相。在大的时代背景下，生活的确如同浪涛一样汹涌，但落实到个体生命身上，人的日常就变为庸常。你能想象一个人每天都过得风起云涌吗？生活的朴素性来源于日常的规律性，规律自身就是单调的。只是这寻常中蕴藏了太多的不寻常，它们就像梦境一样被埋藏在黑暗的阴影里，只有高明的小说家才能发现它们，并重新塑造出新的社会人。这样一来，就理所当然地到达了略萨所言说的那个境界："故事改变了现实层面，达到了一种幻觉和象征意义，甚至幻想的档次，整个环境都被这个不寻常的变幻感染了。"

所以我才说，小说是在永恒的梦境里虚构身体。

保罗·瓦莱里在他的随笔《美学创造》（百花文艺出版社2002年3月版《文艺杂谈》）中有这样一句话："对于'创作'而言，无序是至关重要

的，因为创作的定义就是某种‘秩序’。”其实这句话，还可以再接着补充，即：秩序的建立是需要在无序的基础上进行加工；无序的存在，意味着秩序的必然形成。也就是说，一篇小说的诞生，无论从其现代性、思想性、预知性、寓言性等多个方面，是否进行了考虑，它的几个基本要素却是必需的，比如人物、时间与空间概念等因素。因为这几个要素的存在，才有可能生成某种秩序，从而使故事自身拥有其合理性。当然，这种秩序也可能是美学与形式上的，比如语言、叙述节奏、前后逻辑等。

在我个人目前小说写作的实践中，人物刻画是很重要的一个方面，可以说，小说的成功与否，直接与人物的描摹有很大的关系，假如人物的形象单一，会直接让故事的推进受阻。只是这里面也有很多的区别。传统意义上，对于小说中人物的刻画，必然要从其外貌、言语、动作、神情等方面进行细微的全方位描写。现代小说却不同，还是以我自己的见解来看，我觉得现代小说主要从人物的内在入手，更注重人物的心理流变，以人物来主宰故事本身。这其实是视角变化的结果。

传统意义上的小说，内部都会存在一个看不见的“我”，他代表着上天，意味着全知，他在无形中创造着人的生命，让人物可以沿着设计好的情节无限发展下去。这也正是此种手法的弊病之源，这个隐身的“我”，导致作家忽略了人物内心的走向，而一味跟着构思走，结果造成与现实极大的误差。所以说，传统小说在情节上会显得比现代小说“好看”，因为它的人物要饱满得多，比如《三个火枪手》《战争与和平》《巴黎圣母院》《白鹿原》《平凡的世界》等。

现代小说既然在“精彩意义”上难以超越传统小说，那它该如何发展呢？我目前这样认为：现代小说在人物刻画上应该尽可能地做到准确。它无须再将自身束缚在传统小说的条框之中，而应该最大可能地从中解放出来，吸收现代美术、音乐等艺术的优长，使得文本中的人物更丰富，更符合现代逻辑，更能传达现代人在物质信息时代的尴尬、孤独、焦虑、彷徨、虚无与痛苦，而非传统的饱满意义。写到这里，我突然想起了昆德拉的长

篇小说《玩笑》，那真是一部很出色的小说，它在用小说解释未知存在的基础上，还能够将路德维克、露茜等人物刻画得很出色，并且丝毫没有减弱小说的现代性，着实让我很震惊。

刚在上面我提到了全知视角，这种视角目前在中国当代文学中很普遍，因为它具体操作起来很方便，完全可以不用关注内容以外的东西，只跟着小说的发展脉络往下走就可以了。现在我们可以将中西方小说进行对比一下。以我现在阅读到的西方小说来看，西方的小说领域明显要宽得多，他们的纯文学领域中，有传统的以故事推进的小说，也有纯粹在形式上进行探索的文本，完美的则是那些形式与内容结合得很好的小说。从小说的本义来看，小说本身就是故事与形式的统一体，凡是言说忽略了形式而写作出经典小说的话语，几乎都是自欺欺人的行为。

在众多中国作家和读者的观念中，小说要呈现的意义占据了首要位置，他们难以接受形式上的东西，觉得那些东西距生活经验太远，完全是些不切实际、过眼云烟的残留物质。他们喜欢这种全知视角，喜欢给小说里的人物创造一种假想的生活，不管这些人物是否愿意，他们强加给笔下人物以各种情感和生活细节。在他们写作的时候，自己便是上帝，没有自己抵达不到的河岸。这种视角的弊端很明显，很多人肯定早已看出来了，这样写作，作家极其容易以一个举止端庄得体的道德家的身份出现，对世间万物任意进行评点，而不再敬畏自然的一切，甚或对于生命本身缺乏敬畏之心。

这样做，容易忽略小说人物所经受的来源于思想上的种种痛苦，进而陷入到古典的说教式批判当中。但是在今天看来，小说家是上帝吗？小说家能够阻挡生命的消亡吗？换句话说，当我很轻易地用手掌拍死迎面飞来的蚊子的时候，我却忽略了一个人生命自身的脆弱。谁给予了个体以生命的存在？谁又有何理由轻易带走生命？我们在今天是否应对价值、道德重新进行评估？人类在今天受到了前所未有的挑战，无论是生命意义上的，还是科学技术层面上的。加缪说："一切伟大的德行都有荒谬的一面。"

在反思中进一步深入探究，我并不觉得中国文化落后于西方，只是新时期以来，我总觉得我们这几代人处在一种被动接受的尴尬境地当中，可悲的是，我们多数人逐渐养成了接受的习气。换言之，我们渐渐地丢掉了自身的创造能力。改革开放后，我们一夜间读到了各国的经典作品，又在一夜间看上了彩电，接着就是电影、电脑、手机等，毫不夸张地说，我们要在极短的时间内，消化掉西方世界发展了几个世纪的东西。在过度接受外来文化的时候，我们是否具备了快速吸收的能力？我当然并不是排斥西方艺术，恰恰相反，我在很多西方作家身上学到了极其珍贵的东西。

我说这些话，只是想表达，我们当代的中国作家，若在接受西方艺术的同时，不能够创造出新的艺术形式，那后果会很可怕。如若不能从当前的这种死气沉沉的文学环境中挣脱出来，探索更为广阔的艺术方式，那我们在短时间内吸收的西方几个世纪以来的思想精髓，或许会变本加厉地以一种毒害的方式侵蚀我们。看看我们现在的艺术环境，诞生了多少思想上的道德家，他们无所不知，是上帝式的人物，在他们的作品中，也能够感受到他们的悲悯与良善，只是那种情感给人一种虚伪的幻灭感。他们却很少自我反思，很少进入生命的内在。这也是我下面要说的话题。

小说家并非道德家。小说家一旦以道德家的身份出现，便会让人生疑。反观那些站在道德高地上的作家的作品，几乎背后都有一种文化和政治上的企图，或者就是明目张胆地要为某种机构、团体或集体服务。它代表了某些人的利益，用这种凌驾于多数人头顶的方式来灌输给普通读者，以达到修正大众价值观的企图。这样的作品，只可能会在短时间内被接受或认可，甚至流行，可一旦放置在历史的大河之中，它们必然会被河床上的泥沙无情地掩埋。它们的命运也正是流星的运动轨迹。与这些作品呈对立关系的是那些深入生命与灵魂的作品，是那些能够反映人类的情感变迁、深层的具有永恒的爱的作品。这类作品无论是从哪个角度入手，都会不自觉地去关注人自身或内在性灵上的东西，关注那些人身上不被外界珍视或隐藏在某个器官里的暗物质。我以为，像这样拥有自由和开放观念的写作，才是我们这代人应该去思考的问题，而非在消费时代里陪着读者一起消费，

这是纵容和加剧时代堕落的行为。说到这里，我们这下就可以谈谈主观情感对小说人物审美塑造的影响问题了，因为这个问题的阐述是建立在上述话题的基础之上。谈论上面的问题，并非要表明我是一个极端的“愤青”，尽管事实上我就是一个彻头彻尾的愤怒青年。

我近期刚写完了短篇小说《我们其实都是植物》，就是以第一人称视角写成的，完全是以一种极度主观化的情感来进行人物塑造和故事推进的。这样做的好处是极容易进入人的内心，能够最大化地展现人物的心灵，瞭望内部辽阔的荒原，包括人物任何细微的情感波动，只要铺开来，就有机会涉及。但它的缺陷却同优点一样明显，就是容易以人物情绪来主导故事节奏，在叙述的过程中，逐渐消解故事本身的质感与魅力，这也是我在写作这篇小说中一直存在的困惑。那在具体的写作中，该如何把握这一尺度？在叙述人称与空间的选择上，该如何让空间变动产生最为独特直观的效果？略萨在给青年小说家的信中阐述过自己的见解：“通常的情况是：小说总有几个叙述者，他们从不同的角度轮流给我们讲故事，有时从同一个空间视角讲述，或者通过变化从一个视角跳到另外一个视角，比如塞万提斯、福楼拜和麦尔维尔的例子。”和略萨不同，当他提到视角跳转时，我第一时间想起了莫迪亚诺的长篇小说《青春咖啡馆》，也是通过多个视角来解析主人公的生命逐渐沦陷的过程。由此可见，视角与空间的选择对于小说而言，犹如空气对于人类一样重要，这二者是小说形式的决定性因素，而形式是引起文本变化的根本所在。

对于视角、空间、小说家主观的情感等要素，中国小说家的选择和西方小说家有着很大的区别。看看《红楼梦》《子夜》等小说，我们会发现，这些小说的推进完全依照故事的正常逻辑，视角上相对单一一些，普遍的是那种无所不知的上帝式视角。新时期以来，单从视角的选择上，小说家的手段明显丰富了，比如《生死疲劳》《爸爸爸》，它们更多地选择进入某个人物的心理层面，汉语言文学小说因此而拓展了很多。西方呢？可以说，20 世纪以来，西方经历了数次大的小说革命，象征主义、表演主义、意识

莫言
生死疲劳
不看不知道，莫言真幽默！
在极度痛苦时笑出声来，获得内心深处的解脱。
不看不知道，莫言真幽默！
在极度痛苦时笑出声来，获得内心深处的解脱。
莫言：诺奖的评委主要是因为读完了《生死疲劳》，才把这个奖项授给了我。
中国首位诺奖得主作品
不管生活有多苦闷，翻开本书都会笑出声来。

《生死疲劳》书影

流、魔幻现实主义、黑色幽默、超现实主义、后现代主义，等等，每个流派背后都有相应支撑着的伟大人物，并且这些革命是持续性的，这对于小说在写法上提供了多种选择的可能。而我们比之西方的短板恰恰在于此，我们在一夜之间要消化这些东西，难度可想而知。所以，我觉得中国当代小说目前暮气沉沉的局面也必然是暂时的，随着时间的推移，必然会有新的历史人物闹出新的小说革命来，进而整体地影响我们的小说创作。

对比中西方在视角、空间与理念等方面的差异，并非崇洋媚外，一味贬低自己，我如此做的目的仅仅是为了看清我们在写作上存在的某种局限，就这一点而言，至少我自己是这样认为的。对我来说，我的思想更希望达到那种飞扬的与旋律节奏感接近的感觉，我更希望我的小说不是在重复前人，尽管从广义的意义上分析，我们永远是在重复与模拟。然而，当我提笔要写作一篇小说的时候，我至少清楚伟大的小说家在接触这个题材时是如何处理的，至少知道他们面临困境时是如何克服的，这样我至少不会在外形上与别人撞车。说得更严重一些，就是当我在思考一个与过往的伟大小说家接近的命题时，尽管我苦思冥想，费尽心思，但若我根本不知道前人处理过的可能性，那我的卑微的思想又何以能得到某种相对意义上的永恒性？相较之下，对比而言，在这时就能显现出它自身所具有的益处，从某种不客气的层面上讲，这完全是个视野与境界的问题。

刊发于《湖南文学》2017 年第 10 期

第六辑

书写生活

现实与真实

——《我从未见过麻雀》自序

我一直在思考现实与真实之间的关系，这个看似简单的问题却将我折磨了很久，直到现在，我仍不敢确信我是否已将这个问题想明白。二者有时真就像两条在云间缠绕的绳索，时而清晰可见，时而又模糊缥缈。

很长一段时间以来，我都在和这个问题作斗争，斗争的结果，便是这本薄薄的名叫《我从未见过麻雀》的小说集子。可以说，它完全是我在二十五岁前对现实作出的理解。我尝试着去用虚构的手段解构那些遗留在记忆中的现实，它们可能是美好的，也可能是残忍的。我曾在很多时刻里怀疑过它们的真实面目，怀疑过躲藏在现实背后的那个真实的操控者。看过这本小说集子后，你便会知晓，我是在写我自己经历的年代。然而实际上，我是在写你们，我是在写你们的痛苦、孤独、梦想与欢乐。你们即是我自己，我不过是你们在世间的一面投影。我们往往看到投影的正面，却很少

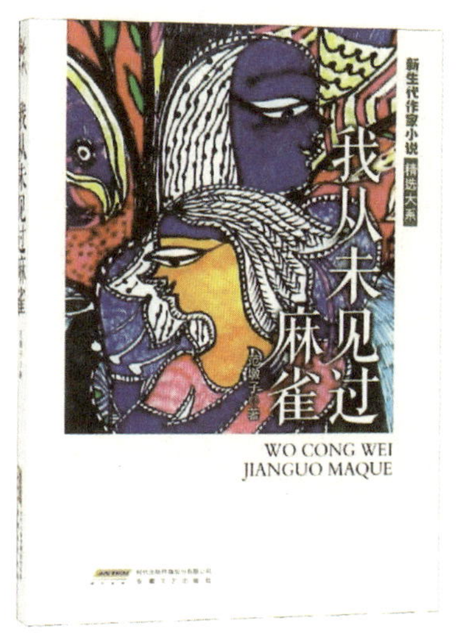

《我从未见过麻雀》书影

去想象它背面的样子和状态。

老天在我还是个孩子的时候就给了我一双忧郁的眼睛，直到如今我依然保持着隔窗观雨的习惯。我经常想，我的忧郁肯定不是我个人的，而是广阔的，是回荡在繁华的镇街上的人声，是人们在呐喊时呼出的气体，也是狐狸躲在沟中跳舞的梦幻。我的忧郁，很大程度上来源于我所看到的现实。然而，我所看到的那些现实就是真正的现实吗？它距离真实究竟有多远？当你读完这本短篇小说集的时候，我想你心中或许会有一个属于你自己的答案。就算没有，它至少会给你打开一个缺口，以便让你走进更为丰富辽阔的世界。

写于 2018 年 3 月 14 日

与记忆对话

——《虎面》自序

这是本有关记忆的书。在我着手去写书中的每个故事之前，其实已经有许多人物暗藏在我的脑海里了，他们的脸上闪烁着昏黄的亮光，时刻准备着对我讲述各自生命中或快乐或忧伤的精彩故事。现在，与其说是我写出了他们，倒不如说是这些形象逼真的人物在与我进行对话时，重新创造了他们自己。这便是记忆的力量。借助过往那些鬼魅的记忆，我试图用这些轻盈的故事去捕捉历史的瞬间，去重新审视那些早已坍塌掉的废墟，通过虚构与记忆的还原，我们是否可以看到一个真实的过往？

人们处于精神困顿的时刻，会情不自禁地陷入遥远的记忆，这个过程里应该含有尴尬、快乐、茫然等复杂的意味。记忆本身就有这种特质。但记忆完全准确么？记忆在重新发酵的过程中，势必会出现某些偏差和偶然，但若要达到我上面所说的那个目的，我始终坚信我的记忆。

在写作这些故事的时候，我内心感到无比的快乐和安宁，仿佛这些年的光阴并未曾改变过什么，以往的故事依旧被大雪封存在那个神秘的午后，以往的人们依旧无法摆脱面目冷酷的历史，他们依旧站在那条笔直的柏油

马路上，叹息着，挣扎着。多年以后，现实的面庞开始变得模糊起来，很多人早已沦为小镇里的孤魂野鬼，他们反反复复地游荡在夏日的街道里，他们的灵魂则重新投胎在荒野中间，有的长成花，有的长成树，有的变为狐狸。这意味着记忆尽管会随着肉身一同死亡，但永远不会消逝；这更意味着小镇里的任何事物的背面，都暗藏着许许多多的故事。于是，我选择了我成长中的一个阶段，重新去拾取这些故事，并竭尽我的能力去赋予它们更多的使命。如果你阅读过这本书，肯定就会发现这个秘密。

《虎面》书影

我是一个容易胡思乱想的人，大概许多写小说的人都是这个样子吧。或许是独处太久的缘故。童年时代，我性格顽劣，经常惹事打架，但身体太过瘦弱，总被人揍得鼻青脸肿。独处自然就成为我生活里非常重要的一部分。有时坐在树杈上，有时骑在墙垣上，有时又一个人躺在辽阔的沟坡里，静静地观察天边的白云和正在展翅翱翔的乌鸦。那种感觉，如同身处一片漆黑的阴影当中。

前段时间，偶然读到台湾小说家袁哲生的短篇小说《寂寞的游戏》，心中无比激动，也生出几分的嫉妒之意。袁哲生在这篇小说中写出了我一直在寻找的神秘体验，他写道："我想，人天生就喜欢躲藏，渴望消失，这是一点都不奇怪的事；何况，在我们来到这个世界之前，我们不就是躲得好好的，好到连我们自己都想不起来曾经藏身何处？”难以置信在远隔十万八千里以外，我竟会同一位不同年代的小说家产生非常相似的生命感受。或许袁哲生一生都在躲藏，然而他真的可以逃出现实的牢笼吗？真的可以找到一处隐秘而又未曾被人踏足过的地方吗？或许有，但穷尽我们毕生的光阴和财富，我们能够顺利抵达吗？恐怕这正是令他感到抑郁的原因吧。

这几年，我一直都希望能在小说中重新建立起新的游戏规则，好让我能够在童年的背影下面，重新找到那一处永远也不会被伙伴们发现的地方。小时候，总以为长大了才可以拥有很多藏身之处；长大后，才发现这个世界大到让你无处可藏；而唯一可以藏身的地方，就是在童年的游戏里。好在我比人们能够幸运点，有点编故事的能力，还可以在故事中为自己编织一块幽静空灵的地方，然而，我会不会很快又被人们发现了呢？

有朝一日，我希望我虚构的故事能够被风吹到遥远的地方，然后被埋在黑色的石头下面，常年被风吹日晒，直到化作泥土。我希望它们能够忘掉昨日痛苦的记忆，然后藏在那宽阔的河床下面，永远保持沉默。我也希望它们永远不要再回头。在那遥远的地方，有羊群、老鹰、狐狸、野兔伴着它们，有高山、草地、森林、沙漠守着它们。它们永远也不会感到寂寞。此刻，在这偏僻的北方小镇，我将这些故事献给所有感到孤寂的人们。在人们无依无靠的时候，但愿它们能够化作一束阳光，照亮人们冷漠已久的心灵。我更希望未来的那个我首先能够聆听到我的故事。我对他想说的话，都写在了这些故事里。

写于 2019 年 2 月 20 日

一次冒险

——《抒情时代》自序

四年前，我就在写这本书，但写到八万字时，觉得和构思相差太远，就全部删掉了。去年暑期在家，想着无论如何也要克服内心的胆怯写完它。胆怯的原因，在于此前我尚未有过写作长篇的经验，用十多万字的篇幅讲述两个人物的命运，对我确实充满了挑战。这是我的第一部长篇，我理应小心点，尤其是在结构上应多下点功夫，以防叙述上松松垮垮，不够紧凑。

但我并不担心失败，我担心的是没有写出我理想中的人物来，也就是小说中的杨梅，这个少女形象常常会出现在我的脑海里，有时候甚至觉得，她是另一个世界的我，我们是统一的个体，并无身份、面貌、性别和地域上的差别。因此，我必须耐心去叙述有关她的一切，去聆听她的一切，哪怕是她的怪念头和梦话。依靠着这些纠缠在一起的想法，我写完了这本书。

写作的八个月时间里，我停下了短篇写作，也拒绝了不少约稿。当我全身心投入进自己建立的小说迷宫中时，才真正体会到了叙述的快乐、酣畅和黑暗。长篇对我的诱惑，在于每天都有东西可写，思想上不会有太大的负担，毕竟面对的是一项浩大的工程，是在荒野上一次漫长的跋涉，每

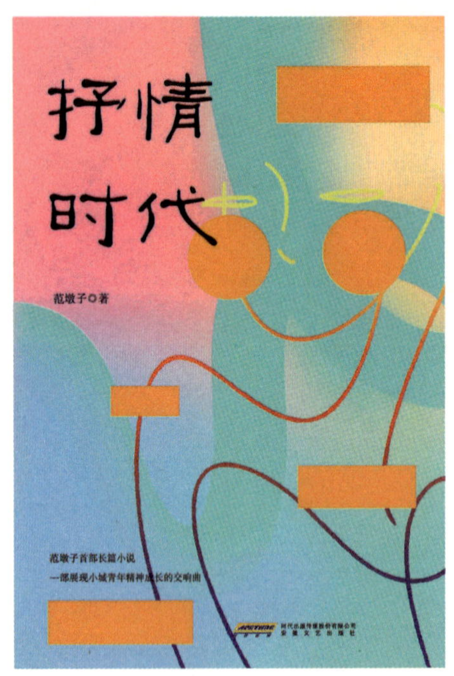

《抒情时代》书影

天能做的，就只有耐心地推敲和打磨，谁也不知道它什么时候结束。只能慢慢地写，慢慢地等。

这本书算是我对前期写作的一个总结，它容纳了我各种怪诞的想法和探索，包括小说的结构、语言和整体弥漫出的气息。我不能说它就有多么的好，但它的确凝聚着我诸多的真情和血泪，用心的读者定然是可以窥见的。无论是写短篇，还是长篇，我都是在表达自己最真实的情感。如果对一件事情没有多大的感触,我宁愿不写,熟悉我小说的读者也自然是知晓的。

写小说已经成为我生活中重要的一部分，之所以迷恋这个文体，是因为它可以跨越现实进入辽阔无垠的未知世界。描述未知，推翻定论，正是小说的乐趣所在。人们相信小说的一个重要原因，也是因为在小说里能够触摸到真实的人性，因而，小说家就不能用小说来撒谎，来欺骗读者。小说家其实也是一名冒险家，带着一份执着和勇气，在黑暗的原野上奔跑，

前方却永远没有尽头。

有些记忆是可以忘却的，但有些记忆却永远不能丢弃，因为它们承载了个人生命中最沉重、最要紧的部分。写作实际上就是一次提醒，一次对记忆的重新审视。本书虽名为《抒情时代》，但绝无半点无病呻吟和泛滥抒情，读者可鉴定之。

写于 2020 年 11 月 14 日

作者寄语
线上直播
写作课程
精选书单

吊月秋虫，或曰沉思

——《小说便条》后记

年初时雄心勃勃地做着小说的幻想，多半年过去了，小说一篇未做成，竟零零碎碎写成了这样一本小书，确是未曾料到的。要放以往，我肯定会焦虑不安，可写随笔这段时日，虽说小说一篇未做，心里却毫不慌张，甚至觉得，这是我距小说这门艺术最近的一年。似乎于另一个空间里，重新感受、抚摸、亲吻了一遍小说。长远来看，也该停停了，我完全可以像过去那样继续写下去，发表也不成问题，可会不会陷入自我重复的境地？这实则是为自己的懒惰找借口，也或许是才华枯竭的前兆，但不论怎么讲，这些随笔从精神上安抚了我寂寥的心，给予了我蓬勃的艺术想象力。

大半年来，我过着清淡的苦行僧式的生活，一边上课，一边思索。寓所位于翠华山下，山色秀美，空气鲜洁，在这里，我获得了心灵上的大自在。我变成了一株铁杉，一只秋虫，一头金钱豹，一名沉思者。在阴郁的风声中我凝望山脊上空的星光，在神秘的霞光中我回忆昨夜的幽梦，一日日地读，一日日地写，我是铺在草丛间的白霜，是树后跳动的鬼火，也是

深夜里的捕鱼人。

忘了从什么时候起，梦渐渐多了起来，今年尤其多，且多是些荒诞不经的怪梦，醒来后，多半也都忘却了。大多时候，我总将梦境当成肉身说给灵魂的悄悄话，极少沉到内部去探究，不得不说，这是一笔损失。某个时段起，我有意注视起从我脑袋里汩汩冒出的怪梦，这一对视，真切地惊了一跳，才发现梦竟是这般的真实有趣，显然是一座值得深挖的富矿，于是便自觉地将梦看成一种与我密切相关的现实，一声来自命运深处的悲叹。清晨醒来，先躺着回忆一下夜里的梦，等梦里的人事、情景变得清晰可触时，再起身在稿纸上录下来。一年来，我像蚂蚁一样穿梭在梦境的密林深处，东瞅瞅，西看看，竭力成为一名梦的搬运工。现在回看这些或长或短的碎片，不禁要感叹起梦的瑰丽与璀璨了。

我常感到失落，感到苦痛，梦里是岸边的桃花源，梦外是泥泞的沼泽地，我来回奔波，不堪重负，但这梦无论是好是坏，是庸常还是怪诞，毕竟为我排解了愁闷。冬月萧萧，寒风寂寂，这本小书后，我要集中精力来做小说了。

2022 年 12 月于太乙

吟唱黄土高原悲凉的童谣

——答《新华书目报》王波问

《新华书目报》：从2015年在《青年作家》发表短篇小说《父亲飞》至今你已经发表几十篇小说，其中很多都和童年有关。童年记忆对你产生了哪些影响呢？

范墩子：我在写作的过程中，并没有发现这个问题，也没有过多地去思考这个问题。是那些经常萦绕在我脑海里的念头，让我产生了写作的欲望。我在写作中，更多的是去关注人们真实的生存状态。是生存，并非生活。关于这种真实性，我更相信童年的记忆。或许在很早的时候，那些关于时代的认识，就已经隐藏在了童年的镜头里。多年之后，回想童年时，才发现童年的珍贵。童年的种种情景里，有着我对社会与时代最初的判断。或许这种判断是幼稚的，不成熟的，但却能反映我内心真实的样貌。有时候，我甚至觉得，童年的记忆，几乎蕴含了一个人一生当中所有的美好与

纯洁，在这些遥远的记忆中，我真正走近了那些已被世人忽略掉的生命。它们尽管卑微若草，但我相信它们也会开出绚烂的花朵。

《新华书目报》：你的首部短篇小说集《我从未见过麻雀》刚刚出版，收录了你的短篇小说《伪夏日》《绿色玻璃球》《倒立行走》等十三个短篇小说，有人评价这是一部中国乡村少年的“心灵史”。作为作者，你想在这部书里表达什么呢？

范墩子：这正是我要对喜爱我的读者解答的问题。在我的意识里，童年并非扁平的，而是一个球形结构。我选择童年作为小说的背景，不是给童年唱一首挽歌，也并非在其中怀念我的童年生活。童年在我，更多的是伤感，我希望能表达出它背后的东西，是那些宽广的、厚实的东西。20 世纪 90 年代末，实际上是一个大变革的年代，而若从正面去写，根本无法真正关注那些底层的人群，所以从这个意义上，我希望在大变革的时代，以一种少年视角进入，去体味那些细微变化。少年们尽管难以体味到时代中宏大的东西，但他们在逐渐凋零、坍塌的乡村生活中，挣扎着，对抗着，他们用属于自己的方式，在时代的洪流中留下了他们那单薄的身影。实际上，少年们离奇的经历，平庸而又无聊的生活背后，时代正在一点一点发生变化，这是我想在这本短篇小说集中表达的东西，也是我关心的问题。我在这本书的自序中写道：“我尝试着去用虚构的手段解构那些遗留在记忆中的现实，它们可能是美好的，也可能是残忍的。我曾在很多时刻里怀疑过它们的真实面目，怀疑过躲藏在现实背后的那个真实的操控者。”这几句话，也正是我上面谈到的那个意思。

《新华书目报》：你在自序里谈到了写作中现实与真实的关系，你怎样看待这个问题？

范墩子：我们就在现实中生活，任何一件事情都算是现实的一部分，但我们能够通过事物的表象了解到现实背后真实的世界吗？真实意味着真相，意味着去了解一件事情的前因后果，要去分析，去推敲，去思索，然后又能以这样一件普通的事情，表现多数人普遍的心理状态。依我看，这便是询问真实的过程。这需要作家有巨大的勇气，也涉及良知的问题。这个话题，也绝非现实与虚构的问题，虚构是对现实的提纯，而对真实性的剖析，是更为高级的东西。

《新华书目报》：能否跟大家分享一下你出版《我从未见过麻雀》的感受？

范墩子：很多人看了我这本书后，说非常感动，尤其是对少年们在逐渐凋零的乡村中所表现出来的欢乐，这令他们感觉有些难受。我更是这样。写这部书之前，我在写诗，那段时间，我感到焦虑、彷徨、迷茫，就像掉进了巨大的黑洞当中，迷失了方向，当我计划写这样一部书的时候，我重新捡回了写作的信心和勇气。在许多个寂寞的时刻，我却感受到了写作带来的快乐，我为我笔下的少年们而快乐，为他们"堂吉诃德"式的梦想而快乐，尽管这个梦总有破灭的时候。毫不夸张地讲，这本书真正开启了我的写作生涯，我感激它，我更感激那些记忆中的少年们。我不知道我以后还会写出什么作品，可这本书是我在这个世界上，真正划下的第一道痕迹。在这本书中，我想用我自己的叙述，重新定义每个人的童年。这是我的野心。《我从未见过麻雀》的出版，令我有了许多快乐的回忆和念想。

《新华书目报》：每一个作家背后，都会有许多伟大作家的精神滋养，哪位作家对你来讲最重要？

范墩子：加缪。的确，影响我并给我很大启发的作家很多，但加缪一直被我视作自己的精神偶像。作为一个小说家，加缪深知文学并不能改变我们的生活现状，亦不能让我们远离痛苦、荒谬、战争与孤独，但他始终坚信文学的力量，文学至少能让我们理解我们的日常处境，并能在很大程度上去接近或者享受光明与美好。

《新华书目报》：文学这条道路，是一条艰辛的道路，你前面的路还很长，你认为支撑你坚持下去的理由是什么？

范墩子：作家的作品是给读者写的，更是给自己写的。一个人站在舞台上表演，底下没有一个观众，同样也可以演得很精彩。也就是说，作家写作，出发点都很自私，考虑的先是自己，然后才是读者。在这个碎片化的甚至有些乏味的时代里，写作就是我生活里必需的一项，我能在其中做白日梦，也能寄托那些遥不可及的情感。很多时候在想，我在文字里纵横捭阖，精彩了，默默地给自己鼓掌；演砸了，一个人忍受那份落寞。古时候，狼都会在夜间长啸的，我经常会将自己想象成一匹大白天也在苍茫大地上的蒿草深处嚎叫的孤狼。

《新华书目报》：童年视觉的阶段书写就要过去，接下来你为自己的写作道路是如何设计的？怎样建设自己的心灵故乡？

范墩子：我正在写一部童话。今年下半年，我一直在阅读安徒生、王尔德、莎士比亚等作家的作品，我在他们的身上，看到了良知、爱意，看到了对弱小者的同情，看到了对道德失衡的愤怒，看到了对麻木人性的鞭挞，而这些东西，恰恰是当代中国国民最为缺失的东西，因而我选择写一部童话。在这本书中，我要让读者看到，无论时代如何变化，爱与善是永恒不变的东西，崇高与美德是永远也不能被抛弃的品质。假若世间没有了这些准则，人性中丑恶的一面就将表现出来，那将是人类的灾难。我还会把天南地北见到听到的故事，移植到我的渭北黄土高原的家乡里，我将继续回到纯真的童年，去叩问爱的存在，寻找美的源头，聆听善的响声。

刊发于《新华书目报》2018 年 12 月 20 日

对小说有一种纯粹的爱

——答《中国青年作家报》何凯凯问

《中国青年作家报》： 获奖对于创作而言，是一种肯定，尤其这是一次特殊时期的获奖，什么感觉？

范墩子： 我没有想过自己会获得滇池文学奖，在这之前，只是埋头苦写。获奖有运气成分，谁也无法左右这些事情。一个成熟的小说家，老老实实去写自己的作品，就足够了。经过这几年的历练，我深深感觉到，自己对小说有着一种纯粹的爱，我无比热爱虚构，热衷于在小说里创造各种人物，这种快乐是发自内心的，也是高于获奖这件事的。

《中国青年作家报》： 今年因为疫情的原因，你也数次通过网络直播，来和读者进行对话交流，分享新书《虎面》，这些体验，未来会写在小说

里吗？

范墩子：我也不知道，可能会出现在小说的某个细节里，也或许不会。我是一个充满了矛盾的人，比如现在，我的脑海里一直浮现着几个人物，他们的形象格外清晰逼真，似乎他们每天都在对着我呐喊，希望我能将他们写出来。我的理解，写好人物，是小说的基本，但并非根本。而现在，我还处于要把人物写好的阶段。所以，我现在要做的事情就是把这几个人物写好，至于别的东西，我考虑不了那么多。小说本来就需要慢一点，和时代保持一点距离感，这样的话，才能看清楚一些东西，不至于迷失，也不至于找不见自己的坐标。

《中国青年作家报》：《虎面》是你在书写童年记忆中的故乡小镇，你怎么看待故乡这样一个本体？在创作中，为什么会夹杂着如此复杂的情感？

范墩子：不得不承认，古老乡村的文化内核已经在消亡，甚至正在断裂，在很短的时间里，我们是看不到这种变化的。如果把这种变化放在历史的长河中看，我们就能够清晰地知晓我们今天究竟丢失了什么。我现在已经没有那种狭义的故乡概念了，让我感受最深刻的是那些童年记忆，可能是关于城市的，可能是关于乡村的，甚至还可能会是关于县城和乡镇的。

《中国青年作家报》：第一次读你的小说，是你的第一部短篇小说集《我从未见过麻雀》，在你的创作上，巧妙之处就是规避了陕西已有的“三座大山”，另外选择了一条道路，用现代的手法来写乡土，为什么会选择这样的创作？

范墩子：我从写作开始，就没有想过将自己归在某个地域范围里，我对自己的定义是做一名汉语作家。用汉语表达我自己所想到的，所观察到的，我也没有想到自己要去继承什么传统，我手里仅有的武器就是汉语。我也不知道我的小说究竟算现实主义文学，还是算先锋主义文学呢，我脑子里装不了这么多的东西。我只是在用自己的方式，来表达我所认识的现

实。未来哪怕仅仅能够触及现实的一角，那我也觉得我的小说是有意义的。

《中国青年作家报》：反复书写童年记忆，带给你怎样的体验？

范墩子：现实本身就是沉重的，人们总会陷入悲伤或者虚无的情绪当中。快乐的时光毕竟是短暂的。我忘了我在哪本书里看到过一句话：你们的快乐吓坏了我。《虎面》就是一本充满着悲伤记忆的小说集，有的是写小镇上的青年，有的是想尝试一种别致的叙述，多少表明了自己的一点写作野心和理想。尽管这是本记忆之书，但我并不希望在书中哀悼以往的生活，我更希望通过记忆之门，去窥视未来。很多人都在哀悼记忆，哀悼那些已经灰飞烟灭的东西，但往往越是被我们哀悼的东西，却往往让我们感到安心。藏身在记忆里，是人的本能，只不过现实太叫人感到虚妄罢了。

《中国青年作家报》：《虎面》中，有描写乡村葬礼仪式上的杨喇叭，也有《鹧鸪》的主人公阿翔，带有着现代性的迷茫与无奈。对于人物的刻画，为何如此执迷？

范墩子：要说杨喇叭这个人物，就必须提到《火箭摩托》里的张火箭。是在写完张火箭这个人物后，我才想到要去写葬礼歌手这样一个角色。这本身就是一个很少有人关注的群体，他们常年活跃在乡下最不起眼的舞台上，给人们带去或快乐或悲伤的歌曲。这也是一份精神层面的营养。他们也有欢乐，有梦想，有着想去大舞台表演的幻想，但现实中他们却只能守在让人们泪流不止的葬礼舞台上。他们是村镇的一部分，更是村镇记忆的一部分。写杨喇叭、张火箭等这些人物，其实也是在写那些正在坍塌的现实。记忆会随着肉身一同死亡，但却永远也不会消逝，用小说去留住这些记忆，也是我自己写作上的追求。经常阅读我小说的朋友会发现，我热衷于对人物心理的描写，《鹧鸪》就是描写了主人公那种恐惧的心理过程。但要谈这个小说具体表达了什么，我也谈不出来什么。我想表达的东西都表达在了小说里，解剖小说的内核是我的弱项。换句话说，我是在追求一种

叙述上的现代性，这个过程包括人性上的现代性，也包括社会意义上的现代性，是一个非常复杂的问题。

《中国青年作家报》：你是怎么想到吸收文言笔记小说的经验来进行创作的？

范墩子：蒲松龄是我眼里的大师级作家，《聊斋志异》在我心目中的分量，甚至超越了四大名著。《一个将来的夜晚》是想去写未来的爱情，但我却将时间定格在了久远的上古时代，一个猎人与三个狐狸精的故事。写法上的确是想致敬古代的笔记小说，不仅仅是《聊斋志异》，也包括冯梦龙的小说。那段时间，我正着迷于明清笔记小说，阅读了很多，于是也就试着去写了这样一篇。河南的孙方友先生是写笔记小说的高手，他的《陈州笔记》我看过一些，非常老到，烟火气息浓郁，是不可多得的好小说，遗憾的是，他多年前就去世了。韩少功也写过一些。笔记小说算是中国小说的传统，对语言的要求很高，不拖沓，在很短的篇幅里，还要写出烟火味，写出奇特的想象来，这的确是不容易的。

刊发于《中国青年作家报》2020 年 9 月 8 日

我不愿意为乡村写挽歌

——答《文化艺术报》魏韬问

《文化艺术报》导语：作家范墩子审视这个世界的目光，大抵是从麦田里的梦境中投射而出的——少年时期的范墩子，在村里有着“麦牛”的绰号，他喜欢放学后睡在麦地里，一个人在麦地里恣意打滚、仰望天空，那是一块属于少年的自由领地。

多年以来，这个梦境一直萦绕在他的小说中，在渭北高原辽阔的麦田里，少年范墩子游弋于各种各样的梦境，关于南方的梦，关于城市的梦，关于死亡的梦，也有关于青涩爱情的梦。“只要一躺进麦田里，我就会忘记现实的苦恼，就会摆脱掉那些莫名的忧伤情绪，就会窥见遥远的未来。”

少年范墩子会躺在村子中家门口的那条沟里，和蚂蚁、乌鸦、狐狸说话，和柿子树说话，这时他会感到自己拥有了一个独特的世界。在他的小说里，“哈金”们立在豁口的土墙上，在坍圮的乡村里，憧憬着另外一个未知的世界。尽管少年们声嘶力竭地讲述着他们眼中的世界，但范墩子的小

说并不止于少年的叙述，他更期待回归少年的内心，还原一个充满欢乐、梦想、迷茫和躁动的一群少年。在渭北一个叫作菊村的小村庄里，他希冀通过一群少年来窥视整个时代的画面，来描摹整个时代的变迁史。

追赶摩托车的少年，站在树杈上仰望天空的少年，啤酒屋里黯然神伤的少年……投射在少年们身上的荒诞感，似乎诉说着小镇生活的残酷样貌：生活本身残缺的形态，以及经济浪潮下，生活并没有以少年们内心希望的方式往前延伸。但同时，他的小说几乎是以冷色调与暖色调交织而成。“生命在与现实的纠缠中显见卑微，以残缺的东西对抗面前的现实，但在对抗之后，会建立一个属于少年们的虚构世界，这是一个温情的世界。”

他笔下的乡村，迥异于传统写作中对于乡村、乡土的缅怀情调。于他而言，写乡村并非带着怀念的心情，而是希望找到这个时代里挣扎的一些人，追寻这些人生命的意义——躁动的时代下，那些微小的生命也能在这个时代射出光来。“如果要为乡村写挽歌，意味着在我心里，这个时代可以翻篇了。我不承认我在唱挽歌，我希望这个‘世界’永远在我的世界里存在着。”

范墩子时常还会走进另一个梦境中，脑子里总是会闪现一个在黑夜中行走的少年，他在追寻着远方的一束微光。这似乎是一个隐喻，少年范墩子以及小说中少年的小时候，总是以逃离的心态，去渴望追寻外面的大千世界。

而乡村呢？“我们还能回到乡土里面吗？”

“回不到了。但少年永远不会翻篇。”2021 年接近尾声的时候，疫情期间一场线上特殊的访谈，“少年”范墩子给出了这样的答案。

《文化艺术报》： 采访伊始，先要向你祝贺，恭喜蝉联长安散文奖一等奖。我记得第二届长安散文奖，你是以《野沟札记》获奖；第三届长安散文奖，你以《河岸的风景》再次获得一等奖。无论是“用感官去实实在在地感知大自然最为神秘或细微的地方”，还是“在荒野里，风声萧瑟，大地空旷，躺在长满杂草的斜坡上，晒着暖阳，听着鸟鸣，似乎又重新认识了一次人间”。我的感受是，擅长编织故事的范墩子，对于自然草木、飞禽走兽的细微感知同样令人惊异。这场于你看来只是个人心灵的漫游史，字里行间似乎总是若隐若现地蕴含着渭北黄土高原上荒野里的“渭北味道”，好像在你的小说或者散文里，怪诞寂寥的文字风格和个人印记总是如此鲜明和突出？

范墩子：所有的作家都在表达自我，表达对现实的认识，从对现实的敏感程度来看，我确实是个慢了半拍的人，并自觉地从心理上与当下生活拉开了一定的距离。这样选择，是避免自己被现实的洪流给淹没，也是为了避免肤浅的表达，从而更清晰地看到现实更深层的一面。个体是时代的缩影，个人内心的波动也是时代的精神变迁，当代文学中，从宏观的层面上去表达时代的作品，比比皆是。但与之相比，我更关注微小的、局部的和个体的。因而从写作起，我就试图用最贴近自我内心的方式在叙述，叙述现实的和非现实的部分。现实并非风平浪静的，多数时候，作家更需要去发现现实背后所涌动的暗流，甚至也可以说，现实本身就有其荒诞的一面。荒诞的表达或表达荒诞本身，是让我有所期待的写作。现实并非只是人事，大多时候，我们还忽略了自然。于是，我的写作就呈现了两个方向：一个是用虚构的手段叙述现实的可能性，叙述现实背面的部分，人们所看不到的部分；另外一个，就是用非虚构的方式记录大自然的变迁，也可以将其称为自然写作，这样的写作，让我获得了一种久违的宁静感，回归自然，表面是远离了现实，其实是让我更亲近了自己的内心。

《文化艺术报》：第三届长安散文奖颁奖现场的研讨环节，还讨论到了陕西青年文学的发展问题。事实上，我发现一个很有意思的现象，大家在提到范墩子的时候，一定要加上“青年作家”，有时候这个定语会更精确地描述为“‘九零’后青年作家”——在陕西这片文学厚土上，在文学代际的接续方面，新一代的写作者力量稍显薄弱。诚然，一方面原因是陕西作家

在中国当代文坛上曾经取得的成就太过辉煌耀眼；另一方面是否也意味着固守着“乡土文学”的版图踟蹰不前，青年作家们在这样的文学语境下要想写出来上乘的好作品，面临着更大的挑战？

范墩子：这和题材的选择没有关系。这二十年来，一天一个变化，作家审视生活的节奏甚至已经追不上现实自身的变化速度，因而难度自然要更大一些。曾经的文学黄金时代，早已土崩瓦解；今天的写作，必然要面对网络和科技的挑战。要我说，今天的文学生态是更为正常的。青年作家要突围，别无他法，只有坚守内心，用作品说话，持之以恒地写下去，不被世俗和名利捆绑，老老实实地用作品为自己建立一个文学世界。一方面要找寻自己的根，这和“寻根文学”不同，因为在今天，多数年轻人已经忘记了自己的来处；另一方面要拥抱世界文学，向经典学习，学习那些一流的技术和写法。很多时候，我们只关注了现实本身，而忘记了写作也是需要高妙的技艺的，也就是作品的艺术性。强调艺术性，就得用阅读激发自己的创造能力，而非故步自封，原地踏步地复制自己。

《文化艺术报》：记得第一次读到你的小说是《簸箕耳》，这篇小说让我印象深刻的是，其中颇具魔幻色彩的现代派叙事方式和手法。而后在细读了《我从未见过麻雀》里的部分小说后，我有这样的一个疑惑：卡夫卡笔下躲藏在甲壳虫里的格里高尔，隐喻着被现代生活“异化”后，现代人的孤独与迷惘。而在渭北高原上，躲藏在荒野里，躺在麦田里遐思的少年，《摄影家》里摄影家的孤独，《啤酒屋里的流浪者》青年们的孤独，似乎与现代性的“异化”并无关联。卡夫卡的“孤独”与范墩子的“孤独”，是一种表象的模仿借鉴的关系，还是一种内在的文学意义上的共鸣？

范墩子：你提出的这个问题，我还真没有好好去想过。卡夫卡是我非常喜欢的小说家，正如你所说，他的小说的确是在直面现代人内心深处的孤独感和焦虑感。但以我的观察，并非每一个人都喜欢卡夫卡，包括陀思妥耶夫斯基和大江健三郎，他们的灵魂太苦了，太悲伤了，这也才让他们写出了那么多带有强烈痛感的作品。谈到孤独感，小时候我就是一个沉默寡言、略显忧郁的少年，这种性格到今天依然在深深影响着我。《我从未见过麻雀》自序中，我写到过这样一句话：“我的忧郁，很大程度上来源于我所看到的现实。”从更广阔的层面讲，孤独感来自于对自我的怀疑、反思和重新认知，这和所处的时代并无关系。换句话说，20 世纪作家和 21 世纪作家所面对的孤独感，实际上是一致的，都萌自对现实生活的不满和绝望。

《文化艺术报》：从第一部短篇小说集《我从未见过麻雀》，及至后来的《虎面》，再到新近出版的长篇小说《抒情时代》，梳理之下其实有一个清晰的写作路径：《我从未见过麻雀》是关于童年记忆的，《虎面》是关于小镇记忆的，从乡村少年到小镇青年，叙事的时间虽然在流动，但你记忆的原点、灵感的来源好像总也摆脱不了故乡，故事仍然以记忆中的“菊村”作为背景，这是你在不同的系列作品里，试图构建自己的“精神原乡”吗？

范墩子：对我而言，能够安放灵魂的地方便是我的故乡。故乡不再仅仅是那个生我养我的地方，它可能存在于我童年的记忆里，也可能存在于我的小说里。以前我憎恨故乡的村镇，但现在我对那个村镇充满了爱意，我不仅能看到它黑暗的地方，也能看到它光明的地方。至于说是否在构建自己的“精神原乡”，我并不清楚，也从未刻意这样去做过。

《文化艺术报》：在《用小说抵挡记忆的消亡》这篇随笔中，你谈及史铁生、杨争光、余华、莫言是你喜欢的中国作家。依稀可以看到，你的作品中继承了余华、莫言等前辈作家的先锋意识，我在《啤酒屋里的流浪者》等作品中也读到了余华《十八岁出门远行》的一些意味。事实上，每一个作家几乎都有自己的一条踏上文学道路的“文学谱系”。是哪些作家及作品滋养了你的文学审美和写作热情，并使你最终“寻找到属于自己的句子”？

范墩子：胡安·鲁尔福是最早影响我的作家，现在还记得多年前第一次读到鲁尔福小说时的震撼。那本薄薄的《胡安·鲁尔福中短篇小说集》，

我现在仍然会时常翻起。最早阅读他时，我觉得他笔下的乡村和中国北方乡村的现实非常相似，尤其是在贫穷的背景下对人性的拷问，加上他那极具辨识度的叙述风格，深深令我着迷。于是，我开始集中阅读拉美作家的作品，在我看来，拉美乡村和中国乡村有着极其相似的部分，这也是为什么我们读起马尔克斯、波拉尼奥、科塔萨尔等拉美作家的作品时会感到亲切的原因。我丝毫不会回避我对拉美作家的热爱。拉美文学对我的启示，就是对民间地域文化的现代化展现。

《文化艺术报》：三年前，我们有过一次对谈，那是关于《我从未见过麻雀》这部小说集。给我留下深刻印象的是，你说了这样一句话："我不愿意为乡村写挽歌，如果要为乡村写挽歌，意味着在我心里，这个时代可以翻篇了。我不承认我在唱挽歌，我希望这个'世界'永远在我的世界里存在着。"时隔几年，对于乡村、小镇、城市化，以及自己的写作方向有哪些新的思考？

范墩子：生活在以一种我们极难感受到的速度变化着，因而要去捕捉那些恒定不变的事物，就显得艰难异常。我常常感到困惑、迷茫，尤其是在写作上，常常会感受到一种强烈的荒诞感，生活在城市里，但我每天依然和乡村生活发生着联系，所以我必须在小说里直面这些矛盾的存在。我羡慕那些一辈子都在写城市的作家，我无法做到，因为我的生活集合了乡村、小镇、县城和城市的部分。之所以在小说里反复书写这些事物，是因为我不愿意让自己完全背离现实，我的心灵深处，有着对现实生活强烈的表达欲望，我心甘情愿做一个现实的记录者、时代的书写者，记录那些卑微的事物和灵魂，书写我心目中伟大的中国小说。题材并不能决定艺术层次的高低，只有平庸的作家，没有平庸的题材。

《文化艺术报》：此刻，正值西安疫情防控时期，我们以这样特殊的方式进行了一场特殊的采访。你近期的生活状态是怎样的，手头上有正在创

作的小说吗？疫情是否某种程度上，会触发一个作家对于生命、苦难、死亡的深层次理解？

范墩子答：目前刚开始写一部构思已久的长篇小说，至少得写上一年吧。写长篇小说的一个好处，在于每天都有事情干，不像写短篇那么耗费才华和心思，当然，对我而言，并不是绝对的。写完上一部《抒情时代》后，我真正对长篇小说有了一种美好而又崇高的敬意。写《抒情时代》时，武汉经历了疫情；写手头这部长篇时，西安又正在经受着疫魔的考验，仅从写作的心态上，就有很大的变化。在此之前，对生命、苦难和死亡的认知仅仅是停留在表面上，停留在意念中，经历了这场生与死的大考，让我对人性的认识会更真切，更为真实。我想我会写出一些作品来表达这种感受的。

《文化艺术报》：这次你参加了中国作家协会第十次全国代表大会，谈谈感受和对未来的展望。

范墩子答：从写作开始，我就一直在思考着如何去表达这个时代转型的部分和变革的部分，也一直在思考着我和时代之间的关系。真实地表现时代变迁、关注时代变迁中人的心灵轨迹和记录时代改革，是我写作上的一个追求。此前我写了长篇小说《抒情时代》，以此为时代献礼，为时代抒情，为我们这代青年人发声。作为一名来自西北地区的青年作家，我深知自己身上有着深厚的乡村生活经验，在未来的写作道路上，我将继续扎根现实，从自我的经验当中找到这个时代的普遍性，传承好前辈作家留下的宝贵写作传统，并且在传承之中有所创新，探索自己的写作方式，挖掘更深的民族属性，在厚重的民间土壤中吸收养分，用我自己的方式讲好中国故事，在热气腾腾的生活中吸收写作素材，塑造新时代崭新的人物形象，做一名合格的青年时代记录者、书写者。

刊发于《文化艺术报》2021 年 12 月 29 日

附录

范墩子散文入选教辅阅读篇目

编者按（一）：《语文（七年级·上册）》新人教版，将《春天的歌声》设计成阅读题。

春天的歌声

范墩子

大地总算把攒了一冬的悄悄话，朝着山谷深处喊了出来，当山谷对岸传来黄鹂鸟那悠扬的歌声时，沟野就在不知不觉中绿了起来，连花儿都在夜间偷偷地开放了。我顺着小路走在沟里，阳光温柔，满目青翠，鸟声填满了大地的每一处缝隙，树木也都抽出了嫩绿的芽儿。牧羊人就坐在柿子树旁边的大石头上，循环收听着手机里的秦腔戏，羊像孩子一样躺在春天的怀里。

春风朝绵长的沟道间呼呼地吹起来，把那些还在冬月里熟睡的莎草都给吹醒了，小溪更是铆足了劲朝着落日的地方流去。羊也在辽阔的草地上撒起欢儿来，在沟原上头朝着蓝晶晶的天空咩咩叫上一阵，又跑到沟底的小溪边咕嘟咕嘟饮上一肚子的清水。野兔、黄鼠狼和鼹鼠从洞穴里伸出脑袋，大口大口地吸着青草的香气，昆虫们也藏在草丛深处，跟着羊群一块儿叫。

沟里响起了春天的交响乐。春风听见了，就躲在树背后咯咯地笑起来，笑上一阵后，春风就把这些声音带到了远方，给山神去听，给那些尚未苏醒过来的土地听。蝴蝶和蜜蜂飞来了，跟在它们后面走呀走呀，只见它们飞了不久后，就落在了半坡的油菜田里，原来它们是嗅到油菜花的清香味儿了。鹅黄的油菜花很快就占领了沟野。不得不说，油菜花的开放点亮了

春天的土地。

跟着羊群往林丛深处走，不时会被掩埋在雪白的杏花里，不仔细看的话，还以为是树上落了雪团呢。伸长脖颈去看，发现密匝匝的杏花就如同洁白的棉花，那些挂在枝头还尚未开放的花骨朵，还带着淡淡的粉色，煞是可爱。有三五个姑娘就围在几棵杏树跟前，她们不时会将摘在手里的杏花撒上半空，姑娘们的笑声就混着棉团似的杏花落了一地，碰得地面都发出叮叮当当的脆响声。

傍晚，暮色四起，西天的红云还尚未完全消散，牧羊人就对着半空打上几声响鞭，羊群就从沟底上来了。接着，他就吼起粗犷的秦腔戏，吆着羊群顺着弯曲的小道回家去了。那个时候，山沟里尚未黑透，春风还在吹拂着，吹呀吹呀，草木的嫩芽儿就从地缝里冒出来了；吹呀吹呀，吹得大地的脸就皱起来了，直到后半夜下起第一场春雨时，大地才朝着山影再次露出了笑脸。

春雨把天上的事儿可全都告诉给大地了，大地抖抖僵硬了一个冬天的肩膀，躺在夜晚的怀里听春雨的故事。沟风像布条一样在空旷地带飘扬着，那些白天唱累了的鸟儿就睡在高高的树杈上，春雨淋湿了翅膀，它们就在梦里抖抖翅膀。现在只有猫头鹰依然在深沟的林丛里啼叫着，叫声回响在幽深的沟野里，衬得夜晚格外宁静，侧着耳朵去听，就能听到春雨唰唰的声响呢。

到后半夜时，春雨就停住了，但大地可都被润透了呢，草木和小虫子都喝得饱饱的。清晨时分，连夜里的雾气都消散了。渐渐的，青褐色的云层下面就露出了朝霞，没过多长时间，太阳便高高地挂在空中了，春天的大地终于展露在了太阳面前。草叶上的露珠晶莹剔透，风从对岸吹过来时，就抖落在了草木的根部。经过了春雨的洗礼，鸟儿们这次也都卖命地啼叫起来。

朝远处望去，只见群山都盖上了一层淡淡的雾霭，雀鸟急匆匆地朝山那头飞去。草木就更青翠了，整条沟道也明净了许多，柳条儿尽管还没有

完全绿透，但抽出的嫩芽却在阳光下像碧玉一样闪闪发光。羊在吃草前，甚至还要闻闻青草的香气，羊羔们则慢慢地咀嚼着草叶，生怕这扑鼻的草香被春风带走了。山崖上，沟道间，处处可见嫩嫩的枝芽，迎春花也早早地开放了。

春风把寒意都赶跑了，田里的麦苗更绿了，鸟声也清脆了，连背阴地里的枯枝也都露出嫩绿的芽儿，春天是实实在在地到了，空气中弥漫着土地的泥腥味，但这种味道可不叫人生厌。乡人们早早地下到地里，准备起一年的农事来。春天的歌声是真真切切地奏响了，人们的脸上都洋溢着微笑，只有懒汉才躺在家里睡大觉呢。人们可都知道，春天是播种希望的季节呀。

（选自 2020 年 3 月 26 日《中国青年报》）

【阅读练习】

15. 第一段在文中起什么作用？（3 分）

16. 第二段描写了哪些动植物？表现了它们怎样的特点？（6 分）

17. 品味画线句子中加点的词语，分析其表达效果。（4 分）

（1）春风听见了，就躲在树背后咯咯地笑起来。

（2）经过了春雨的洗礼，鸟儿们这次也都卖命地啼叫起来。

18. 文章以“春天的歌声”为题目，有什么妙处？（3 分）

19. 作者是按照什么顺序来写“春天的歌声”的？这样写有什么好处？（3 分）

【参考答案】

15. 第一段点明了所描写的季节，为下文描写各种“歌声”提供了舞台，营造了浓厚的“春天”氛围。

16. 第二段描写了莎草、羊、野兔、黄鼠狼、鼹鼠和昆虫们，表现了它们

在春天到来之际充满活力的特点。

17.（1）“笑”将春风拟人化，写出了春风的活泼俏皮，生动形象，富有生机活力。

（2）“卖命”将鸟儿人格化，写出了鸟儿在春雨洗礼后，心满意足，用心用力“歌唱”的情态，具有感染力。

18. 文章以“春天的歌声”为题目，一是巧妙而有力地突出了文章的主题；二是全文围绕着“春天的歌声”展开，起到了线索的作用；三是用歌声形容春天到来时自然界的各种声音，生动形象，耐人寻味，富有表现力。（写出两点即可）

19. 作者是按照时间顺序来写“春天的歌声”的，作者巧妙地将歌声聚焦在一天的时间内，便于集中笔力，显得条理清晰，同时使得文章结构紧凑。

编者按（二）：《黄冈小状元快乐阅读·四年级上》人教版（龙门书局出版），将《阳光在沟里跳舞》设计成阅读题；《快乐作文》杂志 2022 年第 1—2 期（七年级至九年级适用），将《阳光在沟里跳舞》设计成阅读题。

阳光在沟里跳舞

范墩子

我在野草遍地的背阴处挖了一上午的药。

当我顺着小路走到阳面的坡上时，瞬间被阳光包围，牵牛花摇曳着婀(ē)娜(nuó)的身姿，云层如海。我放下小锄头，坐在青翠的草丛里，鸟雀从西边的树林里飞起时，阳光便在沟坡上追着蝴蝶和蒲公英跑，风一刮，阳光跑得就更欢。

躺在荒草里，我就成为一株野草。阳光的手轻轻地抚过四周的蒿(hāo)草和我的脸庞。两只蝴蝶在我面前翩(piān)翩起舞，牵牛花向我微微点头。我将草叶上的露珠抖落在掌心，阳光晶莹，令人迷醉，蝴蝶竟也飞来，我将手掌举在半空，一动不动，直到蝴蝶朝远处飞去。当阳光最为热烈的时候，会看到远处的娄(lóu)敬山上，白光腾腾，雾气袅(niǎo)袅而升，沟坡上的野花，汇成一片花朵的海洋，风一吹，花海就朝远方涌动。我还以为这一地的野花想对远方说点什么。连忙将耳朵贴在地上，竟能听到阳光正在风中汩汩地流淌。

我喜欢躺在这样的暖阳里，闻着绿草的清香，看着活泼的沟野，昏昏睡去，然后做起明日的梦来。在梦里我看见阳光正为大地梳头，动物们躲在石头背后欢唱古老的歌曲，羊站在半山坡上，把一地的清香都嚼进肚子

里。我不再顺着沟路走，而是随意走动，可无论我走到茂密的草丛间，还是走到长满酸枣树的野地里，总能见到那如同金毯般柔顺的阳光。阳光在小小的花朵里跳舞，在槐树叶子上跳舞，也在羊的脊背上跳舞。

<u>背着药材往回走时，我意识到，只有在乡下的沟野里，我才能永远和阳光为伴，和这妖娆(yāo ráo)的野风为伴。</u>

（选自《文苑·经典美文》2020 年 8 期，有删改）

【阅读练习】

1. 随着作者行踪的变化，阳光的情态也不一样，请你根据文本内容填空。

“我”：坐在草丛中；____________；随意走动

阳光 ：____________；轻抚蒿草和“我”的脸庞；____________

2. 细细品味句子，想象作者描绘的画面。

（1）鸟雀从西边的树林里飞起时，阳光便在沟坡上追着蝴蝶和蒲公英跑，风一刮，阳光跑得就更欢。

这句话运用__________的修辞手法，写出了__________的画面。

（2）当阳光最为热烈的时候，会看到远处的娄敬山上，白光腾腾，雾气袅袅而升，沟坡上的野花，汇成一片花朵的海洋，风一吹，花海就朝远方涌动。

读这句话，你仿佛看到了______________________________。

3. 读文中画横线的句子，这句话表达了作者____________的感情。

4. 假如你躺在暖阳里昏昏睡去，你可能会梦到什么呢？仿照第 4 自然段写一写。

____

____

____

【参考答案】

1. “我”：躺在荒草里　　阳光：追着蝴蝶和蒲公英跑　　在跳舞

2.（1）拟人　　阳光洒满山坡

（2）云雾缭绕的山、随风涌动的五彩花海（意思类似即可）

3. 喜爱乡下闲适自由的生活

4. 略（可以从视觉、听觉、嗅觉、味觉等方面写）

阳光在沟里跳舞

范墩子

①我在野草遍地的背阴处挖了一上午的药。

②当我顺着小路走到阳面的坡上时，瞬间被阳光包围，牵牛花摇曳着婀娜的身姿，云层如海。我放下小锄头，坐在青翠的草丛里，鸟雀从西边的树林里飞起时，阳光便在沟坡上追着蝴蝶和蒲公英跑，风一刮，阳光跑得就更欢。

③当对岸的梁上传来牧羊人悠扬的歌声时，远山盖上金色的雾霭，白云袅袅而动，阳光柔柔软软，如同美丽的少女在沟里跳舞。那景象叫我感到安心，我实实在在感受到了阳光的力量。在辽阔的沟野里，人是多么渺小，多么卑微。这会儿，阳光就是沟里至高无上的女神。

④沟野里的风景都被风追着跑，被阳光带着舞动，被狐狸、野兔、鸟雀、黄鼠狼撵向天边，你不可能找到一处固定的风景。所有的风景无时无刻不在变化着。沟里的牧羊人、捡柴火的人、挖地的人，很多很多，但很少见到他们说话，他们就像桐树、像羊群一样在沟里挪动。苍天遮住了这片土地，也遮住了人们黑色的身影。生活在这里的人们，无时无刻不敬畏着这块沧桑的土地。每当我下到沟里，我藏在肚里的话就会被风吹到遥远的地方，大地苍翠，山野蒙蒙，唯有阳光在面前的山坡上轻轻荡漾，婆娑起舞。

⑤躺在荒草里，我就成为一株野草。阳光的手轻轻地抚过四周的蒿草和我的脸庞，那时候，我感到自己无异于沟野里的一块石头、一棵桑树。

在这样的暖阳里，沟底溪水流淌的声响，被化作鸟儿的歌唱，没有人会在这个时候，打破沟里的这份寂静。阳光把从村里传来的声音，带到了大地的深处，带到了遥远的未来。侧耳听去，唯有低沉而又古老的声音在梦境里回响。想起那些被埋藏在石头下面的神话，也想起那些早已被人遗忘的苦难。人在梦里迷惘，却在沟里变得清醒。阳光在沟里跳舞时，它就是一把为历史梳头的木梳。

⑥两只蝴蝶在我面前翩翩起舞，牵牛花向我微微点头，外面的人都以为这里的沟荒凉，都以为这里的沟寂寞，可就在这寂寞与荒凉之中，谁又能见证沟野的微笑？我将草叶上的露珠抖落在掌心，阳光晶莹，令人迷醉，蝴蝶竟也飞来。我将手掌举在半空，一动不动，直到蝴蝶朝远处飞去。当阳光最为热烈的时候，会看到远处的娄敬山上，白光腾腾，雾气袅袅而升，沟坡上的野花，汇成一片花朵的海洋，风一吹，花海就朝远方涌动。我还以为这一地的野花想对远方说点什么。连忙将耳朵贴在地上，竟能听到阳光正在风中汩汩地流淌。

⑦我喜欢躺在这样的暖阳里，闻着绿草的清香，看着活泼的沟野，昏昏睡去，然后做起明日的梦来。在梦里我看见阳光正为大地梳头，动物们躲在石头背后欢唱古老的歌曲，羊站在半山坡上，把一地的清香都嚼进肚子里。我不再顺着沟路走，而是随意走动，可无论我走到茂密的草丛间，还是走到长满酸枣树的野地里，总能见到那如同金毯般柔顺的阳光。阳光在小小的花朵里跳舞，在槐树叶子上跳舞，也在羊的脊背上跳舞。

⑧背着药材往回走时，我意识到，只有在乡下的沟野里，我才能永远和阳光为伴，和这妖娆的野风为伴。

（选自《文苑·经典美文》2020 年 8 期）

【阅读练习】

1. 赏析标题“阳光在沟里跳舞”的妙处。

2. 仔细阅读第②段，用简洁的语言概括出沟野的特点。

3. 理解文章结尾处画线句子的含义。

4. 这篇散文表达了作者怎样的思想情感?

【参考答案】

1.（1）运用拟人的手法，生动形象地再现了阳光照耀在沟里的情景；

（2）吸引读者，激发读者的阅读兴趣；

（3）突出文章主旨，表达作者愉悦的心情。

2. 沟野的特点：沟野自由寂静，景色变化无穷。

3. 这句话的含义是亲近大自然，才能享受光明与温暖，享受自由与快乐，安恬舒适地生活。

4. 这篇散文表达了作者热爱自然、亲近自然的思想感情。

后记 / 从故乡出发的写作

熟悉我的朋友都知道，我闲下来爱往山里跑。多年了，我内心一边厌倦着城市生活，又无法摆脱得开城市生活，说这话，是有些矫情的，毕竟我并非完全厌倦城市里的一切，只是痛恨它吞掉了我遗留在乡间的睡梦，致使我在熙熙攘攘的城市街头，常感到失魂落魄，感到万分沮丧。可当我钻进山野，身体被寂寥的山风围困，心贴着大地，我那遗失的睡梦就重新苏醒了过来，活了过来，换句话说，在山野里我找回了自己，明白了自己不过是地里长出的一株麦子，一把在风中摇曳的荒草。山里跑得勤了，感悟也多了，就有了这些小文章。它们是我三十岁前种下的一茬庄稼，算不上精耕细作，但也不至于田地荒芜。初学写作时，曾将它看得万般崇高；到今日，心境起了变化，只觉得写作就如同农人种庄稼，每天将太阳从东山背到西山，又从西山背到东山，一茬接着一茬，日日劳作，永不停歇。地里流了多少汗水，留下多少脚印，就能打下多少粮食，这是农人的信念，现在则是我写作上的信念。我写散文，多是为排遣心头的悲苦，从未将其看成小说之余的消遣，小说写多了，作者便在语言背后消隐了，叙述间只留下人物的悲欢离合；散文则不同，它直面自我，愈写自我的形象愈清晰，愈能窥视内心深处的复杂图景。一名作家，多数时候，身上总住着不同的自我，出版这本书的意图，也是希望读者能看到小说之外的一个真实的常怀有悲愤之情的我，一个时而痛苦时而欢腾的我，一个在写作道路上苦苦

求索的我。

这本散文集，是我写给故乡的一本书。于我而言，故乡是永寿，是渭北，是关中，是宁静的风，是渺远的云，是卧在麦田里的石马，是被乡人遗忘在角落里的农具；故乡是逼仄的，更是辽阔的。这些年，常常感到沮丧或落魄时，就往乡野里跑，脚一踏上泥土，心里就涌进了童年，朝山谷深处喊几声，对岸的石牛也会哞哞叫几声。这块故乡的土地，黄土高天，绵绵百里，可读到苦难的历史，可瞭见父辈们的忧伤，可嗅到来日的希望。我是这块土地上的一株野草，我写下的每一个文字，都是我在风中听到的故乡捎来的悄悄话。

将耳朵贴在地上，就能听见土地的心跳。故乡的风光不如江南秀美，农田也没有东北肥沃，但躺在关中大地的怀里，躺在故乡的怀里，坐在渭北的桐树上，我能看到草木的微笑，能触摸到河流的嗓音。几年来，我反复在这块苍凉的土地上行走，从漆水河畔，到渭北旱塬，再到唐十八陵，走得多了，它们就常在我脑海里闪现，有时是长在背阴地里的荒草，有时却是屹立千年的唐陵石刻。在这本散文集里，我写了许多的自然风物，也许在许多人眼里，这些景物并不值一提，但在我的心里，它们构成了我的故乡，构成了我支离破碎的梦境。

当我踏上乡野，踏上荒草比人还高的野地里，踏上被雪覆盖的原上，跟着羊的脚印，听着牧羊人的秦腔戏，心顿时就亮堂起来。有时我会坐在石头上观察一下午的鸟群，有时我会躺在厚厚的莎草上睡一个下午，有时什么也不干，只是静静地走，静静地听。于是，也就陆陆续续写了许多零碎的文字，这些文字，是我当时的感受，是我当时的所思。现在修订这篇后记时，我也是趴在老家的火炕上，窗外秋雨霖霖，雨水打在屋顶上，传来沉闷而又亲切的声响。

重读书稿，我倒觉得，它们都是我在故乡的土地上种下的一茬庄稼。读者朋友们，你们是否有耐心来收割它？

可以说，我的写作是从故乡开始的。

而立之年，我成了西安文学艺术创作研究室的一名专业作家，对我而言，这是一个重要的转折点，以往写作，都是零敲碎打，想到哪里就写到哪里。现在情况不同了，我该用更严格的标准来要求自己，勤勤恳恳地写，一心一意地写，用灵魂的冷光照亮夜晚的归途，把生命交给读者。三十岁前，写文章是一种心态；三十岁后，还能这样去写吗？或者说，还能写出这样的文章吗？

之所以看重这本书，不光因为它是我的首部散文集，更主要的是它也收录了我前期的部分作品，一些曾大胆表述过的观点，今日读来，竟产生了质疑：这是我写的作品吗？面对它们，我本该感到惭愧才是，但我想，毕竟当时写作的态度是诚恳的，于我而言，这已经够了。怀着一颗热诚的心，我写下了这篇后记，愿你能喜欢我的文字，能读出我滴在语言深处的泪水。

2023 年 2 月 16 日，永寿

2023 年 10 月 1 日再改，范家村

蛁蟟是林中的抒情歌手，
鸣蜩是流浪汉，
黑蚱蝉则是边塞诗人。

傍晚时，
牵着手中的细线，
平躺在林地边缘地带的荒草里，
知了的鸣叫声混杂一起，
成为一首声势浩大的山野交响乐。

散文集后记

[illegible]

熟悉我的朋友都知道，我闲下来爱往山里跑。说穿了，我内心一边厌倦着城市生活，又无法摆脱得开城市生活，说这话，是有些矫情的，毕竟我并非完全厌倦城里的一切，只是痛恨它吞掉了我遗留在乡间的睡梦，致使我在熙熙攘攘的城市街头，常感到失魂落魄，感到分外的沮丧。可当我钻进山野，身体就被寂寞的山风围困，心贴着大地，我那遗失的睡梦就重新苏醒了过来，活了过来。换句话说，在山野里我找回了自己，明白了自己不过是地里长出的一株麦子，一把在风中摇曳的荒草。山里跑得勤了，感悟也多了，就有了这些小文章。它们是我三十岁前种下的一茬庄稼，算不上精耕细作，但也不至于田地荒芜。初学写作时，曾将它看得万般崇高，到今日，心境起了变化，只觉得写作就如同农人种庄稼，每天将太阳从东山背到西山，又从西山背到东山，一茬接着一茬，日日劳作，永不停歇。地里流了多少汗

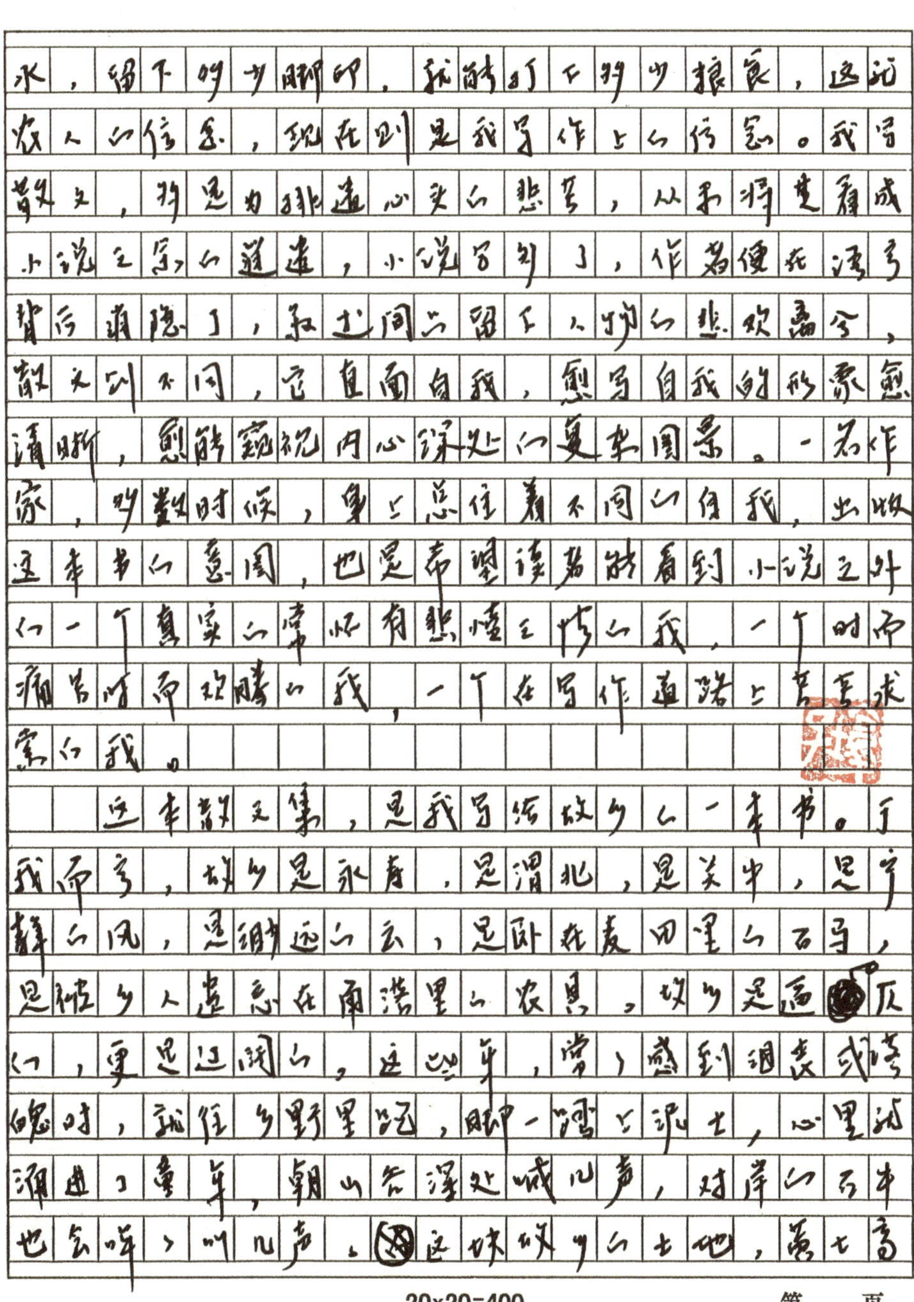

水，留下些少脚印，我能打下些少粮食，这就农人的信条，现在倒是我写作上的信条。我写散文，仍是为排遣心头的悲苦，从前将其看成小说之写的通道，小说写多了，作者便在读者背后藏隐了，我之间的留下人物的悲欢离合，散文则不同，它直面自我，愈写自我的形象愈清晰，愈能窥视内心深处的真实图景。一名作家，多数时候，身上总住着不同的自我，出版这本书的意图，也是希望读者能看到小说之外的一个真实的常怀有悲悯之情的我，一个时而痛苦时而欢腾的我，一个在写作道路上苦苦求索的我。

这本散文集，是我写给故乡的一本书。于我而言，故乡是永寿，是渭北，是关中，是宁静的风，是缥缈的云，是卧在麦田里的石马，是被乡人遗忘在角落里的农具，故乡是遥远的，更是过往的，这些年，常常感到迷惑或落魄时，就往乡野里跑，脚一踏上泥土，心里就涌进了童年，朝山谷深处喊几声，对岸的石头也会哗哗叫几声。这块故乡的土地，黄土高天，绵绵百里，可读到苦难的历史，可瞭见先辈们的忧伤，可嗅到未来的希望。我是这块土地上的一株野草，我写下的每一个文字，都是我在风中听到的故乡传来的悄悄话。

背脊紧贴在地上，我能听见土地的心跳。故乡的风光不如江南秀美，农田也没有东北肥沃，但躺在关中的怀里，躺在故乡的怀里，坐在渭北的桐树上，我能看到草木的微笑，能触摸到河流的噪音。几年来，我又复在这块苍凉的土地上行走，从泾水河畔，到渭北旱塬，再到唐十八陵，走得多了，它们就常在我脑海里闪现，有时是长在背阴里的荒草，有时却是屹立千年的唐陵石刻。在这本散文集里，我写了许多的自然风物，也许在许多人眼里，这些景物并不值一提，但在我的心里，它们构成了我的故乡，构成了我支离破碎的梦境。

当我踏上乡野，踏上荒草比人还高的野地里，踏上被雪覆盖的塬上，跟着羊的脚印，听着放羊人的秦腔戏，心顿时就亮堂起来。有时我会坐在石头上观察一下午的鸟群，有时我去躺在厚厚的草上睡一个下午，有时什么也不干，只是静静地坐，静静地听。也就陆陆续续写下了许多零碎的文字，这些文字，是我当时的感受，是我当时的所思。现在修订这篇后记时，我也是趴在老家的土炕上，窗外秋雨霏霏，雨水打在屋顶上，传来淅沥而又亲切的声响。

　　重读书稿，我倒觉得，它们都是我在故乡的土地上种下的一茬庄稼。读者朋友们，你们是否有耐心来收割它？

　　有人说，我的写作是从故乡开始的。

　　前二三年，我成了西安文学艺术创作研究室的一名专业作家，对我而言，这是一个重要的转折点。以往写作，都是零敲碎打，想到哪里就写到哪里。现在情况不同了，我说用更严格的标准来要求自己，勤勤恳恳地写，一心一意地写，用灵魂的烛光照亮夜晚的归途，把生命交给读者。三十岁前，写文章是一种心态，三十岁后，还能这样去写吗？我曾说，还能写出这样的文章吗？

　　至今仍看重这东西，不光因为它是我的首

部散文集，更主要的是它收录了我前期的部分作品，一些曾大胆表述过的观点，今日读来，竟产生了质疑：这是我写的作品吗？面对它们，我本该感到惭愧才是，但我想，毕竟当时写作的态度是诚恳的，于我而言，这已经够了。怀着一颗热诚的心，我写下了这篇后记，愿你能喜欢我的文字，能读出我隐藏在字里行间的泪水。

2023年2月16日，永丰

2023年10月1日再改，范家村

2023年10月17日抄于太乙

聆听乡野里的光阴故事

拾忆录 Shi Yi Lu · 故乡 Gu Xiang

寄语·故乡漫谈

作者谈写给故乡的创作初心

直播·云上相遇

作者亲临直播探讨互动

写作·笔下时光

学习名家大师的写作方法

书单·悦读时刻

精选书单拓展阅读视野